www.ingramcontent.com/pod-product-compliance
Lightning Source LLC
LaVergne TN
LVHW062034051026
849518LV00013B/1015
* 9 7 8 8 1 9 8 1 2 9 4 0 6 *

مشرقی ایشیا سے
کچھ افسانے

انتخاب و ترتیب

اشعر نجمی

Bright Books

Mashriqi Asia Se Kuchh Afsane

by Ashar Najmi

Bright Books, Thane, India
1st Edition : October 2024
ISBN: 978-81-981294-0-6

Bright Books

Mira Road East, Dist. Thane, India
nidabattiwala@gmail.com

فہرست

ترجمے کی شرحیات

اشعر نجمی

کل تک ترجمے کا تصور صرف لسانی دائرے تک محدود تھا، یعنی کسی ادب پارے کو ایک زبان، ذریعہ (Source) سے دوسری زبان، ہدف (Target) تک منتقل کرنے کا عمل ہی اس فن کی معراج سمجھا جاتا تھا لیکن جب علم و تحقیق نے کچھ اور منزلیں سر کیں تو کئی سربستہ راز منکشف ہوئے، مثلاً یہ پتہ چلا کہ معنی صرف زبان اور متن تک مربوط نہیں ہوتا بلکہ اس میں مصنف اور قاری کا بھی اشتراک شامل ہوتا ہے۔ اس طرح کسی متن کی موزوں تعبیر و تشریح کے لیے اس 'تثلیث' کو اہم قرار دیا گیا۔ لہٰذا، یہاں یہ دیکھنا دلچسپ ہوگا کہ ادبی ترجمے اور شرحیات (Hermenutics) کے درمیان رشتہ کیا ہے اور اس کی مدد سے فن ترجمہ نگاری کا ایسا کون سا واضح تصور سامنے آتا ہے جو مذکورہ تینوں فریقین سے وابستہ بھی ہو۔

ممکن ہے کہ یہاں کوئی سوال کر بیٹھے کہ میں ترجمے کو شرحیات سے منسلک کرنے پر کیوں مصر ہوں تو اس کا سیدھا سادا جواب تو یہی ہے کہ بغیر تعبیر و تشریح کے کسی ترجمے کا تصور ہی ممکن نہیں ہے۔ کسی بھی قسم کا ترجمہ (بشمول ادبی تراجم)، اگر وہ معانی کی مناسب ترسیل کرنے سے قاصر ہے تو ظاہر ہے کہ وہ متون کی بے محل تشریح کا مرتکب ہوگا جو اس فن کے آداب کے منافی ہوگا۔ ہوسکتا ہے کہ ایسا ترجمہ مکمل طور پر غلط نہ بھی ہو، پھر بھی متون کی درست یا کم از کم معقول تعبیر و تشریح کا سوال بہر حال برقرار رہے گا۔ لیکن اس سے پہلے کہ ہم اس رزم گاہ میں اتریں، شرحیات پر کچھ مبتدیانہ گفتگو ضروری سمجھتا ہوں۔

شرحیات:

فی زمانہ شرحیات (Hermenutics) کی حیثیت ایک ایسی ٹکنولوجی کی ہے جس کا کام متن کشائی کے نت نئے اصول اور طریق کار کو ایجاد کرنا اور انسانی علوم (وہ علوم جن کا تعلق انسانی تجربات سے ہے) پر ان کا اطلاق کرتا ہے اور یہ طریق کار اور اصول کسی ایک نظریے؛ خواہ وہ مظہریاتی کیوں نہ ہو، کے تابع نہیں ہو سکتے۔

میرے دعوے پہ حجت یہ ہے کہ یہ Hermenutics کے آخر میں'ics' کا لاحقہ جس امتیازی تفاعل کو درشاتا ہے، وہ معنیات ، جمالیات، نشانیات ،علم آواز ، semantics, Aesthetics, Semiotics, Acoustics وغیرہ جیسے الفاظ میں پہچانا جاسکتا ہے۔شرحیات صدیوں پرانا فلسفہ ہے۔مغرب میں جس شرحیات کا آغاز قدیم متون کو پرکھنے اوران کے حقیقی معنوں کے جاننے کے لیے ہوا تھا، آج اسے مختلف علوم میں تشریحی امور کے لیے برتا جاتا ہے۔اس کا چلن مذہبیات کے علاوہ تاریخ،سماجیات، قانون اور دیگر انسانی علوم کے مختلف شعبوں میں ہورہا ہے۔شلائر ماخر (Schleirmacher) نے شرحیات کو کسی نوع کے تشریحی امور کے لیے برتنے کی راہ کھولی اوراس نے اصرار کیا کہ مسئلہ فقط قدیم متون کو سمجھنے کا نہیں، بلکہ تشریح کے عمل کا ہے۔وہ گرامر، تاریخ، تقابل، ہرزاویے سے معنی کی تشکیل کرتا ہے۔بعدازاں اسی شلائر ماخر کے شاگرد ولہلم ڈلتھے (Wilhelm Dilthey) نے شرحیاتی فکر کو وسعت دی۔یہی وہ ڈلتھے تھا جس کے Studies of Man (مطالعات انسانی) کو وجودی مفکر مارٹن ہائیڈ گر (Martin Heidegger) نے اپنایا۔

Hermenutics کے لیے بعض لوگ 'تفہیمیت' کی اصطلاح کا استعمال کرتے ہیں لیکن میری نظر میں 'شرحیات' مناسب ترین متبادل ہے۔ 'تفہیمیت' کی اصطلاح پر پہلا اعتراض تو یہ وارد ہوتا ہے کہ تشریح تو تفہیم سمجھ لینا کھلا مغالطہ ہے۔تفہیم،تشریح کا کُل نہیں بلکہ جزو ہوتی ہے،یعنی تشریح (Interpretation) کا عمل تفہیم (Understanding) پرختم نہیں ہوجاتا۔تشریح معنی کی دی ہوئی حالت سے آگاہ ہوجانا نہیں ہے بلکہ اس آگہی کے 'زبان' کی گرفت میں آجانے کا نام ہے۔ یہاں زبان سے میری مراد اظہار کی ایسی ہیئت سے ہے جس میں ترسیل ممکن ہو،خواہ وہ صوتی ہو یا عبارتی، اشاراتی ہو یا علامتی۔تشریح کا عمل تفکر بالجہر (Thinking Aloud) ہےاور یہ تفہیم اور افہام دونوں کا احاطہ کرتا ہے۔یہ محض متن کے جہانِ معنی کی سیر کرنا نہیں ہے بلکہ ان مشاہدات کو معروضیانا اور اظہاریوں میں منتقل کرنا بھی ہے۔ماہر شرحیات وہ صوفی نہیں جو مقامات میں کھوجاتا ہے بلکہ مختلف مدارج تفہیم سے گزرتے ہوئے وہ اپنی فتوحات سے آگاہ بھی کرتا جاتا ہے۔غرض یہ کہ تشریح کے لیے اس کا رسائی پذیر (Accessible) ہونا لازمی امر ہے۔لیکن ہائیڈگر کی طرح گدامر (Hans-Georg Gadamer) بھی تشریح کو تفہیم کی 'ضمنی پیداوار' (By-product) سمجھتا ہے۔گدامر کے نزدیک تشریح،تفہیم کی مبین شکل ضرور ہے لیکن اس کے باوجود تفہیم فی نفسہ مکمل تشریح ہے۔ بقول گدامر، ''تشریح، تفہیم کے بعد وقوع پذیر ہونے والا توسیعی عمل نہیں ہے بلکہ ہمیشہ تفہیم ہی تشریح ہوتی ہے۔چنانچہ تشریح محض تفہیم کی ظاہری شکل ہے۔''

گدامر کے نظریے پر رچرڈ رورٹی (Richard Rorty) اور جرگن ہابر ماس (Jurgan Habermas) اورسب سے بڑھ کر امیلیو بیٹی نے تنقید کی ہے۔امیلیو بیٹی کا خیال ہے کہ گدامر کا نظریہ صرف عمل تفہیم کی نوعیت سے بحث کرتا ہے۔کامیاب تشریح کے کیا لوازم اور امکانات ہیں؟ صحیح تشریح اور غلط تاویل ہم کس طرح فرق کریں گے؟ جیسے سوالوں سے اسے کوئی سروکار نہیں۔امیلیو بیٹی کا کہنا ہے، شرحیات کو وجودیاتی سے زیادہ منہاجیاتی ہونا چاہیے۔ہابر ماس کی شرحیات جدلیاتی ہے، اس نے متن کی جگہ انسانی عمل کا مطالعہ اور تجزیہ کر کے سماجی حرکیات کی شرح پیش کی ہے۔

'تفہیمیت' کی اصطلاح پر میرا دوسرا اعتراض یہ ہے کہ جب ہم تفہیم یا تفہیمیت بولتے ہیں تو گویا ہم پہلے ہی یہ فرض کر چکے ہوتے ہیں کہ قرأت کا عمل یک طرفہ اور انفعالی ہے۔ پھر نہ تو متن سیال رہ جاتا ہے اور نہ ہی قاری فعال، برخلاف اس کے شرحیات بول کر ہم قاری کے اس کارپردازانہ اور عالمانہ کردار کو نمایاں کر دیتے ہیں جو کہ اس کا حق ہے۔ اور یہ حق اسے مائل بہ قاری نظریات نے دیا ہے۔ رولاں بارت (Roland Barthes) ہو یا وولف گانگ ایرز یا ہینس (Wolfgand Ezra Yohannes) ارابرٹ یاؤس (Robert Jauss) منجملہ سبھی کے خیالات کا لب لباب یہی ہے کہ ہر قاری دوران قرأت متن کی ازسرنو تدوین کرتا ہے۔ للہذا شرحیات کو تفہیمیت کہنا قاری کو اس کے منصب سے برطرف کر دینے اور اس کے فعال کردار کی نفی کر دینے کے مترادف ہے۔

گدامر کے مطابق لفظ جو ہم بولتے ہیں، وہ اپنی ایک دنیا خلق کرتے ہیں۔ اس کے برعکس روایتی نقطۂ نظر (Aristotelian View) سے بولی/تقریر (spoken words) ذہنی شبیہیں پیش کرتی ہے اور تحریر (written words) دراصل اسی بولی یا تقریر کی علامت ہے۔ گدامر کا نظریہ زبان اور انسانی وجود کے درمیان ایک بنیادی وحدت پر زور صرف کرتا ہے۔ زبان سے تعبیر وتشریح کا طلاق ممکن ہی نہیں ہے، کیوں کہ لفظ انسانی وجود تک اپنے معنی، تفہیم، شرح اور تعبیر کے ہمراہ پہنچتے ہیں، جو کبھی غیر جانب دار نہیں ہو سکتے۔ ایک انسانی وجود زبان کے دائرے سے باہر کھڑے ہو کر کوئی معروضی نقطۂ نظر قائم نہیں کر سکتا۔ زبان کوئی ایسا اوزار بھی نہیں جس کا انسان خودساختہ استعمال کر کے ایک فرضی اور مثالی دنیا خلق کر لے۔

اس ضمن میں دوسری اہم شخصیت (جیسا کہ اوپر ذکر کیا جا چکا ہے) شلائر ماخر نے شرحیات کے اس تصور کے ساتھ ہم احساسیت (empathy) اور وجدانی لسانی تجزیے کو بھی شامل کر لیا۔ اس کے مطابق شرح وتعبیر کا تعلق صرف encoded information کو decode کرنے سے نہیں ہے بلکہ شرح یا تعبیر کی عمارت ہی تفہیم کی بنیاد پر کھڑی ہوتی ہے اور اس کی اپنی قواعد ہوتی ہے۔ یہ قواعدی قوت متن کو مخصوص ادب (یا زبان) کے درمیان قائم کرتی ہے اور متن کا باہم استعمال کر کے اس ادب (یا زبان) کے کردار کو ایک موضوع کی تشکیل نو کرتا ہے اور مفروضات کو ضمناً ظاہر کرتا ہے۔ اس طرح شلائر ماخر نے یہ دعویٰ پیش کیا کہ ایک کامیاب شارح مصنف کے عندیہ کو بہتر طور پر سمجھ سکتا ہے بلکہ بذات خود مصنف بھی اپنے عندیہ کی تفہیم کر سکتا ہے، کیوں کہ شرح مخفی عندیوں اور حکمت عملی کو نمایاں اور نشان زد کرتی ہے۔

ڈیلتھے نے اس قصے کو ذرا اور آگے بڑھایا۔ اس کے مطابق متن اور اعمال اشخاص کے عصری اظہار کے پروردہ ہوتے ہیں، للہذا ان کے معانی عصری اقدار کی ترجمانی اور اپنے مصنفوں کے منصوبوں اور تجربوں کی گرفت میں بے بس اور لاچار ہوتے ہیں۔ اس لیے متن میں مصنف کے بیان کردہ معانی ایک تاریخی اور سماجی تناظر میں منعکس ہوتے ہیں۔

شرحیات کے جدید تصورات کے مطابق ایک ادیب، ایڈیٹر یا Redactor ہو سکتا ہے اور متعلقہ

ذرائع کا استعمال کرسکتا ہے۔ اگر اس مفروضے کو درست تسلیم کرلیا جائے تو پھر مصنف کے عندیہ کے علاوہ اس کے تہذیبی تناظر کو بھی مدنظر رکھنا لازمی ہوجاتا ہے۔ دوم یہ کہ متن میں موجود بیان کنندہ (Narrator) پر بھی غور کرنا ضروری ہوجاتا ہے جو عموماً اصل مصنف سے علیحدہ ہوتا ہے۔ کبھی وہ حقیقی ہوتا ہے لیکن کبھی کبھی اس کا وجود خیالی بھی ہوتا ہے۔ اس کی گفتگو کے مقاصد اور اس کے تہذیبی تعلق کا تعین کرنا بھی ضروری ہوجاتا ہے جو ہمہ وقت اور ہمہ داں ہوسکتے ہیں۔ پھر یہ کہ کہانی کے اندر ایک Naratee کو بھی قائم کرنا ہوتا ہے اور یہ دیکھنا ہوتا ہے کہ وہ اسے کیسے سنتا ہے۔ متن جس فرد یا جن افراد سے مخاطب ہے، ان سے بھی شارح کی وابستگی ضروری ہے۔ یعنی یہاں پر قاری/ قارئین کا داخلہ ممکن ہوجاتا ہے لیکن کوئی ضروری نہیں کہ یہ ہمیشہ ہو۔

اس ضمن میں تیسری اور آخری بات یہ کہ شارح کو اس متن کی تنظیم، اس کی درجہ بندی (شاعری، فکشن، نان فکشن وغیرہ)، اسلوب اور بالآخر پلاٹ پر بھی اپنا دھیان مرکوز رکھنا ضروری ہے۔

مندرجہ بالا تصورات کے پیش نظر یہ بات واضح ہوجاتی ہے کہ معانی کی شرح وتعبیر کے لیے دراصل تین عناصر لازمی ہیں: (۱) مصنف (۲) متن اور (۳) قاری۔

ترجمہ:

ندا (Eugene Albert Nida) نے اپنی کتاب Signs, Sense, Translation (1984) (نشان، حس اور ترجمہ) میں ترجمہ کو تخلیق نو سے تعبیر کیا ہے جو ایک زبان (Receptor) کا دوسری زبان (Source) سے فطری اور قریبی تعلق پیدا کرتا ہے لیکن اس تعلق میں توازن کا بڑا دخل حاصل ہے۔ یہ تعلق دو سطحوں پر کام کرتا ہے، اول معنی کے اعتبار سے اور دوم اسلوب کے لحاظ سے۔ ایک چینی لغت (Chinese cihai) کے مطابق:

> Translation; expressing in another language the meaning carried in the original language.

ترجمے کی اس تعریف سے یہ بات روز روشن کی طرح عیاں ہوجاتی ہے کہ ایک اطمینان بخش شرح وتعبیر وہ آخری کسوٹی ہے جس پر کسی ترجمے کا قلبہ رکھ کر اسے پرکھا جاسکتا ہے کہ وہ کامیاب ہے یا ناکام؟ ترجمے کا دوسرا ناگزیر عنصر اسلوب ہے لیکن طوالت کے خوف سے میں فی الحال اس پر گفتگو کسی اور موقع کے لیے اٹھا رکھتا ہوں اور یوں بھی اس کا براہ راست تعلق زیر گفتگو موضوع سے نہیں ہے۔

یہاں اس کی وضاحت ضروری ہے کہ میں معنی کو ٹھوس اور جامد نہیں تصور کرتا جیسا کہ کئی مفکرین کا خیال ہے کہ معنی کا ترجمہ کامل مطابقت کی جگہ صرف ایک قسم کی مشابہت ہی حاصل کرپاتا ہے۔ اس ضمن میں میرا موقف یہ ہے کہ جب ایک ترجمہ شدہ معنی دوسری زبان (ہدف) کے قاری/ سامع میں ویسا ہی ردعمل پیدا کرنے میں کامیاب رہتا ہے جیسا اصل زبان (وسیلہ) کے قاری/ سامع میں کرچکا ہو، تو میں اسے کامیاب ترجمہ کہوں گا۔

دوسرے لفظوں میں اسے یوں کہنا زیادہ مناسب محسوس ہوتا ہے کہ میں اس مترجم کو زیادہ کامیاب تصور کروں گا جس نے کامل مطابقت پر مساوی اثرات کو ترجیح دی۔

برسبیل تذکرہ یہاں اس کا ذکر بھی شاید برمحل ہوگا کہ جیسا کہ کچھ لوگوں کا ایمان ہے کہ ترجمہ ایک طے شدہ مقصد کے حصول کی آخری منزل ہے۔ان کے مطابق ترجمہ ایک ذریعہ (Medium) یا طریق کار بھی ہے لیکن میرے خیال میں ترجمہ اصل متن کو decode اور ترجمہ شدہ متن کو encode کرتا ہے اور یہ دونوں کام مترجم یا شارح انجام دیتا ہے، لیکن اس عمل کے دوران مطلق تابعداری یا درستگی محض ایک التباس کے علاوہ کچھ نہیں یا دوسرے لفظوں میں ایک ناممکن العمل مثالی مشغلہ ہے۔لہٰذا میری رائے میں ترجمہ ایک طریق کار بھی ہے اور بذات خود نتیجہ بھی۔

غالباً اب ہم اس مقام پر پہنچ چکے ہیں جہاں شرحیات کے اصولوں پر مبنی ترجمے کا ایک واضح تصور قائم کرنے کی جانب پیش رفت کر سکتے ہیں۔

مصنف:

مصنف کو مرکز میں رکھ کر بہت سے مفکرین اور ناقدین نے مترجمین کو بار بار یہ درس دیا ہے کہ ایک معقول بلکہ کامیاب ترجمے کے لیے مصنف کے تجربے، اس کے سماجی اور تاریخی پس منظر سے واقفیت بے حد ضروری ہے، کیوں کہ اس کے بغیر مصنف کے عندیہ تک رسائی مشکل ہے۔مثال کے طور پر wikipedia میں غالب کا تعارف کچھ یوں درج ہے:

> Ghalib was a classical Urdu and Persian poet from India, during British colonial rule. During his life time the Mughals were eclipsed and displaced by the British and finally deposed following the defeat of the Indian rebellion 1987, events that he wrote of.

اگر مذکورہ بالا پس منظر ہمارے سامنے سے بالکل غائب ہو جائے تو ہمیں غالب کے ان مکتوبات کی تفہیم میں دقت پیش آسکتی ہے جو انھوں نے تفتہ، میر مہدی مجروح، حکیم غلام نجف خاں، حاتم علی مہر وغیرہ کو لکھے۔

ایک مثال دیکھیے، مذکورہ ویب سائٹ میں ہی اکبر الہ آبادی کا تعارف کچھ یوں ہے:

> He (Akbar Allahabadi) lived through tumultuous times, which is evident in his poetry, witnessing the first war on independence in 1857, first world war and event the initial part of Gandhi's peaceful movement.

اب اگر اکبر الہ آبادی سے مذکورہ تاریخی، سماجی اور سیاسی پس منظر علیحدہ کر لیا جائے تو پھر ان کا یہ شعر محض ایک لطیفہ بن کر رہ جائے گا۔

آگے انجن کے دین ہے کیا چیز
بھینس کے آگے بین ہے کیا چیز

خود شمس الرحمٰن فاروقی جب اس شعر کی تشریح پیش کرتے ہیں تو وہ اس پس منظر کو باوجود کوشش فراموش نہیں کر پاتے، کہتے ہیں: ''یہاں انجن استعارہ ہے نو آبادیاتی سامراجی طاقت کی بے امتیاز قوت کا، اور دین استعارہ ہے مشرقی روحانیت کا۔ ان دونوں میں وہی تعلق ہے جو بھینس اور بین میں ہے۔'' لہٰذا میرا بھی یہی ماننا ہے کہ متن کی کامیاب شرح و تعبیر کے لیے مصنف کا عندیہ اور اس سے کہیں زیادہ اس کے تاریخی اور سماجی پس منظر سے واقفیت بھی ایک لازمی عنصر ہے۔ اور یہ واقفیت صرف شارح کے لیے نہیں بلکہ مترجم کے لیے اتنی ہی ضروری ہے، کیوں کہ مترجم دوسری زبان میں ہدف (Target) زبان کے حصول کے لیے شارح کے منصب پر فائز ہوتا ہے۔

متن:

متن پر زور دینے کے نتیجے میں ساختیات اور لاتشکیل نے ترجمے میں اسے سب سے اونچے مقام پر بٹھا دیا۔ انھوں نے تمام مکاتیب فکر پر اصل معنی کی تعبیر کے لیے لازمی اور بنیادی عناصر سے غفلت کا الزام عائد کیا۔ انھوں نے گرفت کرتے ہوئے واضح کیا کہ جیسے ہی مصنف اپنی تحریر مکمل کرتا ہے، معنی متن میں پیوست اور منجمد ہو جاتے ہیں اور متن سے علیحدہ کسی بھی قسم کا اندازہ یا قیاس آرائی مکمل طور پر ترک کر دینا چاہیے۔ لہٰذا جب دو ترجموں کا موازنہ کیا جاتا ہے تو قواعد، ڈکشن اور جملوں کے در و بست کسی بھی چیز سے زیادہ اہم ہوتے۔ میرا اس شمارے کو ترتیب دیتے ہوئے ایک متن پر دو مترجموں کے ترجموں سے کئی بار سابقہ پڑا اور جب میں نے اپنے منتخبہ ترجمے پر غور کیا کہ اسے دوسرے کے مقابلے میں کیوں ترجیح میں نے دی تو اس بات کی تصدیق ہو گئی۔

یہاں یہ وضاحت ضروری ہے کہ Semiotics کا ایک تفتیشی کردار ہے جو (نشان) signs کی فطرت اور طریق کار کے علاوہ بنیادی 'معنی خیزی' (signification)، اظہار، نمائندگی اور ابلاغ کے نظام اور طریق اعمال کا جائزہ لیتی ہے۔ ادب میں 'نشانیات' کو ہم 'نشان' (signs) کے جنرل سائنس کی ایک شاخ کے روپ میں دیکھ سکتے ہیں جو عمومی طور پر متن کے ایک مخصوص گروہ کا زبانی متن کے اندر مطالعہ کرتی ہے۔ ہم اگر یہاں 'نشان کے عمل' (semiosis) کی تعریف سے شروعات کریں تو کہہ سکتے ہیں کہ یہ ایک ایسا طریق کار ہے جس میں 'نشان' ایک طرح کے 'تشریحی وسیلے' (Interpretant vehicles) اور شارح کی حیثیت میں سرگرم عمل رہتے ہیں۔ موریس نے اس امدادی تفتیش کو تین حصوں میں منقسم کیا ہے۔ (۱) 'نحویات' (syntactics) جو نشانیاتی نظام کے اندر sign-vehicle کے رشتے کا مطالعہ کرتا ہے۔ (۲) معنیات، جو نشان کے ان اشیا سے تعلق کی جانچ کرتا ہے جو خود نمائندگی کے لیے پیش کرتی ہیں۔ (۳) 'عملیات' (Pragmatics) جو شارح اور نشانات کے درمیان رشتہ استوار کرتا ہے۔ لہٰذا، اگر کوئی شخص کسی ادبی متن کا تجزیہ نشانیات کی حیثیت سے کرتا ہے

تو وہ اسے syncretic sign system کے ادب روپ میں اپنا سکتا ہے جو اسے ایک syncretic dimension عطا کر سکتا ہے اور وہ متن کا تجزیہ صوتی سطح پر (مخصوص آوازوں کی ساخت کے اعتبار سے متن کی تنظیم)، معنیاتی سطح پر (متن کے مندرجات) اور عملیتی یا ترسیلی سیاق میں کر سکتا ہے۔ مختصر میں اسے یوں سمجھیں کہ پہلے دو پیمانے کے متن کے ساختیاتی اوصاف پر صرف کرتے ہیں جو مندرجات کی ترتیب اور اظہار سے متعلق ہیں، جب کہ باقی دوسری پیمانے نشانیاتی طریق کار پر زور ڈالتے ہیں اور تولیدی طریق اعمال کے علاوہ دوسرے متون کے ساتھ باہمی رشتوں کے تجزیے کا خلاصہ کرتے ہیں۔

میرے خیال میں یہاں شرح و تعبیر کی طریق پر اطمینان بخش گفتگو اپنی تکمیل تک پہنچ چکی ہے لیکن ابھی اس منزل کی جانب ایک آخری قدم ہنوز باقی ہے، یعنی اس پورے طریق کار میں قاری کا کردار اب بھی مشتبہ ہے۔ متن کو ایک محدود رسمی نیٹ ورک سمجھنا بڑی غلطی ہوگی۔ قاری کے بغیر معنی کا ابلاغ ممکن نہیں ہے اور ابلاغ کی ناکامی ترجمے کی ناکامی گردانی جائے گی۔

قاری:

یہ پہلو ابھی کچھ برسوں ہی قبل ہمیں اپنی جانب متوجہ کر پایا ہے۔ ایک مخصوص متن کی شرح و تعبیر کے باب میں مندرجہ بالا مکاتیب فکر نے مصنف اور متن کے تفصیلی تجزیے پر تحقیق کے بعد قاری کے مقام کا تعین کیا ہے۔ اس پر دوسرے مکاتیب فکر نے سخت اعتراضات بھی قائم کیے، کیوں کہ ان کے مطابق فطری طور پر مختلف قارئین کی رائے بھی مختلف ہو سکتی ہے۔ نظریۂ قبولیت (Reception Theory) کا اہم نمائندہ ہنس رابرٹ یاؤس نے سختی سے متن کی شرح و تعبیر کے باب میں قاری کے کردار کو فعال بتایا ہے۔ یاؤس نے اس ضمن میں بنیادی تجربوں کو ایک دوسرے سے علیحدہ کیا ہے: (۱) ایک تخلیقی جمالیاتی رواج (Poiesis)، (۲) ایک اخذی رواج (aisthesis)، (۳) اور ایک ابلاغی رواج (کتھارسس)۔ یاؤس نے نے دعویٰ پیش کیا کہ مذکورہ تینوں عناصر کا تفصیلی مطالعہ استثنائی، جمالیاتی و سماجی تناظر کے درمیان ادبی تاریخ کے حوالے سے ہماری رہنمائی کر سکتا ہے۔ یاؤس کے مطابق ابلاغی، جمالیاتی رواج محسوسات کی اثر انگیزی کو تقریر یا تحریر کے ذریعہ مہمیز کر سکتا ہے جو سامع/قاری کے عقیدے اور ذہنی آزادی میں غیر معمولی تبدیلی پیدا بھی کر سکتا ہے۔ جمالیاتی تجربہ معاشرے میں تین طرح سے اثر انداز ہوتا ہے۔ یہ اصول وضع کر سکتے ہیں، صرف موجودہ پیمانوں پر اکتفا کر سکتے ہیں یا پھر موجودہ پیمانوں کو رد کر سکتے ہیں۔ یہاں یہ بتانا شاید دلچسپی سے خالی نہ ہوگا کہ ترجمے میں ان نظریوں کے اطلاق کے بعد بہت سی غیر ملکی زبانوں کے کلاسیک کے Re-translation کی تحریک چل پڑی ہے، مثلاً چینی کلاسیک کے از سر نو ترجمے بڑی تیزی سے کیے جا رہے ہیں جنھیں کچھ مترجم بے خوفی سے اپنے مخصوص تعبیری طریق کار کے ذریعہ انجام دے رہے ہیں۔ یوں بھی ادبی تراجم کا رشتہ زبان کی میکانکی منتقلی کے بجائے خلاقانہ کاوشوں کے تقاضے سے زیادہ مربوط ہیں، کیوں کہ شعر و ادب کا تعلق 'سائنسی لاتشکیل' سے کم اور وجدان سے زیادہ قریب ہے۔

ترجموں کے باب میں مذکورہ تینوں عناصر اور ان کے حمایتیوں کے درمیان ابھی یہ بحث جاری ہے لیکن

فی الحال اس بحث سے یہ نتیجہ تو برآمد ہو ہی جاتا ہے کہ ایک کامیاب ادبی ترجمے کا تصور، مصنف، متن اور قاری کی 'تثلیث' کے بغیر ممکن نہیں ہے۔ تاہم میں نے اپنی تمام تحریر میں شعریات وادبیات کی ابتدائی، تحریری اور بے ساختہ حیثیت کو سامنے رکھتے ہوئے ترجمے اور تصنیف کے مابین تعلق دریافت کرنے کی کوشش کی ہے۔ اس صورت میں ترجمے کا کردار ثانوی اور ماخوذ ہی رہتا ہے۔ میں نے ایک زبان سے دوسری زبان میں ترجمہ کے دوران ان نا ممکنہ جمالیاتی جہات کے عدم اظہار کا تجزیہ پیش نہیں کیا جو ترجمے کو ابتدائی تحریر یا تصنیف سے اس انداز میں فاصلے پر رکھتے ہیں جس سے ترجمہ کی بحیثیت الگ صنف کے امکانات روشن ہونے لگتے ہیں۔ انسانی حسیات وصلاحیتوں کی وحدت کی صورت میں جمالیاتی ابعاد کا خود کو ترجمے میں منکشف نہ کرنا جہاں جمالیات کی مخفی ابعاد کا یقین دلاتا ہے تو دوسری طرف اس کا عدم امکان ترجمے کی محض اس انداز میں نمائندگی کا امکان نہیں دکھاتا جس سے ترجمے اور اصل تحریر کے مابین وہی تعلق نمایاں ہو جائے جو 'لوگوس' کی روایت کے تحت تقریر اور تحریر کے مابین رہا ہے، جس کے تحت 'موجودگی کی مابعد الطبیعات' تحریر کی ثانویت پر اکتفا کرتے ہوئے تقریر تک تخفیف کو یقینی بنا دے۔ اگر 'لاتشکیل' کا یہ پہلو درست ہے تو ترجمے کی ابتدائی ذریعے تک تخفیف کا بھی کوئی امکان نہیں ابھرتا، یعنی ترجمہ اس انداز کا 'ضمیمہ' نہیں رہتا جو خود کی خود مختارانہ حیثیت کو محض نمائندگی تک محدود کر لے۔ اصل تحریر تک نہ پہنچنے کا امکان، اس ناممکنہ عمل کو ظاہر کرتا ہے، جس سے ترجمے کو ایک الگ صنف کے طور پر دیکھا جا سکتا ہے۔ اگر ترجمہ ایک الگ صنف کے طور پر سامنے آتا ہے، جو خود کو اصل تحریر سے فاصلے پر رکھتا ہے تو پھر مترجم کے لیے بھی نئی اصطلاح تجویز کرنی ہوگی، جو ترجمے میں مضمر خصوصیات کی بنا پر مترجم کو ایسا نام دے سکے جو روایتی مترجم سے معنوی اعتبار سے مختلف ہو۔ مصنف اور مترجم کا یہ افتراق ان جمالیاتی جہات کی بنا پر ہے، جو خود کو مترجم پر ظاہر نہیں کرتیں، لیکن اس کے باوجود مترجم ترجمے میں ان اثرات کو پیدا کرتا ہے جن سے اصل تصنیف انحراف کرتی ہے مگر ترجمے میں از سر نو جمالیاتی پیرائے کا ظہور ترجمے کی خصوصیت ہے نہ کہ اصل تصنیف کی۔

کچھ اس انتخاب کے بارے میں:

زیر نظر انتخاب کو ایک ذاتی انتخاب سمجھا جانا چاہیے۔ بیشتر تراجم مطبوعہ ہیں لیکن ان میں سے کچھ غیر مطبوعہ بھی ہیں۔ دوسری زبانوں سے اردو میں ترجمہ ہونے والے نثر پاروں کی فہرست کافی طویل ہے جس کی ببلیوگرافی تو بنائی جا سکتی ہے لیکن انھیں ایک جگہ اکٹھا کرنا ایک مشکل کام ہے۔ لہٰذا، ہم زیر نظر انتخاب کو ترتیب دیتے ہوئے اس کی لگام کو اپنی گرفت میں رکھنے پر مجبور تھے۔

ہمیں یہ دعویٰ ہرگز نہیں ہے کہ بہترین عالمی نثری ادب اس انتخاب کا حصہ ہیں۔ بلاشبہ بہت سے نام چھوٹ گئے ہیں اور بہت سے نثر پارے تنگیٔ صفحات کی نذر ہو گئے۔ بہر حال ہم نے اس انتخاب کو ترتیب دیتے ہوئے ناموں کی بجائے مختلف لسانی خطوں کو ترجیح دی اور کوشش کی ہے کہ زیادہ سے زیادہ علاقوں، زبانوں اور ان سے وابستہ ثقافتوں کی نمائندگی ممکن ہو سکے۔ اس لحاظ سے اس انتخاب کا جواز فنی سطح پر بھی ہے اور سماجی وثقافتی سطح پر

بھی ہے۔ یوں تو ان ممالک کی صنعتی ترقی اور ان کے معاشرتی رجحانات پر عمرانیات اور دیگر علوم کے ماہرین کے تجزیے اپنی جگہ اہم ہیں لیکن ناول اور افسانے میں انسان کے اندرونی احساسات اور مختلف تناظر میں انسانی ردعمل کی جو صورتیں دکھائی جاتی ہیں، وہ تجریدی اصطلاحات کے مقابلے میں زندگی کی تپش کا زیادہ احساس دلاتی ہیں۔ لہٰذا اس انتخاب میں ہماری کوشش یہ رہی ہے کہ فکشن کے حوالے سے ان ممالک کی معاشرتی زندگی، ان میں انسانی تعلقات کی نوعیت، قدیم و جدید کے تصادم و اقدار کی ٹوٹ پھوٹ کی جامع تصویر بھی قارئین کو دکھائی جائے۔ ہم اپنے اس مقصد میں کہاں تک کامیاب ہوئے ہیں، اس کا فیصلہ تو اصحاب الرائے ہی کر پائیں گے۔

اس انتخاب پر کام کرتے ہوئے سینکڑوں کتابیں، رسائل، ویب سائٹس، اخباروں وغیرہ میں سے نثر پارے منتخب کیے گئے تھے لیکن اگر ان تمام کو شامل اشاعت کر لیا جاتا تو شاید دس جلدیں بھی ناکافی ہوتیں، لہٰذا سخت ترین انتخاب کے اصولوں کو وضع کرنے کے بعد جو کچھ ہے، وہ آپ کے سامنے حاضر ہے۔

زیر نظر شمارہ انتخاب میں نئے، پرانے اور بہت پرانے ترجمے بھی شامل اشاعت ہیں۔ مطبوعہ تراجم کا لازمی مطلب ہمیشہ یہ نہیں ہوتا کہ وہ تمام قارئین کی نظروں سے گزرے بھی ہوں، چونکہ ہندوستان میں چھپنے والے بیشتر تراجم کی رسائی پاکستانی قارئین تک نہیں ہو پاتی اور اسی طرح پاکستان میں شائع ہونے والے تمام تراجم ہندوستانی قارئین تک نہیں پہنچ پاتے۔ پھر یہ بھی ضروری نہیں کہ اپنے ہی ملک میں شائع شدہ تمام تراجم بھی ہمارے زیر مطالعہ رہے ہوں۔

ہم نے کوشش کی ہے کہ اس انتخاب میں مصنفین کے علاوہ مترجمین کے بھی مختصر تعارف پیش کیے جائیں کہ انھی کے توسط سے ہم تک دنیا بھر کی زبانوں کے نثر پارے پہنچتے رہے ہیں، ان کے اس احسان سے زبانوں کے علاوہ ثقافتیں بھی ثروت مند ہوتی ہیں اور ہم سب ان کے ایک طرح سے مقروض ہیں۔ پھر بھی کچھ مصنفین اور مترجمین کا تعارف ہمیں نہ مل سکا، لہٰذا ہم کوشش کے باوجود بے بس نظر آئے۔

ہم ان تمام اداروں، کتابوں، رسائل، بلاگس، اخباروں وغیرہ کے بھی شکر گزار ہیں جہاں سے ترجمے حاصل کیے گئے۔ اس کے علاوہ میں ان مترجمین کا خصوصی طور پر شکریہ ادا کرنا چاہوں گا جنھوں نے میری درخواست پر اس انتخاب کے لیے منتخبہ نثر پاروں کے ترجمے کی ذمہ داری قبول کی اور اسے پورا کیا۔

پاگل کی ڈائری

لہسوٗں (چین)

ترجمہ: ظ۔انصاری

مصنف کا نام نئے چینی ادب میں وہی درجہ رکھتا ہے جو ہمارے یہاں پریم چند کو حاصل ہے اور دلچسپ بات ہے کہ دونوں نے عمر بھی برابر پائی اور سن وفات بھی ایک ہی ہے۔ ۱۹۳۶ء میں دنیا کے تین بڑے افسانہ نگار اور نئے افسانے کے معمار اٹھ گئے: ایک گورکی، دوسرے لہسوٗں، تیسرے پریم چند۔

پریم چند کا نام اس ضمن میں یوں لیا گیا کہ لہسوٗں کو سمجھنے کے لیے پریم چند کو جان لینا کافی ہے، محض ایک بنیادی فرق کے ساتھ۔ وہ بنیادی فرق دراصل پریم چند اور لہسوٗں کی دو شخصیتوں میں نہیں ہے بلکہ ۱۹۳۰۔۱۹۳۶ء کے ہندوستان اور چین میں ہے اور ان دونوں کی سیاسی اور سماجی تحریکوں میں ہے۔

لہسوٗں نئے چینی ادب کے امام ہیں۔ ان کا اصلی نام چاؤ شو جن تھا۔ غیر ملکی ادب سے انھوں نے اعلیٰ ترجمے کیے۔ مضامین لکھے۔ کہانیاں لکھیں اور ہر میدان میں اپنا مقام پیدا کیا۔ وہ ایک عالم گھرانے میں پیدا ہوئے تھے لیکن آغاز شباب میں ہی ان کے گھر پر مصیبت ٹوٹ پڑی۔ ماں نے شوہر کی وفات کے بعد بڑی مصیبتوں سے بیٹے کو نانکنگ کے اسکول میں تعلیم کے لیے بھیجا۔ وہاں سے وہ آگے بڑھے اور بی۔ اے پاس کرنے پر سرکاری وظیفہ ملا۔ یہاں سے وہ ڈاکٹری کی اعلیٰ سند لینے کے لیے جاپان چلے گئے۔ وہاں انھوں نے جراحی کی تحقیق کی اور مزید تربیت حاصل کی۔ انھیں واپسی پر ڈاکٹری کرنی تھی لیکن ایک واقعے نے ان کی آنکھیں کھول دیں اور انھوں نے محسوس کیا کہ چینی قوم کا علاج صرف ڈاکٹروں کے نشتر و مرہم کا محتاج نہیں ہے بلکہ کچھ اور بھی

چاہیے۔ نشتر رکھ کر قلم انھوں نے اٹھالیا۔

سب سے پہلا کام اس سلسلے میں یہ کیا کہ یورپ کے مظلوم اور دبے ہوئے ملکوں کی مختصر کہانیاں چھانٹ کر ان کا ترجمہ کرڈالا۔ انھوں نے پڑھانا شروع کردیا۔ ۱۹۱۲ء میں جب مانچو خاندان کی حکومت کا تختہ الٹا گیا اور پارلیمنٹ قائم ہوئی تو انھیں وزارت تعلیم میں عہدہ ملا۔ اس کے ایک عرصے بعد وہ یونیورسٹیوں میں چینی ادب کے لکچرر ہو گئے۔ اصل میں ۱۹۱۸ء سے انھوں نے ادبی سرگرمی کو دن رات دینے شروع کیے اور ایسی مختصر کہانیاں لکھیں جنھوں نے چین میں نئی ادبی تحریک کے لیے میدان ہموار کیا۔

۱۹۲۵ء تک انھوں نے ۲۶ کہانیاں لکھیں جو خوب مقبول ہوئیں۔ اس زمانے میں یونیورسٹی کے طالب علموں نے ہڑتال کی اور لوہسؤں نے ان کی حمایت کی۔ انھیں ملازمت سے برطرف کردیا گیا۔ پیکنگ جو چین کا شہر علم ہے، وہاں سے اس کے بعد زیادہ تر انقلابی خیالات کے پروفیسر چلے آئے۔ لوہسؤں بھی آگئے اور اموے یونیورسٹی میں پروفیسر ہو گئے۔ پھر کنیٹن میں آکر سن یاٹ سن یونیورسٹی کے ڈین مقرر ہوئے۔

انقلابی ادب کی راہ سے جھاڑ جھنکاڑ ہٹانے میں لوہسؤں کے ہاتھ سب سے زیادہ زخمی ہوئے۔ انھوں نے ۱۹۲۷۔۱۹۳۲ء تک رجعت پرست ادیبوں کی مختلف ٹولیوں سے نظریاتی جنگ کی ہے۔ پہلے وہ تخلیقی ادب کے حامیوں سے الجھے مگر پھر خود پرولتاری اور انقلابی ادب کے حامی ہو گئے۔ اور ایسے حامی ہوئے کہ پھر ان کی تنقیدیں اور ان کی کہانیاں انقلابی ادب کی علمبردار بن گئیں۔ ۱۹۳۰ء میں وہ بائیں بازو کے ادیبوں کی جماعت کے ممبر ہو گئے اور ان ترقی پسند پرچوں میں لکھتے رہے جنھیں کومن ٹانگ حکومت بار بار بند کرتی رہی۔

چین میں ان کے تنقیدی مضامین کی بڑی اہمیت ہے۔ وہ چین کی قدیم اور جدید ادبی روایات کے بڑے ماہر تھے اور یہ مہارت خود ان کی کہانیوں سے بھی نمایاں ہے جنھیں غیر ملکی ادب پسندوں نے ہاتھوں ہاتھ لیا۔ لوہسؤں کی طنز کی دھار تیز ہے اور ان کی تکنیک بالکل جدید اور اچھوتی ہے جس نے چین کے قدیم سماج کے پردے چاک کردیے ہیں۔ سردار کے۔ ایم مانیکر کے بیان کے مطابق گورکی اور سوفٹ سے لوہسؤں کو بڑی مماثلت ہے، خاص طور پر طرز بیان میں۔

وہ اصلاح کے بجائے انقلاب کی تبلیغ کرتے ہیں اور اسی لیے ان کا درجہ چین کے انقلابی ادب میں رہنما کا ہے۔

لوہسؤں کی ادبی تحریروں نے اور تحریک نے چین کے انقلابی ادیبوں کی نوجوان نسل کو بے حد متاثر کیا اور ماؤ تون، لاؤ شیہہ، لیو پائی یو، وائی وائی اور چاؤ شولی جیسے ادیب پیدا کیے۔

زیر نظر کہانی 'پاگل کی ڈائری' ۱۹۱۸ء میں لکھی گئی تھی اور بے حد مقبول ہوئی تھی۔ یہ ایک کڑی ہے

جو انقلابی بحران کے زمانے کے ادب اور جدید ترین ادب کے درمیان پُل تیار کرتی ہے اور یہی اس کی اہمیت ہے۔[مترجم]

☆

مترجم ظل حسنین نقوی المعروف ظ۔ انصاری (۱۹۲۵ء-۱۹۹۱ء) ایک ہندوستانی ادیب، نقاد، محقق اور صحافی تھے۔ وہ لسانیات میں پی ایچ ڈی تھے اور اردو، روسی، عربی، انگریزی اور فارسی پر عبور رکھتے تھے۔

ظ انصاری ۶۵ برس جیے۔ لگ بھگ چالیس برس بے تکان لکھا، ترجمے کیے، کالم تحریر کیے، اداریے لکھے، تبصرہ، تنقید، تحقیق، ترجمہ اور خاکہ نگاری؛ غرض ہر میدان میں قلم کاری کی۔ اردو کی دانشوری کی روایت کو آگے بڑھایا، صاحب طرز ادیب کہلائے۔

دو بھائی تھے جن کا نام بتانا یہاں کچھ ایسا ضروری نہیں ہے۔ مڈل اسکول میں جب میں پڑھتا تھا تو ان دونوں دوستوں سے میری کافی بے تکلفی تھی۔ مگر جدا ہوئے برسوں گزر گئے۔ اور جتنا زمانہ گزرتا گیا، ان کی خیر خبر اتنی ہی دور ہوتی چلی گئی۔

کچھ روز ہوئے جب مجھے پتہ چلا کہ ان میں سے ایک کی حالت خراب ہے۔ جب میں اپنے وطن لوٹا تو بیماری کے بستر پر ان سے ملنے گیا۔ بڑے بھائی نے میرا خیر مقدم کیا اور کہا کہ چھوٹا بھائی بیمار ہوا تھا۔ اس نے بیمار پُرسی کے لیے آنے پر میرا شکریہ ادا کیا اور کہا کہ آپ فکر نہ کیجیے۔ اب ان کی حالت بہتر ہے اور وہ ایک سرکاری کام کے سلسلے میں باہر گئے ہوئے ہیں۔ اتنا کہہ کر اس نے زور سے قہقہہ لگایا اور بولا کہ ''جب بھائی جان بیمار تھے اور دماغی بحران کی حالت تھی، اس وقت انھوں نے ایک ڈائری لکھی تھی۔ ڈائری کو دیکھنے سے اندازہ ہوسکتا ہے کہ ان کی بیماری کیسی خطرناک ہوگئی تھی۔'' بڑے بھائی نے مجھے بتایا کہ اگر بھائی جان کے دوست اس ڈائری کو دیکھیں تو شاید انھیں لطف آئے گا۔

میں نے ڈائری لی اور مطالعہ کرنے کے لیے اپنے گھر لے آیا۔ اسے پڑھ کر مجھے اندازہ ہوا کہ میرا دوست 'مظلومیت کے خلجان' میں مبتلا ہوگیا۔ اسے یہ مراق ہوگیا تھا کہ مجھ پر ظلم کیا جارہا ہے۔ ڈائری ایسی زبان میں لکھی ہوئی ہے کہ وہ کافی الجھی ہوئی ہے۔ اَنمل بے جوڑ جملے ہیں اور اوٹ پٹانگ عبارت ہے۔ نہ تو تحریر یا عبارت پر تاریخیں لکھی ہوئی ہیں۔ نہ روشنائی اور تحریر میں یکسانی ہے۔ اس سے میں نے نتیجہ نکالا کہ یہ ڈائری ایک وقت میں یا ایک تسلسل کے ساتھ نہیں لکھی گئی ہے۔ مگر چونکہ ڈائری کے ان مختلف ٹکڑوں کے درمیان ایک اندرونی منطق اور رشتہ سا نظر آتا ہے، اس لیے میں ایک نقل کرکے دماغی بیماروں کے ماہرین کے سامنے رکھنا چاہتا ہوں۔ میں نے اسے ڈائری میں لوگوں کے نام تو ضرور بدلے ہیں، اگرچہ میں جانتا ہوں کہ ان لوگوں کے نام میرے قصبے کے باہر کی دنیا نہیں جانتی تاہم ناموں کی تبدیلی میں نے کردی۔ اس کے سوا ساری عبارت لفظ بہ لفظ نقل کی ہے اور

ناموں کی تبدیلی سے عبارت میں کوئی خلل نہیں پڑا ہے۔ عنوان کے متعلق عرض یہ ہے کہ خود میرے دوست نے یہ عنوان یا نام قرار دیا تھا۔ اس وقت جب کہ وہ صحت یاب ہو چکے تھے، میں نہیں سمجھتا کہ اس عنوان یا نام کو بدلنے کی کوئی ضرورت رہ جاتی ہے۔

۲ اپریل۔ جمہوریہ کا ساتواں سال۔ (۱۹۱۸ء)

(۱)

آج شام چاند بہت روشن ہے۔

تیس برس ہو گئے کہ میں نے اس کو دیکھا ہی نہ تھا۔ آج دیکھا اور بہت فرحت محسوس ہوئی۔ تب مجھے خیال آیا کہ یہ جو تیس برس کا لمبا عرصہ گزرا ہے، یہ بالکل خواب کی طرح گزر گیا۔ لیکن مجھے چوکنا رہنا چاہیے، ورنہ یہ کاؤ کے کتے نے مجھے ایسے کیوں گھورا؟ کئی بار گھورا ہے۔ اندیشے کی بات ہے ضرور۔

(۲)

آج رات چاند غائب ہے۔ میں سمجھتا ہوں کہ کوئی بُری بات ہونے والی ہے۔ آج صبح جب میں باہر گیا تو خوب ہوشیار اور چوکنا تھا۔ بڑے کاؤ کے تیور بدلے ہوئے سے تھے۔ وہ مجھ سے گھبرایا ہوا معلوم ہوتا تھا، جیسے وہ مجھ سے کسی بُرے سلوک کا بدلہ لینا چاہتا ہو۔ چھ سات اور آدمی بھی تھے جو میرے بارے میں کانا پھوسی کر رہے تھے۔ میری نظر پڑنے سے وہ فکر مند اور خوفزدہ معلوم ہوتے تھے۔ سڑک پر سارے آدمیوں کی یہی حالت تھی۔ ان میں سے ایک آدمی تو خاص طور سے بہت ہی بپھرا ہوا تھا۔ وہ میری آنکھوں میں آنکھیں ڈال کر زور سے ہنس پڑا اور اس نے دانت پھاڑ دیے۔ اسے دیکھ کر چوٹی سے ایڑی تک میرا رواں رواں لرز گیا۔ اب میں سمجھتا ہوں کہ ان لوگوں کی ساری تیاریاں پوری ہو چکی ہیں۔

مگر مجھے کیوں خوف ہوتا۔ میں سڑک پر چلتا رہا۔ بچوں کا ایک جمگھٹا تھا، وہ بھی میرے بارے میں باتیں کر رہے تھے۔ بڑے کاؤ کے سے تیور ان بچوں کے بھی معلوم ہوتے تھے۔ ان کے چہروں پر بھی تُرشی نظر آتی تھی۔ میں نے جی میں سوچا کہ آخر ان بچوں سے مجھے یا ان کو مجھ سے کیا بیر ہو سکتا ہے جو یہ بھی ایسے ہو گئے۔ زور سے میری چیخ نکلی، ''بولو۔ مجھے بتاؤ۔'' سنتے ہی بچے سر پر پیر رکھ کر بھاگے۔

پھر میں نے سوچا کہ بڑے کاؤ اور مجھ میں کون سی دشمنی ہے آخر؟ یا سڑک پر چلتے پھرتے لوگوں کا میں نے کیا بگاڑا ہے؟ صرف اتنی ہی بات ہے نا کہ بیس برس ہوئے جب میں ایک دفعہ کوچیو کے بہی کھاتے پر جوتوں سمیت چڑھ گیا تھا اور مسٹر کوچیو کو اس سے پریشانی کا سامنا کرنا پڑا تھا۔ بڑے کاؤ کی اگرچہ کوچیو سے جان پہچان بھی نہیں ہے مگر معلوم ہوتا ہے کہ اس تک بھی یہ خبر پہنچی ہوگی اور وہ اس توہین کا بدلہ لینے پر تُلا ہوا ہے۔ اسی شخص نے سڑک پر چلتے پھرتے لوگوں کو میرے خلاف خوب بھرا ہے۔ مگر یہ بچے؟ ان سے اس بات کا کیا واسطہ؟ یہ تو اس

وقت ماں کے پیٹ سے بھی نہیں نکلے تھے۔ یہ مجھے اس طرح آنکھیں پھاڑ کر کیوں دیکھتے ہیں جیسے خوفزدہ ہو گئے ہوں۔ جیسے مجھ سے بدلہ لینا چاہتے ہوں۔ اس سے مجھے ہول آتا ہے۔ حیرت ہوتی ہے اور میرا دل بیٹھ جاتا ہے۔

اب سمجھا میں! ان بچوں کے والدین نے انھیں ایسا سکھایا پڑھایا ہو گا۔

(۳)

رات کی نیند اُڑ گئی ہے۔ آدمی کو کسی بات کے سمجھنے کے لیے اسے خوف کرید کرید کر دیکھنا بھالنا چاہیے۔

یہ لوگ، کیا لوگ ہیں، بعضوں کو مجسٹریٹ نے عدالت کے کٹہرے میں ٹانگ دیا۔ بعض کو شریفوں کے طمانچے کھانے پڑے۔ بعض ایسے ہیں کہ ان کی بیویوں کو دو پیسے کے آدمی کی گالیاں سننی پڑیں۔ بعض کے والدین کی زندگی کا بوریا بستر مہاجنوں نے دنیا سے گول کر دیا۔ یہ لوگ ساری مصیبتیں سہتے رہے مگر جیسے خطرناک اور بکھرے ہوئے وہ کل نظر آرہے تھے، ایسے تو کبھی نظر نہیں آئے تھے۔ نہ انھیں کبھی اتنا غصہ آیا تھا۔

سڑک پر کل جو وہ عورت چلی جا رہی تھی، وہ بڑی عجیب وغریب عورت تھی۔ اس نے اپنے بچے کے طمانچہ رسید کر دیا اور بولی، ''میں تجھے کچا چبا جاؤں گی تب میرے کلیجے میں ٹھنڈک پڑے گی۔'' مگر جب وہ یہ لفظ کہہ رہی تھی تو میری طرف دیکھتی جا رہی تھی۔ مجھ سے برداشت نہیں ہوسکا اور وہاں سے دوڑ لیا۔ اس پر وہ ترش چہروں والا ہجوم دانت پھاڑ کر ہنسنے لگا۔ پھر چن لاؤ دوا آ گیا اور مجھے کھینچتا ہوا گھر لے آیا۔

وہ مجھے گھر لے گیا تو گھر میں جسے دیکھتا ہوں، وہ بالکل اجنبی کا سا برتاؤ کرتا ہے۔ ان کے چہروں کی بھی وہی کیفیت تھی جو اور لوگوں کے چہروں پر برس رہی تھی۔ میں جیسے ہی مطالعے کے کمرے میں داخل ہوا، انھوں نے آگے سے دروازے پر قفل ٹھونک دیا جیسے کسی مرغی یا بطخ کو ڈربے میں بند کر دیتے ہیں۔ یہ معاملہ ایسا ہے جس نے مجھے اور بھی زیادہ الجھاوے میں ڈال دیا ہے۔

کچھ دن ہوئے بھیڑیا گاؤں کی رعایا یہ کہنے آئی تھی کہ ان کے ضلع میں قحط پڑ گیا ہے۔ انھوں نے میرے بھائی سے کہا کہ گاؤں والوں نے ایک بڑے بدمعاش کو مار ڈالا اور مارنے کے بعد کئی آدمی اس پر ٹوٹ پڑے۔ انھوں نے اس کا دل اور جگر نکال لیا۔ ان کا قیمہ کیا اور قیمہ خود کھایا تاکہ ہمت آئے۔ اتفاق سے عین گفتگو کے درمیان میں بھی داخل ہو گیا۔ میرے بھائی اور ان کے کسانوں مجھے بُری نظر سے دیکھا۔ اب میرا خیال ہے کہ انھوں نے مجھے ویسے ہی دیکھا ہے جیسے سڑک کے لوگ دیکھا کرتے ہیں۔

جب میں اس بات پر غور کرتا ہوں تو چوٹی سے ایڑی تک سارا جسم لرز جاتا ہے۔

یہ لوگ اس شخص کے اعضائے رئیسہ کو ہڑپ کر گئے۔ بھلا یہ مجھے چھوڑ دیں گے؟ ذرا سوچو، اس عورت نے کیا کہا تھا، ''تجھے کچا چبا جاؤں۔'' اب ذرا ان لفظوں کو ان تُرش چہروں والے ہجوم کے قہقہوں سے ملا کر دیکھو جو منھ پھاڑے ہنس رہے تھے اور پھر یہ گاؤں کی رعایا جو قصہ سنا رہی تھی، الفاظ میں کوئی بڑی حقیقت چھپی ہوئی ہے۔ ان کے لفظوں میں زہر بھرا ہوا ہے۔ قہقہے نہیں خنجر ہیں۔ اور جب یہ لوگ سفید سفید چمکتے ہوئے دانت پھاڑتے ہیں

تو صاف نظر آتا ہے کہ یہ آدمی نہیں بلکہ آدم خور دیو ہیں۔

اب میں جو غور کرتا ہوں تو میں کوئی بدمعاش یا بُرا آدمی نہیں ہوں۔ مگر ہاں میں نے کوچیو کے بہی کھاتے کو جوتوں سے کچلا تھا۔ اب کیا کہا جائے۔ کہنا مشکل ہے۔ ان لوگوں کے دماغ میں کچھ اور خیال گھسا ہوا ہے جس کا قیاس کرنا مشکل ہے۔ پھر ایک بات یہ بھی ہے کہ یہ لوگ کسی بات پر آپ سے بگڑ جائیں گے تو کہیں گے کہ آپ بڑے بدمعاش ہیں۔ مجھے یاد ہے کہ جب میرے بڑے بھائی نے مجھے مضمون لکھنا سکھایا تھا۔ اگرچہ لوگ کچھ ایسے برے نہیں تھے مگر میں نے ان پر تنقید یا نکتہ چینی کر دی تو وہ میری نکتہ چینی پر پسندیدگی کا اظہار کیا کرتے تھے اور اپنی پسند خاص کا نشان ان جملوں پر لگا دیا کرتے تھے۔ اور اگر میں برے سے برے آدمی کو معاف کر دیا کرتا تھا تو وہ کہتے تھے، ''تم دوسرے لوگوں سے کس قدر مختلف اور کتنے عجیب ہو۔'' بھلا مجھے کیا معلوم ان لوگوں کے خیالات کیسے ہیں۔ خاص طور سے جب وہ کسی آدمی کو ہڑپ کرنے اور چبا جانے کی نیت لیے بیٹھے ہوں۔

ایک ایک بات کو سمجھنے سے پہلے اور رائے قائم کرنے سے پہلے خوف کرید کرید کر دیکھ لینا چاہیے۔ قدیم زمانوں سے لے کر آج تک یہ دستور رہا ہے کہ لوگوں کو خوراک بنایا گیا ہے۔ مجھے ایسا یاد پڑتا ہے مگر ذہن میں پوری طرح واضح نہیں ہے۔ میں نے تاریخ کی کتاب الٹی، اس سلسلے میں تاریخ سے حوالہ حاصل کرنا چاہا مگر کتاب میں تاریخوں کا پتہ ہی نہیں ہے۔ ہر صفحے پر کیڑے مکوڑوں کی طرح سے یہ اوصاف لکھے ہوئے تھے کہ خیرات، بخشش، راست بازی، اخلاق حسنہ اور پاکیزگی۔ میں کروٹوں پر کروٹیں لیتا رہا مگر نیند کا دور دور گزر نہ تھا۔ آدھی رات تک کتاب کو میں نے بڑے غور سے اُلٹا پلٹا، تب کہیں جا کے میری نظر پڑی کہ ان الفاظ اور علامات کے درمیان یا بین السطور میں کیا لکھا ہے۔ وہاں صرف دو الفاظ پوشیدہ تھے: ''انسان کو ہڑپ کرنا۔''

کتاب میں لکھے ہوئے تمام الفاظ و عبارت اور وہ رعایا کسان جو بات کہہ گئے ہیں، وہ سب کے سب دانت پھاڑ کر اور آنکھیں گڑو کر مجھے ایسے دیکھتے ہیں کہ ان کی نظروں میں عجوبہ پن پایا جاتا ہے۔

میں بھی آخر ایک آدمی ہوں۔ یہ آدم خور مجھے ہضم کرنے پر تُلے ہوئے ہیں۔

(۴)

آج صبح میں بیٹھا ہوا تھا چپ چاپ کہ اتنے میں چن لاؤدو کے ہاں سے کھانا آ گیا۔ کھانے میں ایک تو ترکاریوں کا سالن تھا، دوسرے بھاپ میں پکی ہوئی مچھلی۔ مچھلی کی آنکھیں سفید اور سخت تھیں۔ مچھلی کا دہانہ ایسے ہی پھٹا ہوا تھا جیسے اس آدم خور ہجوم کے منہ نظر آتے تھے۔ میں نے ابھی دو چار ہی لقمے لیے ہوں گے کہ میں سوچ میں پڑ گیا کہ یہ چیز جو حلق سے پھسلی ہے، وہ کوئی مچھلی تھی یا آدمی۔ چنانچہ مجھے اس بھری ہوئی پلیٹ سے متلی ہونے لگی اور میں نے اسے زمین پر پھینک دیا۔

میں نے کہا: ''اے لاؤدو! تم جا کے میرے بھائی سے کہہ دو میرا دم گھٹا جا رہا ہے۔ میں ذرا باغ میں ٹہلنا چاہتا ہوں۔'' لاؤدو نے میری بات کا کوئی جواب نہ دیا۔ وہ سیدھا باہر چل دیا۔ تھوڑی دیر بعد وہ واپس آیا اور

اس نے دروازہ کھول دیا۔

میری سمجھ میں نہیں آیا کہ یہ لوگ میرے ساتھ کیا کرنے والے ہیں۔ لیکن اتنا ضرور سمجھ گیا ہوں کہ وہ اپنا پنجہ ڈھیلا نہیں کریں گے۔ لازمی بات ہے کہ میرے بھائی صاحب اس بوڑھے آدمی کو بلا کر لائے ہوں گے جو میری طرف دبے پاؤں سے بڑھ رہا تھا۔ وہ اس بات سے ڈرا ہوا تھا کہ کہیں میں اس کی آنکھوں میں چھپی ہوئی وحشت سے آگاہ نہ ہو جاؤں۔ چنانچہ اس نے اپنی آنکھیں زمین پر بچھائی تھیں۔ اس نے کنکھیوں سے مجھے دیکھا۔ بھائی صاحب مجھ سے کہنے لگے، ''آپ آج اچھے خاصے معلوم ہوتے ہیں۔ حال بہتر ہے۔'' میں نے جواب دیا، ''جی ہاں۔'' بھائی صاحب نے بتایا، ''ہم نے ڈاکٹر ہو کو بلایا ہے کہ وہ آج سے آپ کا علاج اپنے ہاتھ میں لیں۔'' میں نے جواب دیا، ''بہت اچھا!'' کیا یہ لوگ سمجھتے ہیں کہ مجھے یہ بھی خبر نہیں کہ یہ بوڑھا آدمی جو آرہا ہے، دراصل بھیس بدلا ہوا جلاد ہے؟ اس نے نبض دیکھنے کے بہانے ہاتھ بڑھایا۔ حالاں کہ اس کی نیت مجھے بھانپ لینے کی تھی میں اب ذبح کیے جانے قابل موٹا تازہ ہو گیا ہوں یا نہیں۔ اگر میں ذبح کیا گیا تو اسے بھی اپنی شاندار خدمات کے صلے میں میرے گوشت کا ایک ٹکڑا مل جائے گا۔ مگر مجھے بالکل اندیشہ نہیں ہے۔ میں اگرچہ ان لوگوں کی طرح کوئی آدم خور نہیں ہوں، تاہم میری ہمت ان آدم خوروں سے کہیں زیادہ بلند ہے۔ میں نے دونوں مکے تان لیے اور تیار ہو گیا کہ دیکھوں اب یہ کیا کرتا ہے۔ بڑے میاں سیدھے ہو گئے۔ آنکھیں بند کر کے چپ چاپ بیٹھ گئے اور دیر تک میری نبض دیکھتے رہے۔ بہت دیر تک وہ بالکل خاموش رہے۔ اس کے بعد بڑے میاں نے اپنی شیطان صفت آنکھیں کھولیں اور بولے۔ ''تم اِدھر اُدھر کی باتیں مت سوچا کرو۔ بالکل پُرسکون اور مطمئن رہو۔ چند روز آرام و راحت سے گزارو، پھر تم بالکل ٹھیک ہو جاؤ گے۔''

''ہاں۔ تو سوچا مت کرو۔ آرام کیے جاؤ۔ اور صحت بحال کر لو۔'' یہ اس لیے کہا جا رہا ہے کہ میں آرام کرتے کرتے جب تر و تازہ اور فربہ ہو جاؤں گا تو میں ان کے ہڑپ کرنے کے لیے زیادہ اچھی خوراک بن سکوں گا۔ بھلا مجھے اس سے کیا فائدہ۔ میں بالکل 'تندرست' کیسے ہو جاؤں گا۔ لوگوں کا یہ ہجوم جو دوسروں کو چبا جانے پر تُلا ہوا ہے، جو اِدھر اُدھر خوراک سونگھتا پھرتا ہے اور اپنی نیت چھپانا چاہتا ہے اور جس کی ہمت نہیں پڑتی کہ کھلے بندوں کسی کو ذبح کر لے۔ ان لوگوں پر مجھے ایسی ہنسی آتی ہے کہ میں ہنستے ہنستے مر جاؤں گا، مجھ سے ضبط نہ ہو سکا۔ مجھ پر زوردار قہقہوں کا دورہ پڑا۔ میں بے حد خوش و خرم تھا۔ میں جانتا بوجھتا ہوں کہ میرے قہقہوں میں حوصلہ مندی اور میرے قہقہے زندگی کی صحیح اسپرٹ پیش کرتے ہیں۔ بڑے میاں اور میرے بھائی صاحب دونوں میرے قہقہوں سے سکتے میں رہ گئے۔ میری ہمت اور حوصلہ اور صحیح جذبہ ان پر حاوی ہو گیا تھا۔

مگر یہ میری حوصلہ مندی ہے جو انھیں اس بات پر اور بھی زیادہ آمادہ کرے گی کہ وہ مجھے اپنی خوراک بنا لیں تاکہ میری ہمت اور میرا حوصلہ ان لوگوں کا جزو بدن بن سکے۔ بڑے میاں فوراً دروازہ کھول کر باہر نکل گئے۔ مگر ابھی وہ دور نہیں گئے تھے کہ انھوں نے بہت آہستہ سے میرے بھائی سے کہا، ''جلدی ہی کی جائے۔'' میرے بھائی نے اتفاق کرتے ہوئے سر ہلایا۔ اچھا تو بھائی صاحب کی یہ ملی بھگت ہے! اگرچہ میری دریافت ایسی

ہے کہ پہلے سے اس کا وہم وگمان بھی نہ ہوسکتا تھا لیکن مجھے کوئی حیرت نہ ہوئی۔ میرا بھائی اور وہ بھی مجھے ہضم کر جانے کی سازش میں شریک!

آدم خور دیو اور وہ میرا بھائی ہو۔

میں ایک آدم خور کا بھائی ہوں۔

اگر مجھے ہضم بھی کرلیا جائے، مان لو۔ تو پھر بھی مجھ پر یہ الزام رہے گا کہ میں ایک آدم خور شیطان کا بھائی تھا۔

(۵)

میں نے اور غور کیا۔ فرض کرو وہ خرانٹ جو میرا معالجہ کرنے آیا تھا، کوئی بھیس بدلا ہوا جلاد نہیں بلکہ سچ مچ ایک ڈاکٹر ہی تھا، پھر بھی وہ آدم خور تو ضرور ہوگا۔ وہ کتابچہ جو موجودہ ڈاکٹروں کے پیش رو ڈاکٹر لی شیہہ چن نے جڑی بوٹیوں پر لکھا ہے، اس میں صاف طور پر درج ہے کہ انسان کا گوشت بھون کر کھایا جاسکتا ہے۔ اب بھی کیا وہ انکار کرسکتا ہے کہ وہ آدم خور نہیں ہے۔

جہاں تک میرے بھائی کا تعلق ہے، میں انھیں بے سبب الزام نہیں دیتا۔ جب وہ مجھے پڑھایا کرتے تھے، اس زمانے میں انھوں نے ایک بار خود مجھ سے کہا تھا کہ آدمی روٹی کے لیے اپنی اولاد دے سکتا ہے۔ اور ایک بار کسی بدمعاش کا تذکرہ کرتے ہوئے انھوں نے مجھ سے کہا تھا، ''اچھا ہوا قتل ہوگیا، اس کے لیے یہی بہتر تھا۔ اس کا گوشت چبایا جانا چاہیے اور اس کی کھال کا کمبل بننا چاہیے تھا۔ وہ اسی قابل تھا۔'' میں اس زمانے میں بہت کم عمر تھا اور میرا دل بہت زور سے دھڑکتا رہا۔ اور اس دن جب بھیڑیا گاؤں کے کسانوں نے آکر آدمی کے ذبح ہونے اور قلب وجگر چبائے جانے کا قصہ سنایا ہے، تب بھی انھیں ذرا اضطراب یا تعجب نہ ہوا۔ وہ برابر اثبات میں سر ہلاتے رہے۔ اس سے صاف نتیجہ نکلتا ہے کہ ان کے خیالات پہلے کی طرح اب بھی بے رحم اور بے دردی کے ہیں۔ بھلا اگر تم اولاد دے سکتے ہو روٹی کے لیے تو پھر کیا رہ جاتا ہے، تم ہر چیز دے سکتے ہو۔ تم کسی کو بھی ہضم کرسکتے ہو۔ پہلے یہ ہوا کرتا تھا کہ جو کچھ وہ کہتے جاتے تھے، میں چپ چاپ سن لیا کرتا تھا۔ ان کے کسی لکچر پر، کسی بات پر زیادہ بحث نہیں کرتا تھا۔ اب میں سمجھ گیا ہوں کہ ان دنوں جب وہ مجھے پڑھایا کرتے تھے، انسان کی چربی تبھی سے ان کے ہونٹوں پر لگی ہوئی تھی اور ان کے دل میں آدمی کو خوراک بنانے کی تمنا بھری ہوئی تھی۔

(۶)

ہر طرف اندھیرا ہے۔ معلوم نہیں رات ہے یا دن؟ کاؤ کا کتا پھر بھونکے جارہا ہے۔

شیر کی غضب ناکی، خرگوش کی انکساری، لومڑی کی مکاری۔۔۔

(۷)

اب میں ان کے طریق کار کو بھانپ گیا ہوں۔ یہ لوگ سیدھے طریقے سے مجھے ذبح کرنے والے نہیں ہیں۔ ان کی اتنی ہمت ہی نہیں ہے۔ وہ اس کے انجام سے ڈرتے ہیں۔ چنانچہ اب وہ ملی بھگت سے کام لے رہے ہیں۔ انھوں نے ایسی سازش رچائی ہے کہ چاروں طرف سے گھیر کر خود کو قتل کرنے پر آمادہ کر دیا جائے۔ کل جب سڑک پر میں نے لوگوں کے چہرے پڑھے اور انھیں اپنے بھائی صاحب کے برتاؤ سے جوڑ کر دیکھا تو میں قریب قریب ان لوگوں کی سازش کو نوے فیصد بھانپ گیا۔ جس بات سے یہ سب سے زیادہ خوش ہوں گے، یہ ہے کہ میں اپنی کمر کے چاروں طرف کھڑکی کا رستہ کس لوں، اسے کڑی سے لٹکا دوں اور لٹک کر جان دے دوں۔ اس طرح دم گھٹنے سے میرا خاتمہ بھی ہو جائے گا۔ ان لوگوں پر قاتل ہونے کا داغ بھی نہیں لگے گا اور ان کی دلی تمنا بھی برآئے گی۔ یہ مسرت کے شادیانے بجائیں گے۔ اگر یوں نہ ہوا اور میں غم و خوف کے مارے مارا گیا تو میں دُبلا ہو چکا ہوں گا۔ تب بھی وہ رضامندی اور پسندیدگی کا اظہار تو کریں گے ہی۔

یہ لوگ مردار گوشت ہی ہضم کر سکتے ہیں۔ اچھی بات ہے۔ دیکھوں گا۔ ایک بار میں نے کسی درندے کا تذکرہ کہیں پڑھا تھا، جس کا نام تھا چیتا۔ اس کی آنکھیں اور پورا چہرہ ایسا خوفناک ہوتا ہے کہ اس کی تاب لانا مشکل ہے۔ چیتا عموماً مردار گوشت کھاتا ہے اور بڑی سے بڑی ہڈی کو بھی چبا کر ریزہ ریزہ کر دیتا ہے اور پھر انھیں نگل لیتا ہے۔ اس کا خیال کرنے سے بھی میری روح لرزتی ہے۔ چیتے اور بھیڑیے میں قرابت داری ہے۔ بھیڑیے سے کتے کا نسلی تعلق ہے۔ کل کاؤ کا کتا مجھے بار بار گھور کر دیکھ رہا تھا۔ ہو سکتا ہے کہ اس کے دماغ میں بھی وہی خیال گھسا ہوا ہو۔ وہ بھی اس سازش میں شریک معلوم ہوتا ہے۔ اپنا حصہ اسے بھی ملے گا۔ اگرچہ اس خرانٹ ڈاکٹر نے اپنی آنکھیں فرش پر بچھا رکھی تھیں لیکن میں بھلا اس بات سے کب دھوکا کھا سکتا ہوں۔

سب سے زیادہ قابل رحم حالت میرے بھائی کی ہے۔ بہر حال وہ بھی انسان ہے۔ اسے خوف کیوں نہیں آتا۔ وہ ان لوگوں کے ساتھ مجھے ہضم کرنے کی سازش میں کیوں شریک ہو گیا۔ کیا وہ اس آدم خوری کی عادت میں اتنا پختہ ہو گیا ہے کہ اب اسے یہ حرکت بُری نہیں معلوم ہوتی۔ یا وہ اپنے ضمیر کے خلاف عمل کر رہا ہے اور اس جرم سے آگاہ ہے جو اس کے ہاتھوں عمل پذیر ہوگا۔

تم سے لے کر ہر ایک آدم خور دیو پر میں لعنت بھیجتا ہوں۔ تم سے لے کر ہر آدم خور دیو کو میں سرے سے بدل ڈالوں گا۔

(۸)

اب یہ تمام خیالات ان کے سامنے واضح ہو جانے چاہئیں۔ ایک دم کوئی نوجوان میرے پاس آیا۔ زیادہ سے زیادہ اس کی عمر بیس برس کی ہوگی۔ مجھے اس کا چہرہ صاف نظر نہیں آیا، مگر وہ مسکرا رہا تھا۔ مجھے دیکھ کر اس نے سر ہلایا۔ اس کی مسکراہٹ میں سچائی اور اصلیت نہیں تھی۔ میں نے اس سے پوچھا، ''یہ بتاؤ، آدم خوری جائز ہے

کیا؟'' اس نے جواب دیا مگر وہ جواب دیتے وقت بھی مسکرائے جا رہا تھا، ''اس سال تو قحط بھی نہیں پڑا، بھلا آدم خوری پسند کرتا ہے۔ اب میری ہمت سو گنا بڑھ گئی۔ میں نے پھر اسی بات پر زور دیا۔ ''میں پوچھتا ہوں کیا یہ جائز ہے؟''

وہ بولا، ''ایسے سوالات کرنے سے کیا حاصل؟ آپ جانتے ہیں مذاق کیسے کرنا چاہیے۔ موسم آج بہت عمدہ ہے۔''

''موسم اچھا ہے تو ہوا کرے۔ چاند روشن ہے تو ہو۔ مگر میں تم سے کیا پوچھ رہا ہوں۔ کیا یہ جائز ہے؟''

وہ میرے سوال کی تکرار سے الجھن میں پڑ گیا اور اس نے منمنا کر کہا، ''جی نہیں۔''

پھر میں نے پوچھا، ''جائز نہیں ہے تو یہ لوگ آدم خوری کیوں کرتے ہیں؟''

''یہ صحیح نہیں ہے۔''

''اچھا تو یہ صحیح خبر نہیں ہے؟ بتاؤ تو انھوں نے بھیڑیا گاؤں میں آدم خوری کیوں کی۔ اور تمام پرانی کتابوں میں ی بات تازہ خون جیسے روشن حرفوں میں لکھی ہوئی ہے۔''

یہ سنا تو اس نوجوان کی صورت بدل گئی۔ اس کا چہرہ فق ہو گیا۔ اس نے اپنی آنکھیں پھاڑیں اور بولا، ''ہو سکتا ہے کہ یہ واقعہ صحیح ہو۔ ایسا ہمیشہ ہوتا رہا ہے۔''

''ایسا ہوتا رہا ہے لیکن میں پوچھتا ہوں کیا ایسا ہوتے رہنا جائز ہے؟''

''میں آپ سے اس سوال پر بحث نہیں کرنا چاہتا۔ آپ کو اس کا ذکر بھی نہیں کرنا چاہیے۔ اگر آپ ایسا کریں گے تو غلطی کریں گے۔''

میں ایک دم اچھل کر کھڑا ہوا اور اس کو گھورنے لگا۔ مگر وہ غائب ہو چکا تھا۔ میں سر سے پاؤں تک ٹھنڈے پسینے میں تر ہو گیا۔ وہ میرے بھائی سے بھی بہت چھوٹا تھا۔ لیکن پھر بھی سازش میں اس کی شرکت تھی ضرور۔ ممکن ہے اس کے والدین نے اسے سکھایا پڑھایا ہو۔ مجھے تو خطرہ ہے کہ اس نے بھی اپنے بیٹے کو یہ تعلیم دی ہوگی۔ جبھی تو چھوٹے چھوٹے بچے بھی میری طرف وحشت ناک نظروں سے دیکھتے ہیں۔

(۹)

وہ لوگوں کو ہضم کر جانا چاہتے ہیں۔ حالاں کہ انھیں یہ بھی خوف لگا ہوا ہے کہ خود انھیں ہضم نہ کر لیا جائے۔ وہ جستجو اور شک سے بھری ہوئی نظریں اپنے گرد ڈالتے ہیں اور ایک دوسرے کے چہرے کو بڑے غور و تجسس سے دیکھتے ہیں۔

اگر یہ لوگ اپنے اس خیال خام سے نجات پا جائیں تو وہ اپنے کاروبار میں بڑے مزے سے مصروف رہ سکتے ہیں۔ اطمینان کے ساتھ گھوم پھر سکتے ہیں۔ کھا پی سکتے ہیں۔ چین کی نیند سو سکتے ہیں۔ کیسے لطف کی زندگی ہوگی ان لوگوں کو سدھارنا اور ان کی یہ خصلت بدلنا ایسا ہے جیسے دوسری منزل عبور کرنا یا ایک پہاڑی درّہ سے اس پار

پہنچنے کے لیے گزرنا۔

مگر کیا ہو۔ باپ اور بیٹے، بھائی اور بہنیں، شوہر اور بیویاں، دوست اور دشمن، استاد اور شاگرد اور اجنبی؛ غرض سب کے سب سازش میں شریک ہیں۔ ایک دوسرے کو اپنی طرف کھینچتے جا رہے ہیں۔ انھیں بھی اپنے جال میں پھانستے جا رہے ہیں۔ وہ اپنے سدھار سے تو مر جانا پسند کریں گے۔

میں صبح سویرے باہر نکلا بھائی صاحب سے ملنے۔ وہ بڑے کمرے کے دروازے کے سامنے کھڑے تھے اور آسمان کو تک رہے تھے۔ میں ان کے پیچھے پیچھے چلا اور ان کے راستے میں آ گیا۔ میں نے بڑی سماجت سے بڑے صبر و سکون کے ساتھ ان سے کہا؛ بھائی صاحب، میں آپ سے کچھ عرض کرنا چاہتا ہوں۔"

"ہاں کہو۔" انھوں نے تیزی سے مڑتے ہوئے اور سر کو ہلاتے ہوئے جواب دیا۔

"میں آپ سے صرف چند الفاظ کہنا چاہتا ہوں۔ مگر مجھے ان کے بیان کرنے میں بڑی مشکل پیش آ رہی ہے۔ بھائی صاحب میں مانتا ہوں کہ ابتدا میں سب کے سب بن مانس آدم خور ہوا کرتے تھے۔ بعد میں آگے چل کر ان کا رجحان بند گیا۔ ان میں سے کچھ نے آدمی کو کھانا چبانا چھوڑ دیا۔ اپنی اخلاقی حالت سدھارنے کی انتہائی شدید خواہش نے انھیں بن مانس سے آدمی بنا دیا۔ یعنی وہ اچھے خاصے انسان ہو گئے۔ ان میں سے کچھ ایسے تھے جو اپنے ہم جنسوں کو ہضم کرتے رہے۔ وہ جانوروں اور کیڑوں کی طرح سے تھے۔ پھر ترقی کرتے کرتے مچھلی بنے، مرغی بنے، بندر بنے، یہاں تک کہ موجودہ انسان بن گئے۔ کچھ تھے جن میں ترقی کرنے اور بہتر بننے کی تمنا ہی نہ تھی۔ وہ آج تک وہی جانور کے جانور رہیں۔ وہ لوگ جو اس کے بعد بھی آدم خور ہیں، کس قدر شرمناک اور قابل نفرت ہے ان کا وجود۔ ان وجودوں سے کہیں زیادہ قابل نفرت ہے جو انسانوں کو خوراک نہیں بناتے۔ ان دونوں طبقوں میں کتنا فرق ہے۔ اتنا جتنا کیڑوں مکوڑوں اور بندروں میں نہیں ہے۔

"یی یا اپنے بیٹے کو بھونے چی چو کو کھلانے کے لیے (۱)۔" یہ بہت پرانی بات ہوئی لیکن بھلا کون سوچ سکتا تھا کہ زمین و آسمان کے جدا ہونے کے بعد سے یی یا کے بیٹے تک برابر انسان انسان کو خوراک بناتا رہا ہے۔ اور پھر یی یا کے بیٹے سے لے کر حال کے زمانے میں شوشی لنگ (۲) تک آدمی کی خوراک بنتا رہا ہے۔ اور پھر اس کے بعد اب یہ بھیڑیا گاؤں کا واقعہ سامنے ہے جہاں ایک آدمی کو پکڑ لیا گیا۔ پچھلے سال جب عام طور پر پھانسیاں دی جا رہی تھیں، ایک مدقوق آدمی نے روٹی کا ٹکڑا لے کر اس مجرم کے خون میں تر کیا جس کا سر تن سے جدا ہو چکا تھا۔ خون میں تر کرنے کے بعد اس نے روٹی چاٹ لی، اسے امید تھی کہ اسی سے میرے دکھ کا علاج ہو جائے گا۔

"اگر سب کے سب لوگ آدم خوری پر تلے ہوئے ہیں تو میرے بھائی آپ انھیں روک نہیں سکتے۔ مگر میں پوچھتا ہوں، آپ خود اس سازش میں کیوں شریک ہوئے؟ ان جیسے آدم خور دیو تو کہیں بھی نہیں تھم سکتے۔ وہ مجھے بھی ہضم کر جائیں گے۔ وہ آپ کو بھی خوراک بنا سکتے ہیں اور اسی سازش میں ممکن ہے وہ ایک دوسرے کو ہی کھا جائیں۔ مگر، ہاں ایک صورت ہے اگر ان کا رخ بدل دیا جائے۔ اگر ان کی اصلاح ہو جائے تو ہر شخص سکون اور شانتی محسوس کرے گا۔ اگرچہ صورت حال یہ ہے، تاہم میں اور آپ ایک دوسرے سے خلوص و محبت برت سکتے

ہیں۔ بھائی صاحب ان لوگوں کو دھتکار دیجیے، انھیں ڈانٹ دیجیے۔ ان سے صاف کہہ دیجیے کہ آپ ان کی سازش میں شریک نہیں ہوں گے۔ مجھے یقین ہے کہ آپ سختی کے ساتھ ان لوگوں سے کہہ سکتے ہیں، 'نہیں'، کیوں کہ اس روز جب کسان اپنا لگان کم کرانے آپ کے پاس آئے تھے تو آپ نے کہا تھا، 'نہیں۔'"

جب میں نے بھائی صاحب سے یہ بات کہی تو وہ پہلے تو سرد مہری کے ساتھ مسکراتے رہے۔ لیکن ذرا دیر میں ان کے چہرے پر وحشت کے آثار طاری ہونے لگے اور سازش کے پیچھے چھپی ہوئی نیتوں کا نقاب الٹا گیا تو ان کا چہرہ قطعی طور سے ترش اور روکھا ہو چکا تھا۔ لوگوں کا ایک ہجوم سامنے والے دروازے کے باہر کھڑا ہوا تھا۔ بڑا کاؤ اور اس کا کتا یہ دونوں اس ہجوم میں موجود تھے۔ یہ سب لوگ اپنی گردنیں پھیلائے ہوئے آگے کی طرف جھکے ہوئے تھے۔ بعض چہروں میں پہچان نہ سکا۔ وہ بظاہر ایسے معلوم ہوتے تھے جیسے ان پر نقاب پڑا ہوا ہے۔ ان کے علاوہ ایسے چہرے بھی تھے جو بھنّائے ہوئے تھے۔ ان کے دانت نکلے پڑتے تھے، کیوں کہ وہ دانتوں سے اپنے ہونٹ کاٹ رہے تھے تا کہ مسکراہٹ کی پردہ پوشی کر سکیں۔ میں نے ان سب کو سمجھ لیا کہ سازش میں شریک ہیں۔ یہ سب کے سب آدم خور شیطان تھے مگر اس کے ساتھ میں یہ بھی جانتا تھا کہ ان تمام لوگوں کے خیالات اور احساسات ایک ہی نہیں ہیں بلکہ ان میں فرق ہے۔ ان میں سے بعضوں کا خیال تھا کہ ہمیشہ سے ایسا ہوتا چلا آیا ہے۔ آدم خوری میں کوئی برائی نہیں ہے۔ بعض ایسے تھے جو آدم خوری کو ناجائز اور برا سمجھتے تھے مگر خود ہی اس عادت کے شکار تھے۔ وہ اس بات سے ڈرتے تھے کہ کہیں اس بات کا پردہ چاک نہ ہو جائے۔ چنانچہ میں نے جو کچھ ان سے کہا، وہ اس پر بہت بگڑے اور مجھ پر آوازے کسنے لگے۔

اس پر میرے بھائی صاحب کو بھی غصہ آیا۔ وہ زور سے چلائے اور لوگوں کو ڈانٹا، "چلو بھاگو یہاں سے۔ کسی پاگل آدمی کا اچھا خاصا تماشا بنا رکھا ہے۔"

تب میری سمجھ میں آیا کہ اچھا ان کا ایک طریقہ اور بھی ہے۔ صرف یہی نہیں کہ یہ لوگ اپنا سدھار کرنے پر آمادہ نہیں ہیں بلکہ ساری تیاریاں مکمل کر چکے ہیں۔ انھوں نے مجھ پر 'پاگل' کا لیبل لگا دیا ہے۔ اور جب یہ لوگ مجھے خوراک بنائیں گے تو اس کی سزا سے محفوظ رہنا تو الگ بات ہے، الٹی ان کی تعریف و تحسین کی جائے گی۔ جب ان کسانوں نے کہا تھا کہ ایک بدمعاش کا خاتمہ کر دیا گیا تو اصل میں ان کی حرکت بھی یہی ہوگی۔ اوہو، یہ تو بڑا پرانا دستور ہے۔

پھر چن لاؤ بڑے غصے ہماری طرف آیا۔ اس کی کیا مجال تھی جو میری زبان بند کر دیتا۔ میں نے زور دے کر ان سازش کرنے والوں کو مخاطب کیا، "تم لوگوں کو چاہیے کہ اپنی اصلاح کر ڈالو۔ تم کو چاہیے کہ تہہ دل سے اپنی اصلاح کرو۔ تمھیں خوب معلوم ہونا چاہیے کہ دنیا میں آدم خوروں کی کوئی جگہ نہیں رہے گی۔ اگر تم نے سدھار نہ کیا اپنا، تو پھر سمجھ لو کہ خود تمھارا ہی لقمہ بنا لیا جائے گا۔ اگر تم بہت سے بچے بھی پیدا کر و اور بڑی سی نسل چھوڑ و تو اصلی انسان اس کا بھی صفایا کر ڈالے گا۔ جیسے شکاریوں کے ہاتھ سے بھیڑیوں کا صفایا ہو جاتا ہے، تمھیں کیڑے مکوڑوں کی طرح ختم کر دیا جائے گا۔"

چن لاؤ دو نے ان تمام لوگوں کو وہاں سے دھتکار کر بھگا دیا۔ اسی اثنا میں میرے بھائی صاحب بھی نہ جانے کہاں غائب ہو گئے۔ چن لاؤ دو نے مجھے سمجھایا کہ جاؤ اپنے کمرے میں آرام کرو۔ سارا کمرہ اندھیرے اور گھٹن سے بھرا ہوا تھا۔ کڑیاں اور شہتیر چرچرا رہے تھے۔ تھوڑی دیر تک چرچرانے کے بعد وہ بری طرح ڈھیر ہو گئے اور مجھ پر ٹوٹ پڑے۔

افوہ، کس قدر بوجھ ہے۔ اس کو سرکایا نہیں جا سکتا۔ اس ملبے کی خواہش ہے کہ میں یہیں دب کر مر جاؤں۔ مگر میں جانتا ہوں کہ ملبہ اتنا بھاری نہیں ہے۔ میں زور لگاؤں تو اسے ایک طرف کر سکتا ہوں۔ میرا جسم پسینے پسینے ہو رہا ہے۔ مگر تم مجھے اس کے باوجود یہ پکارنے نہیں روک سکتے۔ ''اپنا سدھار کرو جلدی۔ تہہ دل سے اپنا سدھار کرو۔ خوب سمجھ لو۔ دنیا میں آدم خوروں کے لیے کوئی جگہ نہیں رہ جائے گی۔''

(۱۱)

سورج نہیں چمکتا۔ دروازہ کبھی نہیں کھلتا۔ دن میں دو بار کھانا آ جاتا ہے۔ کھانے کے چمچوں (۳) کو سنبھالتے ہوئے مجھے اپنے بھائی کا خیال آیا اور میں نے سوچا کہ میری بہن کی موت کا اصل سبب خود یہی شخص تھا۔ اس وقت میری بہن کی عمر پانچ برس ہوگی۔ وہ کیسی پیاری اور قابل رحم بچی تھی۔ میں اب بھی اس کا چہرہ دیکھ سکتا ہوں۔ ماں نے زور زور سے چلانا اور دہاڑنا شروع کر دیا۔

یہ میرا بھائی ماں کو روک رہا تھا اور سمجھا رہا تھا کہ رو ؤ مت۔ شاید ماں کے رونے سے اس شخص کا ضمیر بے چین ہوتا ہوگا، کیوں کہ اسی نے میری بہن کو ہضم کیا تھا۔ اگر اس کے ضمیر نے اسے بے چین کیا تو۔۔۔

میری بہن کو یہ بھائی نگل گیا۔ کیا خبر ماں کو بھی یہ راز معلوم ہو یا نہیں، ماں کو ضرور معلوم ہو گیا ہوگا۔ مگر جب وہ رو رہی تھی، اس وقت کسی سے اس نے یہ کہا نہیں۔ شاید اس نے بھی سوچا ہوگا کہ یہ ٹھیک ہی ہے۔ مجھے خوب یاد ہے کہ جب میں چار پانچ سال کا تھا، اس وقت میرے بھائی نے مجھ سے کہا تھا کہ ایک بیٹا اپنے ماں باپ کی بیماری کے عالم میں زیادہ سے زیادہ سعادت مندی اس طرح دکھا سکتا ہے کہ وہ اپنے بدن سے گوشت کاٹ کر، اسے پکا کر، والدین کی خوراک کے لیے پیش کر دے۔ ماں یہ بات سنتی رہی اور اس نے بھائی سے نہیں کہا کہ غلط بکتے ہو۔ اگر جسم کا ایک حصہ کھانا جائز ہے تو پھر سارے کا سارا جسم بھی ہڑپ کیا جا سکتا ہے۔ مگر اب جو میں اس پر غور کرتا ہوں تو خیال آتا ہے کہ ماں جس طرح چلا رہی تھی، ضرور اس نے دل کے ٹکڑے کیے ہوں گے، اب تو اس گریہ وزاری کو سوچ کر بھی دکھ ہوتا ہے۔ کیسی عجیب بات ہے۔

(۱۲)

اس کا اندازہ کرنا اور سوچنا بھی نا قابل برداشت ہے۔

چار ہزار برس سے آدمی آدمی کو کھائے چلا جا رہا ہے اور آج کہیں جا کر مجھے یہ احساس ہوا ہے کہ میں

ان آدم خوروں میں ساری زندگی گھلا ملا رہا ہوں۔ میری بہن ٹھیک اسی وقت مری جب میرا بڑا بھائی گھر کے کام اور انتظام میں لگا ہوا تھا۔ مجھے کیسے یقین ہو کہ اس نے میری بہن کا گوشت ہمارے کھانے میں نہیں ملا دیا ہوگا تا کہ ہم بھی اس کھانے میں شریک ہوں۔

بہت ممکن ہے کہ میں بغیر علم کے اپنی بہن کو کھا گیا ہوں اور اب یہ میری باری ہو کہ مجھے کھایا جائے۔

کیا غضب ہے۔ چار ہزار برس سے آدم خوروں کی جو نسل چلی آرہی ہے، میں اس کا ایک فرد ہوں۔ اگر چہ میں نے اس بات پر کبھی غور نہیں کیا مگر اب میں خوب سمجھتا ہوں۔ اصلی آدمی کا پتہ چلانا بے حد مشکل ہے۔

(۱۳)

شاید ابھی ایسے بچے باقی ہوں جنھوں نے انسانی گوشت نہ چکھا ہو، ان بچوں کو محفوظ رکھو!

حواشی:

(۱) پرانی ضرب المثل ہے۔ صدیوں پہلے چین میں ایک خاندان کی حکومت تھی جس کے دو ظالم حکمراں چی اور چو گزرے ہیں۔ ایران کے ضحاک کی طرح ان کے متعلق بھی آدم خوروں کی داستانیں مشہور ہیں۔

(۲) یہ ایک نوجوان تھا جو جاپان سے تعلیم حاصل کر کے لوٹا تھا اور ۱۹۱۱ء کے انقلاب سے زرا پہلے اس نوجوان کو انقلابی خیالات رکھنے کی وجہ سے گرفتار کر کے پھانسی دے دی گئی تھی۔

(۳) چین میں کھانا دو لکڑیوں کو چمچے کی طرح استعمال کر کے کھایا جاتا ہے۔

سانڈ

مویان (چین)

ترجمہ: نجم الدین احمد

معاصر چینی مصنف گویان مو، Guan Moye جو اپنے قلمی نام Mo Yan سے معروف ہیں (پ: ۱۷ فروری ۱۹۵۴ء) نے ۲۰۰۷ء کو نوبل انعام برائے ادب 'حیرت انگیز حقیقت پسندی' کے لیے حاصل کیا تھا۔ چین سے باہر وہ اپنے ناول 'دی ریڈ کارن' کے لیے مشہور ہیں۔ مویان کے کاموں کا دس سے زیادہ زبانوں میں ترجمہ ہو چکا ہے جن میں انگریزی، فرانسیسی، جرمن اور نارویجین شامل ہیں۔

مترجم نجم الدین احمد پاکستان کے معروف افسانہ نگار، ناول نویس اور مترجم ہیں۔ ان کے افسانوں اور تراجم پر مشتمل کتابوں کی فہرست کافی طویل ہے۔ کئی ناول بھی لکھ چکے ہیں۔ انھیں کئی مؤقر اعزازات سے بھی نوازا جا چکا ہے۔

لاؤلان وہ شخص تھا جس نے مذبح جانوروں کی وریدوں میں دباؤ سے پانی داخل کرنے کا سائنسی طریقہ اختراع کیا تھا۔ اس طریقے سے دو صد جن مالیت کے سؤر میں بھری ہوئی بالٹی خالی کی جاسکتی تھی، جب کہ پرانے طریقے سے آپ پانی کی محض آدھی بالٹی گائے کے لاشے میں خالی کر سکتے تھے۔ ان برسوں کے دوران ہمارے گاؤں کے پانی پر، عیار شہریوں نے یہ سمجھتے ہوئے کہ وہ گوشت کی قیمت ادا کر رہے ہیں، جو رقم خرچ کی تھی اس کا تخمینہ نہیں لگایا جا سکتا تھا لیکن مجھے یقین ہے کہ وہ حیرت انگیز حد تک خاصی بڑی رقم ہو گی۔

لاؤلان کی بڑی سی توند، سرخ گال اور زور سے ٹن ٹن کرتی گھنٹی جیسی آواز تھی۔ ایک فقرے میں کہا جا سکتا ہے کہ اس نے جنم ہی ایک امیر کبیر سرکاری اہلکار بننے کے لیے کیا تھا۔ گاؤں کا سربراہ بننے کے بعد اس نے

بے غرضی سے اپنے گاؤں والوں کو پانی داخل کرنے کا طریقہ سکھایا اور مقامی سطح کی عیاری سے امیر بننے کی تحریک کے رہنما کے طور پر خدمات سرانجام دیں۔ کچھ دیہاتی اپنے غم و غصہ کا زبانی اظہار کرتے تو کچھ نے دیواروں پر پوسٹر لگا کر اس پر حملہ کیا تھا۔ اسے منتقم مزاج جاگیردار طبقے کا نمائندہ کہا جاتا جو یہی پرولتاری راج کو نکال باہر کرنے کے درپے تھا۔ لیکن اس قسم کی گفتگو مروج نہیں رہی تھی۔ گاؤں کے پی اے (PA) نظام پر لاؤلان نے اعلان کیا: ''اژدر، اژدروں کو جنم دیتے ہیں، ققنس، ققنسوں کو اور چوہا محض بِل کھودنے کے لیے پیدا ہوتا ہے۔''

کچھ عرصے کے بعد ہمیں ادراک ہوا کہ وہ ایک کنگ فو ماہر کی مانند ہے جو اپنے شاگردوں کو اپنا تمام فن منتقل نہیں کرتا بلکہ کافی کچھ اپنی حفاظت کے لیے اپنے پاس محفوظ رکھتا ہے۔ لاؤلان کے گوشت میں بھی ہر ایک کے گوشت کی مانند پانی شامل ہوتا تھا لیکن اس کا گوشت زیادہ تر و تازہ اور خوشبودار ہوتا تھا۔ آپ اسے دو روز تک دھوپ میں رکھ چھوڑتے تب بھی وہ خراب نہ ہوتا جب کہ دیگر لوگوں کا گوشت اگر پہلے ہی روز فروخت نہ ہو پاتا تو اس میں بکثرت کیڑے پڑ جاتے۔ یہی وجہ تھی اگر اس کا گوشت پہلے دن نہ بکتا، تب بھی وہ قیمت کم نہ کرتا۔ اس کے گوشت جیسے اچھے گوشت کو کبھی فروخت نہ ہونے کا خطرہ نہیں ہوتا۔

میرے ابا، لوُتانگ نے مجھے بتایا کہ لاؤلان اپنے گوشت میں پانی نہیں، فارمل ڈی ہائیڈ (formal dehyde) بھرتا ہے۔ میرے ابا لاؤلان سے زیادہ تیز وطرار تھے۔ انھوں نے کبھی طبیعات نہیں پڑھی تھی لیکن وہ منفی اور مثبت بجلی کے بارے میں سب کچھ جانتے تھے، انھوں نے کبھی بیالوجی نہیں پڑھی لیکن وہ بیضے اور نطفے پر مہارت رکھتے تھے اور انھوں نے کبھی کیمیا نہیں پڑھی لیکن وہ بخوبی آگاہ تھے کہ فارمل ڈی ہائیڈ بیکٹیریا کو ختم کر سکتا ہے، گوشت کو خراب ہونے سے محفوظ اور لحمیات کو برقرار رکھتا ہے، جس سے انھوں نے اندازہ لگایا کہ لاؤلان گوشت میں فارمل ڈی ہائیڈ داخل کرتا ہے۔ اگر میرے والد کا امیر کبیر بننے کا ارادہ ہوتا تو مجھے یقین ہے کہ وہ گاؤں کے امیر ترین شخص بن سکتے تھے لیکن وہ تو انسانوں کے بیچ اژدر (dragon) تھے اور اژدروں کو جائیداد بنانے میں کوئی دلچسپی نہیں ہوتی۔ آپ نے گلہری اور چوہے جیسے گھریلو جانوروں کو خوراک جمع کرنے کے لیے بِل کھودتے دیکھا ہے لیکن کیا کبھی جانوروں کے بادشاہ شیر کو ایسی حرکت کرتے دیکھا ہے؟ شیر اپنا زیادہ وقت اپنی کچھار میں سوتے ہوئے گزارتے ہیں اور صرف اپنی بھوک کے ہاتھوں مجبور ہو کر شکار کے لیے کچھار سے باہر نکلتے ہیں۔ بعینہ میرے ابا بھی اپنا بیشتر وقت گھر میں کھاتے پیتے اور موج مستی کرتے گزارتے اور صرف تب ہی باہر نکلتے جب بھوک کی اینٹھن کچھ کھانے پر مجبور کرتی۔ وہ کبھی ایک لمحے کے لیے بھی لاؤلان یا اس قبیل کے لوگوں سے مماثل دکھائی نہیں دیے جو بدن میں سفید چاقو گھونپتے اور اسے سرخ نکال کر خونی دولت جمع کرتے تھے۔ نہ ہی کبھی انھوں نے ریلوے اسٹیشن جا کر گاؤں کے دیگر محنت کشوں کی مانند قلی بن کر پسینہ بہاتے ہوئے دولت کمانے کی کوشش کی۔ میرے والد اپنی ذہانت سے اپنی روزی کماتے تھے۔

زمانۂ قدیم میں پاؤڈنگ نامی ایک سردار ہوا کرتا تھا جو گایوں کا گوشت صفائی سے اتارنے میں مہارت رکھتا تھا۔ زمانۂ جدید میں ایک شخص تھا جو انھیں وزن کرنے میں ماہر تھا؛ میرے والد۔ پاؤڈنگ کی نظروں

میں گائیں ہڈیوں اور گوشت کے سوا کچھ نہ تھیں۔ میرے والد کی نگاہوں میں بھی ان کی حیثیت اس سے زیادہ نہیں تھی۔ پاؤڈنگ کی بصیرت نشتر کی مانند تیز تھی؛ میرے والد کی بصیرت نہ صرف نشتر کی مانند تیز بلکہ ترازو کی مانند بالکل درست بھی تھی۔ میں یہ بتانا چاہتا ہوں کہ اگر آپ ایک زندہ گائے میرے والد کے پاس لے جائیں تو وہ اس کے گرد دو یا زیادہ سے زیادہ تین چکر لگائیں گے، بعض اوقات محض دکھاوے کے لیے، جانوروں کی اگلی ٹانگوں کے نیچے اپنا ہاتھ رکھ کر دیکھیں گے اور پورے اعتماد سے اس کا کُل وزن اور ہڈیوں پر گوشت کی، ہمیشہ کلوگرام میں مقدار بتادیں گے کہ وہی وزن انگلستان کے سب سے بڑے مذبح خانے میں استعمال ہونے والا ہندسی پیمانہ بھی بتاتے۔ شروع شروع میں لوگوں نے میرے والد کو محض ایک بڑبولا سمجھا لیکن متعدد بار امتحان لینے کے بعد وہ اس پر یقین کرنے لگے۔ ان کی موجودگی مویشی والوں اور قصابوں کے درمیان سودے بازی کو مساوات عطا کرتی اور دیانت داری کی بنیاد قائم کرتی۔ جیسے ہی وہ سامنے آتے، مویشی والے اور قصاب دونوں ہی اپنے اپنے مفاد کی خاطر ان کی حمایت حاصل کرنے کی کوشش کرتے۔ لیکن صاحب بصیرت ہونے کی بنا پر وہ کبھی اپنی شہرت داؤ پر نہ لگاتے کیوں کہ ایسا کرنے سے وہ اپنا چاولوں کا پیالہ توڑ بیٹھتے۔ اگر کوئی مویشی والا اپنے معمولی فائدے کی خاطر ہمارے گھر شراب اور سگریٹ کے تحفے ساتھ لاتا تو میرے ابا ان چیزوں کو پھینک دیتے اور پھر ہمارے باغیچے کی دیوار پر چڑھ جاتے اور چیخ چیخ کر اسے بُرا بھلا کہنے لگتے۔ اگر کوئی قصاب سؤر کا سر لے آتا تو میرے والد اسے گلی میں پھینک دیتے، پھر ہمارے باغیچے کی دیوار پر چڑھ کر چیخ چیخ کر گالم گلوچ کا طومار باندھ دیتے۔ مویشی والے اور قصاب دونوں کہتے کہ لوُ تانگ احمق ہے لیکن وہ جتنے لوگوں کو جانتے ہیں، ان میں سب سے زیادہ ایماندار ہے۔

لوگ ان پر مکمل بھروسہ کرتے تھے۔ اگر کوئی سودا طے نہ پا سکتا تو فریقین ان کی طرف دیکھتے کہ وہ معاملے کو سلجھائیں۔ ''ہمیں بحث چھوڑ کر یہ سننا چاہیے کہ لوتانگ کیا کہنا چاہتا ہے؟''

''ٹھیک ہے، ہم یہی کرتے ہیں۔ لوُ تانگ، تم منصف بن جاؤ۔'' فخر سے میرے والد خریدار اور فروخت کنندہ کی سمت دیکھے بغیر جانور کے گرد دو چکر لگاتے، پھر آسمان کی طرف نظریں اٹھاتے اور صریح وزن، گوشت کی مقدار اور قیمت بھی بتادیتے۔ پھر وہ سگریٹ پھونکنے لگتے۔ خریدار اور فروخت کنندہ معاملہ طے کرتے اور زور سے ہاتھ ملاتے۔ ''خوب یہ سودا طے ہوا۔'' جب سودا مکمل ہوجاتا تو وہ میرے والد کے پاس آتے اور دونوں دس 'یوآن' کا ایک ایک نوٹ میرے ابا کے حوالے کرتے اور ان کی محنت کا شکریہ ادا کرتے۔ یہاں یہ وضاحت ضروری ہے کہ میرے والد کی مویشیوں کی نیلامی میں آمد سے قبل سودے بازی پرانے طور طریقوں والے دلالوں کے ذریعے ہوتی تھی؛ سیاہ، ضعیف، خستہ حال بوڑھے جو اپنی جھکی پشتوں کی قطار میں اپنی انگلیوں کے نشاناتِ میں بے حد بول تول کے مخفی فن کے ماہر اور اپنی جھولتی ہوئی آستینوں سے اپنے پیشے کو پُراسرار بنانے والے دلال تھے۔ میرے ابا نے کامیابی سے ان بڑی بڑی آنکھوں والے عیار دلالوں کو تاریخ کے منظر سے ہٹا دیا تھا۔ منڈی میں مویشیوں کی اس خرید وفروخت میں ترویج کو محض ذرا سی مبالغہ آرائی کے ساتھ انقلابی کہا جاسکتا تھا۔ میرے والد کی گہری نگاہ محض مویشی تک محدود نہیں تھی بلکہ ان کا دائرہ کار میں سؤر اور بھیڑیں بھی آتی تھیں۔ ایک

ماہر بڑھئی کی مانند جو نہ صرف میز بلکہ کرسی اور اگر اس میں خاص صلاحیت ودیعت ہو، تابوت بھی بنا سکتا ہے۔ میرے والد کو اونٹوں کے حجم کا اندازہ لگانے میں بھی دقت نہیں ہوتی تھی۔

موسم گرما کے ایک ابتدائی دن میرے ابا مجھے اپنے کندھوں پر سوار کر کے منڈی لے گئے۔ ہم ابھی تک تین کمروں والی ایک کُٹیا ہی میں رہ رہے تھے جو ہمیں اپنے دادا سے وراثت میں ملا تھا۔ ہماری کٹیا اب خاص طور پر اس بھکاری کی مانند دکھائی دینے لگی تھی جو ریشم و کمخواب زیب تن کیے ہوئے جاگیرداروں اور تاجروں کے سامنے گھٹنوں کے بل جھکا ہوا خیرات کا طالب ہو، کیوں کہ وہ نئے تعمیر شدہ سرخ ٹائلوں کی چھتوں والے گھروں کے بیچ گھِر گئی تھی۔ ہمارے صحن کی دیوار ایک بالغ شخص کی کمر جتنی بلند رہ گئی تھی اور جگہ جگہ جھاڑ جھنکاڑ نکل آیا تھا۔ میرے کاہل اور بسیار خور باپ کا شکر یہ کہ ہم دو انتہاؤں کی زندگی بسر کر رہے تھے کہ یا تو اچھے وقتوں میں چولھے پر چڑھے ہمارے برتن گوشت سے بھرے ہوتے یا پھر بُرے وقتوں میں بالکل خالی۔ جب وہ اماں کی مجنونانہ لعنت ملامت کا نشانہ بنتے تو کہتے: ''اب کسی بھی دن جلد ہی دوسری زرعی اصلاحات مہم شروع ہوگی اور جب یہ ہوگی تو تم میرا شکریہ ادا کرو گی۔ ایک منٹ کے لیے لاؤلان سے حسد کرنا چھوڑو کیوں کہ وہ بھی اپنے جاگیردار باپ کی طرح ختم ہو جائے گا اور غریب ہاری اسے پُل پر لے جا کر اپنے ہاتھوں سے قتل کریں گے۔'' وہ ایک تخیلاتی بندوق ماں کے سر پر تانتے ہوئے گولی چلا دیتے، ٹھاہ! وہ اپنا سر تھامتے ہوئے خوف سے زرد پڑ جاتیں۔ لیکن دوسری زرعی اصلاحات مہم کبھی نہیں آئی اور بے چاری اماں لوگوں کے پھینکے ہوئے خراب میٹھے آلو اٹھا کر گھر لانے پر مجبور ہوگئی کہ وہ سؤروں کا تو پیٹ بھر سکے۔ ہمارے دو چھوٹے چھوٹے سؤر کبھی پیٹ بھر کر نہیں کھا سکے تھے اور وہ اکثر بھوک سے اِدھر اُدھر چلاتے پھرتے تھے۔ یہی چیز باعث اشتعال تھی۔

اس صبح ابا نے غصے میں چڑھائی کر دی تھی، ''تم کیا چلاتے پھر رہے ہو؟ انھیں قابو میں رکھو ورنہ میں ان ننھے حرامیوں کو برتن میں ٹھونس کر تمھارے لیے رات کا کھانا بنا دوں گا۔''

بغدا ہاتھ میں تھامے اماں انھیں گھورنے لگی۔ ''اس کا تو سوچو بھی مت۔'' وہ بولی، ''یہ میرے سؤر ہیں۔ میں نے انھیں پالا ہے اور کوئی ان کا بال بھی بیکا نہیں کر سکتا۔ مچھلی مر جائے گی یا جال ٹوٹ جائے گا۔''

میں نے سؤروں پر ایک تفصیلی نظر ڈالی۔ یہ درست تھا کہ ان دونوں میں سے کسی پر بھی زیادہ گوشت نہیں تھا لیکن وہ چار گوشت سے بھرے ہوئے کان اچھے اسنیک بنانے کے لیے بنے تھے۔ میرے نزدیک ایک سؤر کے کان بہترین حصہ ہوتے تھے؛ نہ چربی، نہ زیادہ چکنائی اور بہترین چھوٹی چھوٹی چینی ہڈیاں۔ کھیروں کے ساتھ وہ بہترین ہوتے، جیسے کانٹوں کے ساتھ پھول اور کچھ پسی ہوئی لہسن اور کنجد کا تیل۔ ''ہم ان کے کان کھا سکتے ہیں۔'' میں بولا۔

''میں اس سے پہلے تمھارے کان کاٹ کھاؤں گی ننھے حرامی۔'' اماں نے کہا۔ اس نے میرا کان جھپٹا اور اسے زور کا جھٹکا دیا جب کہ ابا چھڑانے کے لیے مجھے کھینچنے لگے، گردن سے پکڑ کر، اور میں اس خوف سے کہ میرا کان جڑ سے اکھڑ جائے گا، اپنی پوری قوت سے چیختا رہا۔ میری چیخیں گاؤں میں ذبح کیے جانے والے سؤروں کے

ڈکارنے کی آوازوں سے مماثل تھیں۔ بالآخر زیادہ طاقتور ہونے کی بنا پر ابا جھٹکا دے کر مجھے چھڑانے میں کامیاب ہو گئے۔

غصے سے اماں کا چہرہ گیلا اور ہونٹ پیلے پڑ گئے؛ وہ چولھے پاس کھڑی سرتاپا کانپ رہی تھی۔ ابا کی حفاظت کی شہ پر میں نے لعنت بھیجی اور ان کا پورا نام چباتے ہوئے اُگلا، ''یانگ یوژھن، زہریلی بڑھیا، تم میری زندگی جہنم بنا رہی ہو۔'' میرے گلا پھاڑنے سے سکتہ طاری پر وہ مجھے بس گھورتی رہی جب کہ ابا کھلکھلا کر ہنسنے لگے۔ انھوں نے مجھے اٹھایا اور بھاگ نکلے۔ ہم صحن میں پہنچے تو ہم نے ماں کی بہ آواز بلند گریہ وزاری سنی۔ ''میں مر جاؤں گی۔ میں پاگل ہو گئی ہوں، چھوٹے حرامی۔۔۔''

ابا نے میرے سر پر ہلکی سے چپت رسید کی اور ملائمت سے بولے، ''ننھے شیطان، تمھیں اپنی ماں کا نام کیسے معلوم ہوا۔'' میں نے نظریں اٹھا کر ان کے گہرے سانولے اور اداس چہرے کو دیکھا، ''میں نے آپ کو یہ نام لیتے سنا ہے۔''

''میں نے تمھیں کب بتایا ہے کہ اس کا نام یانگ یوژھن ہے؟''

''آپ نے آنٹی وائلڈ میول کو بتایا تھا۔ آپ نے کہا تھا؛ یانگ یوژھن، وہ زہریلی بڑھیا میری زندگی جہنم بنا رہی ہے۔''

ابا نے اپنے ہاتھ سے میرا منھ بند کیا اور سرگوشی میں بولے، ''بکومت، تم پر لعنت ہو۔ میں اب تک بہت اچھا باپ رہا ہوں۔ اب تم میرے معاملات کی تباہی کا سبب مت بناؤ۔''

اماں بغدا ہاتھ میں پکڑے پکڑے گھر سے باہر نکلی۔ ''لوٗ تانگ!'' وہ چلائی، ''لوٗ ژیاؤ تانگ، تم دونوں کتیا کے بچو، گردن تک حرامیو، مجھے پرواہ نہیں چاہے میں آج ہی مر جاؤں لیکن تم دونوں کو ساتھ لے کر مروں گی۔ آج کا دن اس خاندان کا خاتمہ دیکھے گا۔''

ان کے چہرے پر نظر آنے والی خوف ناکی سے مجھے اندازہ ہوا کہ وہ مذاق نہیں تھا۔ ہوسکتا ہے کہ میرے والد نے ایک عیاش زندگی بسر کی ہو لیکن وہ احمق بہرحال نہیں تھے۔ وہ زیرک شخص خطرات سے گریز کرتا تھا۔ انھوں نے میری مشتعل ماں اور تمام تر مصیبت کو پیچھے چھوڑتے ہوئے مجھے سمیٹا، اپنی بغل میں دبوچا، مڑے، سیدھے دیوار کی سمت دوڑے اور اسے قلابازی لگا کر پار کیا۔ مجھے اپنی ماں کی، ہماری ہی مانند، دوڑتے ہوئے دیوار پر چڑھ آنے کی صلاحیت پر کوئی شبہ نہیں تھا لیکن انھوں نے یہ نہ کرنے کا فیصلہ کیا۔ جب وہ ہمیں صحن سے نکال چکی تو انھوں نے ہمارا تعاقب ختم کر دیا۔ وہ کچھ دیر تک دیوار کے ساتھ اچھلتی رہی، پھر فضا کو گالیوں کی بوچھاڑ سے آلودہ کرتی ہوئی سڑے بسے میٹھے آلوؤں کے قتلے بنانے کے لیے پلٹ گئی۔ طوفان ٹالنے کا یہ بہترین طریقہ تھا جس میں کوئی قانون شکنی نہیں تھی لیکن میں جانتا تھا کہ وہ خراب آلو اس کے دشمنوں کے سروں کے لیے آہنی گولے تھے۔

اب جب میں ماضی پر نگاہ ڈالتا ہوں، محسوس کرتا ہوں کہ اماں کے ذہن میں حقیقی دشمن ابا تھے نہ میں

بلکہ وائلڈ میول تھی جو گاؤں میں ایک شراب خانہ چلاتی تھی۔ میری اماں کو یقین تھا کہ اس بدکار نے میرے ابا کو ورغلالیا ہے اور میں نہیں کہہ سکتا کہ ان کا قیاس درست تھا یا غلط۔ جہاں تک میرے والد اور وائلڈ میول کے رشتوں کا تعلق ہے تو لوگ جانتے تھے کہ کس نے کس کو ورغلایا، کس نے پہلی دعوت انگیز نظر ڈالی یا دونوں ہی قصوروار ہیں۔

جب ہم وہاں پہنچے تو مویشیوں کے سات آٹھ بیوپاری منڈی کے کنارے اپنے کولھوں کے بھار پر بیٹھے قصابوں کے انتظار میں سگریٹیں پھونک رہے تھے۔ (ایک زمانہ تھا جب ہمارا گاؤں مذبح خانے میں تبدیل ہو گیا تھا، کھیتوں کے تمام اغراض ومقاصد کو پس پشت ڈالتے ہوئے وہ مویشیوں کی خرید وفروخت کا واحد مقام بن چکا تھا۔) مویشی غائب دماغی سے اپنی خوراک چرتے ہوئے، اپنی تقدیر سے ناآشنا ایک سمت کھڑے تھے۔ تاجر، جن میں سے اکثریت مغربی ممالک کی تھی، ریڈیوں کے اداکاروں کی طرح مزاحیہ لہجے میں باتیں کر رہے تھے۔ وہ ہر دس یا س سے زائد دنوں کے بعد اپنے ہمراہ دو یا تین مویشی لے کر آتے تھے۔ وہ اکثر و بیشتر ایک مال بردار اور سواریوں کی ایک سست رفتار مشترکہ ریل گاڑی سے، ایک ہی گاڑی جس میں انسان اور جانور اکٹھے سفر کرتے تھے، ہمارے گاؤں کے قریب ترین ریلوے اسٹیشن پر غروب آفتاب کے وقت پہنچتے۔ گو اسٹیشن دس کوس سے زیادہ دور نہیں تھا لیکن وہ ہمارے گاؤں میں آدھی رات کے بعد سے پہلے نہیں پہنچتے تھے۔ یہ فاصلہ طے کرنے میں انھیں اور ان کے مویشیوں کے لیے ایک یا دو گھنٹے لگنے چاہئیں تھے۔ وہ ہمارے گاؤں میں آدھی رات کو پہنچنے کو کیوں ترجیح دیتے تھے؟ یہ ان کا راز تھا۔ جب میں چھوٹا تھا تو میں نے اپنے والدین اور گاؤں کے چند بڑے بوڑھوں سے یہ سوال کیا تھا لیکن انھوں نے جواب دینے کی بجائے مجھے سخت نظروں سے یوں گھورا جیسے میں نے ان سے زندگی کا مفہوم دریافت کر لیا ہو یا کوئی ایسا سوال جس کا جواب سب جانتے ہوں۔

مویشیوں کی آمد گاؤں کے کتوں کے لیے اشارہ ہوتی تھی کہ وہ بھونکوں کی تناریری لگا دیتے جس سے ہر شخص جاگ اٹھتا؛ مرد و زن، بچے بوڑھے۔ اور ہمیں مطلع کر دیتے کہ مویشیوں کے بیوپاری پہنچ گئے ہیں۔ میری نوجوانی کی یادوں میں وہ پُراسرار لوگوں کا گروہ تھا اور اسرار کا یہ احساس یقیناً ان کی ہمارے گاؤں میں رات گئے آمد سے وابستہ ہوا تھا۔ جب چاندنی راتوں میں کتوں کی بھونکوں کے راگ سے سکوت ٹوٹ جاتا تو اماں اٹھتی، خود کو چادر میں لپیٹتی، اپنا چہرہ کھڑکی سے لگاتی اور باہر کا منظر دیکھنے لگتی۔ یہ میرے والد کے ہمارے پاس سے وائلڈ میول کے پاس کھسک جانے سے قبل ہوتا تھا، لیکن ایسی راتیں بھی ہوتی تھیں جب وہ گھر آتے ہی نہیں تھے۔ میں بھی چپکے سے اٹھتا اور ماں کے قریب سے کھڑکی سے باہر جناتی برتنوں کی مانند چمکتے تازہ تازہ نہائے اور چاندنی میں دمکتے جانوروں کو ہمارے گھر کے پاس سے گزرتے دیکھنے لگتا۔ اب جب میں پیچھے دیکھتا ہوں تو مجھے یوں لگتا ہے کہ اگر بھونکوں کے ہیجان خیز روکی بنا پر یہ واقعہ نہ ہوتا تو میں یہی سمجھتا کہ میں ایک حسین خواب کا منظر دیکھ رہا ہوں۔

ہمارے گاؤں میں بہت سی سرائیں تھیں لیکن بیوپاری وہاں کبھی نہیں ٹھہرتے تھے۔ اس کی بجائے وہ اپنے مویشی ہانکتے ہوئے سیدھے منڈی جاتے اور وہیں صبح ہونے کا انتظار کرتے چاہے طوفان باد و باراں آتا یا سر دہوائیں یا لُو چل رہی ہوتی۔ طوفانی راتوں کو سرایوں کے مالکان نکل کر اپنے کاروبار کا ڈھول پیٹتے لیکن بیوپاری اور

ان کے مویشی نامساعد عناصر کے بیچ مجسموں کی مانند ساکت وصامت کھڑے رہتے خواہ کتنی ہی پُرکشش پیشکش کیوں نہ کی جاتی۔ کیا اس کی وجہ یہ تھی کہ وہ معمولی سی بھی رقم خرچ نہیں کرنا چاہتے تھے؟ لوگ بتاتے تھے کہ اپنے مویشی فروخت کر کے وہ قصبے میں پینے پلانے اور موج مستی کرنے جاتے اور تب ہی بس کرتے جب ان کے پاس صرف سست رفتار گاڑی سے گھر لوٹنے کا ٹکٹ خریدنے کے لیے پیسے بچتے۔ ان کا طرز حیات اوباشوں سے کچھ زیادہ مختلف نہیں تھا۔ ان کی سوچ ایسی ہی تھی۔ بچپن میں، میں نے متعدد مواقع پر ہمارے دیہاتوں کے نمایاں باشندوں کو، جو مارکیٹ میں بھوری اور سیاہ گائیں، نر اور مادہ، جوان اور بچھڑیاں، دودھ دینے والی نوجوان گائیں جن کے تھن پانی کے جگوں جیسے نظر آتے تھے، جن کی میرے والد کے لیے قیمت آنکنا دشوار ہوجاتا کیوں کہ وہ نہیں جانتے تھے کہ تھن کھائے جاتے ہیں یا نہیں، کو آہ بھرتے ہوئے تبصرہ کرتے سنا تھا، ''ہائے، یہ کس قسم کے لوگ ہیں؟ ان کے دماغوں کے دنیا میں کیا ہے؟'' جب وہ میرے والد کو دیکھتے ہی مویشیوں کے تاجر اٹھ کھڑے ہوتے۔ وہ علی الصبح سے ہی شیشوں کی عینکیں پہنے ہوتے تھے جب کہ ابھی ڈرانے والا اندھیرا چھایا ہوتا تھا، تاہم وہ انھیں توقیر بھری مسکراہٹ سے نوازتے۔ ابا مجھے اپنے کندھوں سے اتارتے، کولھوں پر دھرنا دے کر بیوپاریوں سے دس یا زیادہ فٹ فاصلے پر بیٹھے جاتے، سگریٹوں کی ایک مسلی ہوئی ڈبیہ نکالتے اور اس میں سے ایک مُڑی تُڑی اور سیلی سگریٹ لیتے۔ مویشیوں کے بیوپاری اپنی اپنی ڈبیائیں نکالتے اور دس یا زائد سگریٹیں میرے والد کے پیروں کے نزدیک زمین پر رکھ دیتے۔ وہ انھیں اکٹھا کرتے اور واپس صاف جگہ پر رکھ دیتے۔ ''لاؤ لو، بڈھے حرامی!'' ایک تاجر کہتا، ''انھیں پی لو، تم یہ نہ سمجھو کہ ہم ان چند معمولی سگریٹوں کے عوض تمھاری حمایت خریدنے کی کوشش کر رہے ہیں۔ کیا تم سمجھتے ہو؟'' ابا محض مسکراتے اور اپنی سستی سگریٹ سلگا لیتے۔

پھر دو دو تین تین کر کے گاؤں کے قصاب نمودار ہونا شروع ہوتے۔ وہ تازہ تازہ نہائے دھوئے نظر آتے تھے، پھر بھی مجھے ان کے جسموں سے خون کی بُو آتی جو بتاتی کہ خون، چاہے وہ گائیں کا ہو یا سوٗر کا، دُھلا نہیں ہے۔ قصابوں سے آتی خون کی بُو پا کر مویشی ایک دوسرے میں گھس جاتے۔ ان کی آنکھوں میں خوف چمک رہا ہوتا تھا۔ نوجوان گائیں گوبر کا فوارہ چھوڑ بیٹھتیں۔ بڑی عمر کی گائیں حوصلہ مند دکھائی دیتیں لیکن میں جانتا تھا کہ وہ محض دکھاوا ہے کیوں کہ میں ان کے پٹھوں میں پاخانہ روکنے کے لیے ان کی اکڑی ہوئی دُم میں دیکھ سکتا تھا۔ ان کی ٹانگیں تالاب کے پانی پر ہوا سے لرزتے بلبلوں کی مانند کانپ رہی ہوتی تھیں۔

قصابوں کے آتے ہی بھاؤ تاؤ شروع ہوجاتا۔ جانوروں کے گرد گھیرا ڈالنے سے ایک تماشائی سمجھتا کہ انھیں یہ فیصلہ کرنے میں دشواری کا سامنا ہے کہ کون سا جانور خریدا جائے۔ لیکن اگر کوئی ایک فیصلے پر پہنچ جاتا اور کھڑے ہوئے جانوروں میں سے کسی ایک کو تھام لیتا تو اگلے تین سیکنڈوں میں دوسرے بھی یہی کرتے اور پلک جھپکتے تمام گائیں خریدار پا چکی ہوتیں۔ کسی کو یاد نہیں پڑتا کہ کبھی دو قصاب ایک ہی جانور کے لیے جھگڑے ہوں لیکن اگر ایسا ہوا بھی ہوگا تو معاملہ فوراً ہی سلجھا لیا گیا ہوگا۔ اکثر پیشوں میں ہم پیشہ حریف ہوتے ہی ہیں لیکن ہمارے قصاب دوستوں کی مانند متحد اور اپنے تمام دشمنوں کے لیے بھائیوں کی طرح اکٹھے آمادۂ پیکار ہوتے تھے۔

جب وہ سب کھڑے ہوئے جانوروں میں سے ایک ایک تھام چکے ہوتے تو مویشیوں کے تاجر پژمردگی سے آگے بڑھتے اور سودے بازی شروع ہو جاتی۔ اب چونکہ میرے والد اپنا اعتبار قائم کر چکے تھے، لہٰذا وہ سودے بازی کم ہی اہمیت رکھتی تھی، محض رسمی، ایک رواج، کیوں کہ اسے ان پر چھوڑ دیا جاتا؛ وہ فیصلہ کن بات کرتے۔ لوگ کچھ دیر کے لیے مولتول آگے پیچھے کرتے، پھر میرے والد کے پاس آتے دو دو گائیں لیے جیسے ٹاؤن ہال میں شادی کا لائسنس لینے امیدوار جوڑے آتے ہیں۔

لیکن اس خاص دن کچھ خاص بات ظہور پذیر ہوئی؛ سیدھا گائیں کی جانب جانے کی بجائے قصابوں نے چوک کے کنارے پر ٹہلنے کو منتخب کیا۔ جس کسی نے بھی انھیں مضطرب دیکھا، اسے ان کی معنی خیز مسکراہٹیں نظر آئیں۔ اور وہ جب میرے والد کے سامنے سے گزرے تو ان کی مسکراہٹوں میں کچھ چھپا تھا جو کسی ناخوشگوار واقعے کا پیش خیمہ تھیں جیسے کوئی سازش سر پر کھڑی ہو کہ کسی بھی لمحے کچھ بھی ہو سکتا ہے۔ میں نے ابا پر سراسیمہ نظر ڈالی جو بُت بن کر بیٹھے تھے اور روزانہ کی طرح اپنی گھٹیا سگریٹ پی رہے تھے۔ تاجروں کی پیش کی ہوئی اچھی سگریٹیں زمین پر اَن چھوئی پڑی تھیں۔ جب سودے طے پا جاتے تو وہ آتے، سگریٹیں جمع کرتے اور انھیں پینے لگتے۔ تمبا کو نوشی کرتے ہوئے وہ میرے والد کی دیانت داری کی تعریف کرتے جاتے۔ ''لاؤلؤ!'' ایک تمسخرانہ انداز میں کہتا، ''اگر تمام چینی تمھارے جیسے ہوتے تو اشتراکی نظام کبھی کا آ چکا ہوتا۔'' وہ مسکراتے لیکن بولتے کچھ نہیں۔ اس لمحے میرا سینہ فخر سے پھول جاتا اور میں عہد کرتا کہ میں اسی طرح اپنے کام سرانجام دوں گا کیوں کہ میں ان جیسا بننا چاہتا تھا۔ بیوپاریوں کو بھی احساس تھا کہ اس روز فضا میں کچھ تناؤ ہے اور وہ میرے والد کو دیکھنے کے لیے مُڑے سوائے چند ایک کے جو سرد مہری سے قصابوں کو آتا دیکھ رہے تھے۔ ایک خاموش معاہدہ طے پا چکا تھا؛ ہر ایک منتظر تھا کہ دیکھیے کیا ظہور میں آتا ہے، بالکل تماشائی کی مانند کھیل شروع ہونے کے منتظر۔

مشرق سے کھیتوں کے اوپر روشن سرخ سورج لوہار کے تپتے چہرے کی طرح طلوع ہوا اور آخر کار اسٹیج پر ڈرامے کا مرکزی کردار، طویل القامت اور مضبوط پٹھوں کا حامل ہٹا کٹا لاؤ لان نمودار رہوا۔ بالکل اس کی آنکھوں کی ہم رنگ اس کی جھاڑی نما بھوری داڑھی تھی جسے دیکھ کر حیرت ہوتی تھی کہ آیا وہ واقعی اصل النسل ہان ہے۔ جس لمحے وہ چوک میں آیا تو سب کی نگاہیں اس پر جم گئیں۔ چمکتی دھوپ میں اس کا چہرہ لشکارے مار رہا تھا۔ وہ میرے والد کی جانب آ رہا تھا لیکن اس کی نظریں مشرقی سمت کھڑی دیوار کے پار کھیتوں پر ٹھہری ہوئی تھیں جہاں سے سورج کی کرنیں آنکھوں کو خیرہ کر رہی تھیں۔ فصلیں زمردی سبز تھیں، لہلہاتے ہوئے پھول فضا معطر کر رہے تھے اور چنڈول سرخ گلاب جیسے آسمان پر چہچہا رہے تھے۔ میرے ابا جن کی لاؤلان کی نظروں میں کوئی حیثیت نہیں تھی، جیسے شاید دیوار کے قریب بیٹھے ہی نہیں تھے۔ اور فطری طور پر اگر اس کے نزدیک میرے ابا کچھ نہیں تھے تو میں بھی اس کے لیے کچھ نہیں تھا۔ شاید وہ دھوپ سے چندھیا گیا تھا، یہ وہ خیال تھا جو سب سے پہلے میرے بچکانہ ذہن میں آیا، لیکن جلد ہی میں سمجھ گیا کہ لاؤلان میرے والد کو اشتعال دلانے کی کوشش کر رہا تھا۔

قصابوں اور بیوپاریوں سے بات کرنے کے لیے اس نے اپنا سر ٹیڑھا کرتے ہوئے اپنی پتلون کی

زِپ کھولی، اپنا سیاہ عضوِ مخصوص باہر نکالا اور مجھ پر اور ابا کے عین اوپر جلتے ہوئے مُوت کی دھار ماری۔ سڑانڈ میرے نتھنوں میں گھس گئی۔ وہ خاصی بڑی دھار تھی، جسے اس نے غالباً رات بھر اپنے آپ کو اذیت میں ڈال کر روکے رکھا ہوگا تاکہ وہ میرے والد کی تذلیل کر سکے۔ زمین پر پڑی سگریٹیں تھرتھرائیں اور گھومتی ہوئی مردانہ پیشاب میں شرابور ہو کر پھولنے لگیں، یہاں تک کہ ان کی شکل بگڑ گئی۔ جب لاؤلان نے اپنا عضوِ مخصوص باہر نکالا تھا تو قصابوں اور تاجروں کے جتھوں کے بیچ سے ایک عجیب و غریب ہنسی ابھری تھی لیکن انھوں نے فوراً ہی اس کا گلا گھونٹ دیا تھا جیسے کسی جناتی ہاتھ نے ان کے گلے دبا دیے ہوں۔ وہ کھلے منھ اور بندھی ہوئی زبانوں سے ہمیں گھورتے رہے، استعجاب ان کے چہروں پر جیسے چپک گیا تھا۔ حتیٰ کہ قصابوں کو بھی، جو جانتے تھے کہ لاؤلان میرے والد سے آمادۂ جنگ ہے، انھیں بھی یہ گمان نہ تھا کہ وہ ایسی حرکت کرے گا۔ اس کا پیشاب ہمارے پیروں اور ٹانگوں پر بہا، جب کہ کچھ ہمارے چہروں اور منھ سے ٹپک رہا تھا۔ میں طیش میں آ کر اچھلا لیکن ابا نے اپنی جگہ سے جنبش تک نہیں کی۔ وہ وہاں پتھر بنے بیٹھے رہے۔ ''تیری بڈھی چودوں، لاؤلان!'' میں نے گالی دی۔ میری والد نے اُف تک نہیں کی۔ لاؤلان کے چہرے پر عجیب سی مسکراہٹ آ گئی۔ میرے والد کی آنکھیں یوں کلاہ دار ہو رہی تھیں جسے اولتی سے ٹپکتے پانی کو دیکھ کسان کی آنکھیں مسرور ہو جاتی ہیں۔

جب لاؤلان مُوتنا ختم کر چکا تو اس نے پتلون کی زِپ چڑھائی اور اُدھر چلا گیا جہاں مویشی کھڑے تھے۔ میں نے قصابوں اور تاجروں کی طویل آہیں سنیں لیکن ان سے معلوم نہیں ہوتا تھا کہ وہ کچھ نہ ہونے پر ناخوش تھے یا اس پر خوش تھے کہ کچھ نہیں ہوا۔ اس کے ساتھ ہی قصاب مویشیوں میں پھرنے لگے اور جلد ہی انھوں نے اپنا اپنا انتخاب کر لیا۔ پھر بیوپاری آگے بڑھے اور مول تول ہونے لگا۔ لیکن میں جانتا تھا کہ ان کے دل اس میں نہیں تھے کیوں کہ ان کے دماغ سودے بازی سے ہٹ کر کسی اور معاملے میں مصروف تھے۔ گو وہ میرے والد کی طرف دیکھ نہیں رہے تھے لیکن مجھے یقین تھا کہ ان ہی کے بارے میں وہ سوچ رہے تھے۔ اور وہ خود کیا کر رہے تھے؟ انھوں نے اپنا سر گھٹنوں میں دے کر اپنا چہرہ ان کے پیچھے یوں چھپا لیا تھا جیسے عقاب درخت کے دوشاخہ میں سو رہا ہو۔ چونکہ میں ان کا چہرہ نہیں دیکھ سکتا تھا، لہٰذا مجھے نہیں معلوم کہ کیسے نظر آ رہے تھے۔ لیکن میں ان کی کمزوری پر برافروختہ تھا۔ اگرچہ میں محض ایک لڑکا ہی تھا تاہم میں بخوبی آگاہ تھا کہ لاؤلان نے میرے والد کو کس قدر ذلیل و خوار کیا ہے اور میں اس سے بھی آگاہ تھا کہ حقیر ترین شخص بھی اس رسوائی کی بنا لڑائی کے قبول نہ کرتا جو میں اپنی گالیوں سے بھی ثابت کر چکا تھا۔ لیکن میرے والد خاموش رہے جیسے وہ مر چکے ہوں۔

اس روز بھاؤ تاؤ ان کے مداخلت کے بغیر ہی تکمیل پائے لیکن جب وہ مکمل ہو چکے تو تمام فریق معمول کے مطابق آئے اور انھوں نے ان کے پیروں میں کچھ نوٹ پھینکے۔ یہ کام کرنے والا سب سے پہلا شخص لاؤلان کے علاوہ کوئی اور نہیں تھا۔ اس حرامی کتے نے، بظاہر میرے والد کے چہرے پر پیشاب کر کے غیر مطمئن، دس یو آن کے دو کرارے نوٹ نکال کر میرے والد کو متوجہ کرنے کے لیے اپنی انگلیوں میں تھام لیے۔ یہ ترکیب کارگر نہیں ہوئی، کیوں کہ انھوں نے اپنا منھ اپنے گھٹنوں میں چھپایا ہوا تھا جس نے لاؤلان کو مایوس کر دیا۔ اس نے

تیزی سے ایک نگاہ چاروں طرف ڈالی، پھر دونوں نوٹ میرے والد کے پیروں میں پھینک دیے جن میں سے ایک اس کی دھارے سے چھوٹے گڑھے میں جمع ہو جانے والے پیشاب پر گر کر سیلی اور ٹکڑے ٹکڑے ہو جانے والی سگریٹوں پر ٹھہر گیا۔ اس لمحے میرا باپ بھی مردہ تھا۔ وہ اپنا چہرہ اپنے آپ اور اپنے آبا و اجداد کے لیے کھو چکا تھا۔ وہ ایک انسان کے درجے سے گر کر دشمن کی مُوت سے پھولی ہوئی سگریٹ کے درجے پر آ چکا تھا۔ لاؤلان کے رقم پھینکنے کے بعد تاجروں اور قصابوں نے اس کی تقلید کی۔ ان کے چہرے پر ہمدردی تھی جیسے ہم باپ بیٹا بھکاریوں کی قابلِ رحم جماعت تھے۔ انھوں نے عام دنوں کی بہ نسبت دُگنی رقم پھینکی جو یا تو مزاحمت نہ کرنے کا صلہ تھی یا پھر لاؤلان کی سخاوت کی پیروی کی کوشش۔

میرے والد نے اوپر دیکھا۔ ان کے چہرے پر غصے یا ملال کا رتی بھر شائبہ تک نہ تھا۔ ان کا چہرہ لکڑی کے پالش کیے ہوئے ٹکڑے کی سی چمک دمک لیے ہوئے تھا۔ انھوں نے سرد نگاہوں سے مجھے دیکھا۔ ان کی آنکھوں میں تشویش تھی جیسے انھیں علم ہی نہ ہو کہ میں کیوں رو رہا ہوں۔ میں نے آگے بڑھ کر ان کی گردن میں اپنے پنجے گاڑ دیے، ''ابا!'' میں بولا۔ ''اب تم میرے باپ نہیں رہے۔ تمھیں دوبارہ کبھی ابا کہنے سے قبل میں لاؤ لان کو ابا کہوں گا۔''

میرے چلانے سے وقتی طور پر سکتے میں آنے والے ہمارے اردگرد کھڑے لوگ اچانک ہنس پڑے۔ لاؤلان نے میری سمت اپنا انگوٹھا اٹھایا۔ ''ژیاؤ تانگ!'' وہ بولا ''تم واقعی کوئی چیز ہو، بالکل ویسے ہی جیسا میں بیٹا چاہتا ہوں۔ آج سے تم جب بھی آؤ گے تمھیں میرے گھر پر خوش آمدید کہا جائے گا۔ اگر تم سؤر کا گوشت چاہو گے تو ملے گا اور اگر بڑے کا تو وہ بھی ملے گا۔ اگر تم اپنی ماں کو بھی ساتھ لاؤ گے تو میں تم دونوں کا پُرتپاک استقبال کروں گا۔''

وہ نظر انداز کر دی جانے والی توہین نہیں تھی، لہٰذا میں غصے میں اس کی جانب دوڑا۔ وہ بآسانی ایک طرف ہو کر میرے حملے سے بچ نکلا اور میں زمین پر منھ کے بل گر کر اپنا کٹوا بیٹھا۔

بلند آہنگ قہقہے کے ساتھ وہ بولا، ''ننھے نشتر! مجھے ابا کہنے کے بعد مجھ پر حملہ کر رہے ہو؟ کون سمجھدار شخص تمھیں اپنا بیٹا بنانا چاہے گا؟''

چونکہ کسی نے مجھے اٹھنے میں مدد نہیں دی، لہٰذا مجھے خود ہی اپنے قدموں پر کھڑا ہونا پڑا۔ میں اپنے والد کی طرف گیا اور میں نے اپنی خفت مٹانے کے لیے انھیں لات دے ماری۔ اس بات نے بھی اسے غصہ نہیں دلایا بلکہ انھیں اس کا پتہ بھی نہیں چلا۔ انھوں نے صرف اپنے بڑے اور نرم ہاتھ سے اپنا چہرہ رگڑا۔ پھر انھوں نے اپنے بازو پھیلائے اور ایک کاہل ٹام بلی کی مانند جماہی لی، زمین کو دیکھا اور دھیرے دھیرے، بے ضمیری اور احتیاط سے لاؤلان کے پیشاب میں تربتر نوٹ سمیٹ کر ایک ایک کو روشنی میں دیکھا جیسے یقین کرنا چاہتے ہوں کہ وہ جعلی تو نہیں۔ آخر میں انھوں نے لاؤلان کے نئے نوٹ اٹھائے جو پیشاب سے غلیظ ہو چکے تھے اور انھیں اپنی پتلون سے صاف کیا۔ اب تمام رقم ان کے گھٹنوں پر جمع ہو چکی تھی تو انھوں نے اسے اپنے بائیں ہاتھ کی درمیانی انگلیوں

میں تھاما، اپنے دائیں ہاتھ کے انگوٹھے اور شہادت کی انگلی پر تھوک لگایا اور اسے گننے لگے۔ میں اسے ان سے چھیننے، پھاڑ کر ٹکڑے ٹکڑے کرنے اور لاؤلان کے منھ پر دے مارنے کے لیے دوڑا تاکہ ہم دونوں باپ بیٹے کی تذلیل کا بدلہ لے سکوں، لیکن وہ مجھ سے زیادہ پھرتیلے نکلے، وہ اچھلے ار انھوں نے بڑبڑاتے ہوئے اپنا بایاں ہاتھ فضا میں بلند کرلیا۔ ''بیوقوف لڑکے! تمھیں پتہ ہے تم کیا کر رہے ہو؟ دولت، دولت ہے۔ یہ نہیں، لوگ ملزم ہیں۔ رقم پر اپنا غصہ مت نکالو۔'' میں نے اپنے بائیں ہاتھ سے ان کی کہنی کو جھپٹتے ہوئے ان کے ہاتھ سے اس شرمناک دولت کو چھیننے کے لیے اپنا جسم اوپر اٹھانے کی کوشش کی لیکن ایک مکمل قد کاٹھی والے مرد کے سامنے مجھے ذرا بھی موقع نہیں ملا۔ میں اتنا دیوانہ ہو چکا تھا کہ میں نے ان کے چوتڑوں پر بار بار ٹکریں ماریں لیکن وہ محض میرا سر تھپتھپاتے رہے اور نرمی سے بولے، ''بس بیٹے، بہت ہو گیا۔ رومت۔ لاؤلان کے سانڈ کو دیکھو۔ وہ مشتعل ہو رہا ہے۔''

وہ تنے ہوئے سینگوں اور اُبھرے ہوئے پٹھوں پر ساٹن جیسی چمک دار منڈھی کھال والا ایک ہٹا کٹا اور حصاری نسل کا سانڈ تھا۔ ویسا سانڈ میں نے بعد میں اتھلیٹس میں دیکھا تھا۔ وہ تمام کا تمام زرد لیکن اس کا چہرہ حیرت انگیز طور پر سفید تھا۔ میں نے اس سے قبل سفید چہرے والا بیل کبھی نہیں دیکھا تھا۔ وہ بھینگا تھا اور جس اندازے سے اپنی ایک آنکھ کو ترچھا کر کے دیکھتا تھا، وہ انداز آپ کے رونگٹے کھڑے کر دیتا تھا۔ اب میں ماضی کے بارے میں سوچتا ہوں تو مجھے خیال آتا ہے کہ دیکھنے کا یہ انداز ویسا تھا جیسا ہیجڑوں کی باتیں کرتے ہوئے لوگ اپناتے ہیں۔ بھینگا پن فرد کی فطرت بدل دیتا ہے اور یہی سانڈوں کے ساتھ بھی ہوتا ہے۔ ابا نے بیل کی سمت میری توجہ ہٹا کر کم از کم وقتی طور پر مجھے رقم بھلا دی۔ میں چوک میں اپنے سانڈ کو لے کر جاتے ہوئے لاؤلان بدمعاش کو دیکھنے کے لیے مڑا۔ بدمعاش کیوں نہیں؟ آخر اس نے میری صلح جو والد کو ذلیل کیا ہے۔ گاؤں اور مویشیوں کے بیوپاریوں میں اس کی توقیر میں ڈرامائی طور پر اضافہ ہو گیا تھا۔ وہ صرف اس شخص کے خلاف اٹھا تھا جس نے اسے خاطر میں نہ لاتے ہوئے نظرانداز کیا اور وہ جیت گیا تھا۔ اب گاؤں کا کوئی فرد اس کی حکم عدولی کی جرأت نہیں کرے گا۔ اس کے بعد جو کچھ ہوا، وہ ناقابل یقین حد تک حیران کن تھا کہ آج برسوں بعد بھی مجھے اس پر یقین نہیں آ رہا۔

اس کا وہ حصاری بیل اڑ گیا۔ لاؤلان نے اسے نکیل سے کھینچ کر حرکت دینے کی کوشش کی لیکن وہ ٹس سے مس نہیں ہوا۔ ذراسی کوشش کیے بغیر ہی سانڈ نے لاؤلان کی طاقت کے مظاہرے کو مذاق بنا کر رکھ دیا۔ پیشے کے اعتبار سے قصاب ہونے کی بنا پر اس کے بدن کی مہک ایک کمزوردل بچھڑے کو پتے کی مانند کپکپا دیتی اور جب وہ ہاتھ میں چاقو پکڑے ایک ہٹ دھرم جانور کے سامنے آتا تو اسے عاجزی سے اپنی موت کے انتظار پر مجبور کر دیتا تھا۔ نکیل کھینچ کر دوسری کوشش ناکام ہونے پر اس نے گھوم کر کان کے پردے پھاڑ ڈالنے والی چلاتی ہوئی آواز کے ساتھ اس کے پٹھے پر مارا۔ ایسی چوٹ اور چیخ کے بعد اکثر جانور پیشاب خطا کر بیٹھتے ہیں لیکن اس حصاری بیل نے اسے ایک معمول کی حرکت سے زیادہ نہیں لیا۔ میرے والد پر فتح کے نشے میں چور اور ایک مغرور فوجی کی سی اداکاری

کرتے ہوئے لاؤلان نے سانڈ کی فطرت کا خیال کیے بغیر اس کے پیٹ پر لات رسید کی۔ خوب، جانور نے اپنا پہلو بدلا، بلند آواز میں ڈکارا، اپنا سر جھکایا اور لاؤلان کو اپنے سینگوں پر اٹھا لیا، گویا اس کا وزن تنکوں کی ایک چٹائی سے زیادہ نہ ہو۔ مویشیوں کے بیوپاری اور قصاب آناً فاناً ہونے والے اس واقعے پر سکتے میں آ گئے، ساکت اور گنگ، اور ان میں سے ایک بھی لاؤلان کی مدد کے لیے آگے نہیں بڑھا۔ سانڈ نے دوبارہ اپنا سر جھکایا اور حملہ آور ہوا۔ اب لاؤلان کوئی عام شخص تو تھا نہیں، جب اس نے سینگوں کو اپنی سمت بڑھتے دیکھا تو وہ زمین پر لڑھکنیاں کھاتے ہوئے اس کے راستے سے ہٹ گیا۔ غصے سے چمکتی آنکھیں لیے سانڈ گھوما اور دوبارہ حملہ آور ہوا تو لاؤلان نے دوسری اور پھر تیسری بار بھی زمین پر لڑھکنیاں کھاتے ہوئے اپنی جان بچائی۔

بالآخر جب وہ گھٹنوں اور ہاتھوں کے بل بمشکل اپنے قدموں پر کھڑا ہونے کے قابل ہوا تو ہم نے دیکھا کہ وہ معمولی سا زخمی تھا۔ وہ اپنے کولھے ایک طرف جھکائے اور نظریں بغیر جھکائے سانڈ کے مقابل کھڑا تھا۔ سانڈ نے اپنا سر جھکایا اور بلند آواز میں پھنکارا، اس کی باچھوں میں کف جمع ہو رہا تھا جس سے لگتا تھا کہ وہ اگلے حملے کے لیے تیار ہے۔ لاؤلان نے بیل کی توجہ ہٹانے کے لیے اپنا ہاتھ اٹھایا لیکن عیاں تھا کہ وہ بہادری کا محض دِکھاوا کر رہا ہے۔ وہ اس خوف زدہ بُل فائٹر کی مانند دکھائی دے رہا تھا جو اپنے آپ کو بچانے کے لیے کچھ بھی کرنے پر تیار ہو۔ وہ احتیاط سے ایک قدم آگے بڑھا، سانڈ نے کوئی حرکت نہیں کی بلکہ اپنا سر مزید جھکا لیا جو اس امر کا غماز تھا کہ حملہ ہونے ہی والا ہے۔ آخر لاؤلان نے اپنا مردانگی والا انداز ترک کیا، ایک آخری اور دبنگ چیخ ماری، مڑا اور پاگلوں کی طرح بھاگ اٹھا۔ سانڈ اس کے پیچھے لگ گیا۔ اس کی دُم لوہے کی سلاخ کی مانند سخت اور تن کر چپکی ہوئی تھی۔ سُموں سے مشین گن سے گولیوں کی بوچھاڑ کی طرح ہر سمت کیچڑ کی چھینٹیں اڑنے لگیں جب کہ لاؤلان نے اپنی جان بچانے کی نیت سے تماشائیوں کا رخ کیا لیکن اسے بچانے کا خیال ان کے ذہنوں کے آخری گوشے میں کہیں تھا۔ ہر طرف چیخیں گونج اٹھیں اور وہ بھی اپنے ماں باپ کو بددعائیں دیتے ہوئے کہ انھوں نے انھیں دو سے زیادہ ٹانگیں کیوں نہیں دیں، بھاگ نکلے۔ خوش قسمتی سے سانڈ میں اتنی عقل تھی کہ وہ ہجوم میں بھی لاؤلان کو پہچان سکے اور اپنا غصہ کسی اور پر نہ نکالے۔ تاجروں اور قصابوں کے دیواروں اور درختوں کی اوٹ لینے کے لیے بھاگنے سے ڈھول اڑنے لگی۔ اس خطرناک صورت حال سے حواس باختہ ہو کر لاؤلان سیدھا ہم باپ بیٹے کی طرف دوڑا۔

حالات کی نزاکت کا ادراک کرتے ہوئے والد نے اپنے ایک ہاتھ سے میری گردن اور دوسرے سے پینٹ پکڑ کر مجھے اٹھایا اور لعنتی لاؤلان کے ان کے عقب میں پناہ لینے اور ان کے کپڑے جکڑنے کہ وہ وہاں سے ہٹ نہ سکیں اور انھیں حملہ آور سانڈ کے سامنے ڈھال بنانے سے قبل ہی دیوار پر چڑھا دیا۔ ابا نے ہاتھ میں پکڑے روپے بیل کے سامنے لہرائے اور بڑبڑائے، ''سانڈ! اے سانڈ! تمھاری میری کوئی دشمنی نہیں، نہ آج ہے اور نہ کبھی رہی ہے، تو آؤ اس معاملے کو ختم کر دیں۔''

یہ سب کچھ اتنی تیزی سے وقوع پذیر ہوا کہ الفاظ بیان کرنے سے قاصر ہیں؛ ابا نے روپے بیل کے منھ پر دے مارے اور اس سے قبل وہ کچھ سمجھ پاتا، وہ چھلانگ لگا کر اس کی پیٹھ پر سوار ہو گئے۔ پھر انھوں نے اپنی

انگلیاں اس کے نتھنوں میں گھسا کر اس کی نکیل کو تھاما اور جھٹکا دے کر اس کے سر کو کافی اوپر اٹھا دیا۔ مغربی ممالک سے بیوپاریوں کی لائی جانے والی گائیں پالتو ہوتی تھیں، اس لیے ان سب کے نتھنوں میں نکیل ڈالی ہوتی تھی۔ چونکہ ناک سانڈ کا کمزور حصہ ہوتا ہے اور کوئی بھی، حتیٰ کہ مویشیوں کا بہترین حیات طویلے والا بھی، میرے والد سے زیادہ بیلوں کے بارے میں نہیں جانتا تھا، گو ان کا اپنا مویشی پالنے سے زیادہ سروکار نہیں تھا۔ دیوار کے بالائی سرے پر بیٹھے ہوئے میری آنکھوں میں آنسو آ گئے۔ میں نے سوچا؛ ابا، مجھے تم پر بہت فخر ہے کہ جس طرح تم نے اپنی تذلیل کے داغ کو دھویا اور اپنی دانش مندی اور حوصلے سے جس طرح ہماری کھوئی ہوئی عزت بحال کی۔''

قصابوں اور بیوپاریوں نے سفید منھ والے زرد سانڈ کو زمین پر گرانے میں ان کی مدد کی تا کہ وہ دوبارہ بے قابو ہو کر کسی اور کو نقصان نہ پہنچا سکے۔ خرگوش کی سی پھرتی سے ایک قصاب بھاگ کر گھر گیا اور ایک چھری لا کر زرد پڑے لاؤلان کو دینا چاہی لیکن لاؤلان نے پیچھے ہٹتے ہوئے ہاتھ کے اشارے سے اسے دور رہنے اور یہ کام کسی اور کے سپرد کرنے کو کہا۔ قصاب نے چھری ہاتھ میں تھامے تھامے اِدھر اُدھر دیکھا۔ ''کون کرے گا یہ کام؟ کوئی نہیں؟ ٹھیک ہے، تب میرا خیال ہے کہ مجھ پر آ پڑا ہے۔'' اس نے اپنی آستینیں چڑھائیں، دھار کو اپنے جوتے کے تلوے سے صاف کیا، پھر نیچے جھکا اور رندا لگانے والے بڑھئی کی مانند ایک آنکھ بند کی۔ اس نے بیل کے سینے میں بائیں جانب نظر آنے والی دبی ہوئی جگہ کا نشانہ لیتے ہوئے چھری گھونپ دی اور جب اس نے اسے کھینچا تو خون کا فوارہ چھوٹ پڑا جس سے میرے والد لال ہو گئے۔

اب جب کہ سانڈ مر چکا تھا تو ہر شخص نیچے اتر آیا۔ زخم سے بہتا سیاہی مائل سرخ خون فوارے کے پانی جیسے بلبلے بناتا ہوا صبح کی خستہ ہوا میں گرم گرم مہک بکھیر رہا تھا۔ کسی حد تک چرمرائے اور کمزور پڑے لوگ ہوا نکلے غباروں کی مانند گھیرا ڈالے کھڑے تھے۔ وہ بہت کچھ کہنا چاہتے تھے لیکن سوائے میرے والد کے کسی نے ایک لفظ بھی ادا نہیں کیا، جنھوں نے اپنا سر کندھوں میں گھسیڑا اور منھ کھول کر اپنے مضبوط لیکن پیلے دانتوں کی نمائش کرتے ہوئے کہا، ''آسمان کے بوڑھے شخص، میں بہت ڈر گیا تھا۔''

اس پر سب نے مڑ کر لاؤلان کی طرف دیکھا جس کی واضح خواہش تھی کہ وہ کسی بل میں گھس جائے۔ اس نے نظریں نیچی کر کے بیل کو دیکھتے ہوئے اپنی پریشانی چھپانے کی کوشش کی جس کی ٹانگیں سیدھی پھیلی ہوئی تھیں اور اس کی رانوں سے بھرے گوشت والے حصے اب بھی تھرتھرا رہے تھے۔ اس کی ایک نیلی آنکھ یوں کھلی ہوئی تھی جیسے وہ اس کی باطنی نفرت ظاہر کر رہی ہو۔ ''لعنت ہو تم پر۔'' لاؤلان مردہ جانور کو ٹھوکر مارتے ہوئے بولا، ''تم نے ساری زندگی جنگلی ہنسوں کے شکار میں گزاری، اپنی نظر محض ٹھونگیں مارتے ہنس کے بچے ہی پر رکھی۔'' اس نے میرے والد کی طرف دیکھا۔ ''مجھ پر تمھارا ایک قرض چڑھ گیا ہے لیکن ہمارا قضیہ ابھی ختم نہیں ہوا۔''

''کیا ختم نہیں ہوا؟'' میرے ابا نے پوچھا، ''تمھارے اور میرے بیچ کوئی قضیہ نہیں ہے۔''

''تم اسے چھوتے نہیں ہو۔'' لاؤلان نے سوں سوں کرتے ہوئے منھ بنایا۔

''میں نے اسے کبھی چھونے کی خواہش نہیں کی۔ اسی نے کی ہے۔'' میرے والد نے ہلکا سا فخر بھرا

قہقہہ لگاتے ہوئے کہا۔

''وہ تمھیں کتا کہہ کر پکارتی ہے اور وہ کبھی تمھیں اپنے آپ کو ہاتھ نہیں لگانے دے گی۔''

اس وقت تک مجھے قطعاً علم نہیں تھا کہ وہ کس کے بارے میں بات کر رہے ہیں۔ تاہم مجھے بعد میں پتہ چل گیا کہ وہ وائلڈ میول کا ذکر کر رہے تھے۔

لیکن جب میں نے پوچھا، ''ابا، کس کی بات کر رہے ہو؟'' تو وہ بولے ''بچوں کے جاننے کی بات نہیں ہے۔''

''بیٹے!'' لاؤلان بولا۔ ''کیا تم نے یہ نہیں کہا تھا کہ تم لان خاندان کا فرد بننا چاہتے ہو؟ پھر تم نے ابھی اسے ابا کیوں کہا؟''

''تمھاری اوقات بدبودار کتے کے گو سے زیادہ نہیں۔'' میں نے کہا۔

''بیٹے!'' وہ بولا، ''گھر جاؤ اور اپنی ماں سے کہو کہ تمھارا باپ میول کی کھوہ میں چلا گیا ہے اور اب وہاں سے نہیں نکل سکتا۔''

اس بات نے میرے والد کو سانڈ ہی کی مانند آگ بگولہ کر دیا۔ انھوں نے سر جھکایا اور لاؤلان پر حملہ کر دیا۔ انھیں ایک دوسرے کو گردن سے پکڑے لمحہ بھر بھی نہیں گزرا تھا کہ دیگر لوگ ان میں بیچ بچاؤ کرانے دوڑ پڑے۔ لیکن اس مختصر سے لمحے کے دوران لاؤلان میرے والد کی چھنگلی توڑنے اور میرے ابا اس کا آدھا کان چبا ڈالنے میں کامیاب ہو گئے تھے، غصے سے تھوکتے ہوئے وہ بولے، ''تم نے میرے بیٹے کے سامنے ایسی بات کرنے کی جرأت کیسے کی، حرامی کتے!''

دائرہ

لیوسی شن (چین)

ترجمہ: عابد سیال

لیوسی شن (Liu Cixin) ۲۳ جون ۱۹۶۳ء میں پیدا ہوئے۔ انھیں چین کے نہایت ہی معزز لٹریری سائنس فکشن ایوارڈ 'گلیکسی ایوارڈ' سے ۹ بار نوازا گیا۔ اس کے علاوہ انھوں نے کئی دوسرے ملکی وغیر ملکی ادبی ایوارڈ حاصل کیے۔ ان کے آٹھ ناول اور ۳۰ سے زائد ناولٹ شائع ہو چکے ہیں۔ ان کے فکشن کا انگریزی، جرمن اور دوسری زبانوں میں بھی ترجمہ ہو چکا ہے۔

ڈاکٹر عابد سیال پاکستان کے معروف شاعر، مضمون نگار اور مترجم ہیں۔

شی آن یانگ، ریاست چن کا دارالحکومت، ۲۲۷ قبل مسیح۔

'چنگ کھا' نے لپٹا ہوا ریشمی نقشہ ایک نیچے اور لمبے میز پر آہستگی سے کھولنا شروع کیا۔

میز کی دوسری طرف، چن کے شہنشاہ 'چنگ' نے ایک اطمینان بھرا سانس لیا جب اس نے نقشے پر دشمن ملک کے پہاڑ اور دریا آہستہ آہستہ بے نقاب ہوتے دیکھے۔ چنگ کھا یہاں آیا تھا تاکہ ریاست یان کے شہنشاہ کے اطاعت قبول کر لینے کی اطلاع اسے پیش کر سکے۔ کھیتوں، سڑکوں، شہروں اور چھاؤنیوں کو نقشے پر ابھرا ہوا دیکھنے سے ان پر گرفت کا احساس زیادہ آسانی سے ہوتا تھا۔ حقیقی زمین کی وسعت اتنی زیادہ تھی کہ اس کے سامنے وہ بعض اوقات خود کو بے اختیار محسوس کرتا تھا۔

جب چنگ کھا کھلتے ہوئے نقشے کے آخر تک پہنچا، ایک دھاتی چمک ابھری اور ایک تیز خنجر نظر آیا۔ محل کے 'ایوان عظیم' کی فضا ایک لمحے میں جیسے ساکت ہو گئی ہو۔

شہنشاہ کے سارے وزیر کم از کم تیس فٹ دُور کھڑے تھے اور کسی بھی اچانک صورت حال میں ان کے

پاس کوئی ہتھیار موجود نہ تھا۔ مسلح محافظ اس سے بھی دور، ایوان عظیم پر پہنچنے والی سیڑھیوں پر نیچے کھڑے تھے۔ یہ اقدامات شہنشاہ کے حفاظتی انتظامات کو بہتر بنانے کے لیے تھے، لیکن اب ان سب کی وجہ سے حملہ آور کا کام آسان ہو گیا تھا۔

لیکن شہنشاہ چنگ پُرسکون رہا۔ اس نے ایک نظر خنجر پر ڈالتے ہوئے اپنی تیز اور گہری نظریں چنگ کھا پر مرکوز رکھیں۔ شہنشاہ محتاط شخص تھا اور اس نے دیکھ لیا تھا کہ خنجر ایسے پڑا ہے کہ دستہ اس کی طرف ہے جب کہ نوک کا رخ خود حملہ آور کی طرف ہے۔

چنگ کھا نے خنجر اٹھا لیا اور ایوان عظیم میں موجود سب لوگ مبہوت رہ گئے۔ لیکن شہنشاہ چنگ نے اطمینان کا سانس لیا۔ اس نے دیکھا کہ چنگ کھا نے خنجر نوک کی طرف سے پکڑ رکھا ہے جب کہ دستہ بادشاہ کی طرف ہے۔

''عالی جاہ، مجھے اس ہتھیار سے قتل کر دیجیے۔'' چنگ کھا نے خنجر کو اپنے سر سے اوپر اٹھایا اور جھک کر کہا۔ ''ریاست یان کے ولی عہد تان نے مجھے حکم دیا تھا کہ آپ پر یہ قاتلانہ حملہ کروں اور میں اپنے مالک کے حکم سے انحراف نہیں کر سکا۔ لیکن میرے دل میں آپ کی جو قدر ہے وہ مجھے یہ کام نہیں کرنے دیتی۔''

''مالک، آپ کو صرف اتنا کرنا ہے کہ اسے آہستہ سے مجھے چبھو دیں۔ خنجر زہر میں بجھا ہوا ہے۔ ایک ہلکی سی خراش بھی میری زندگی ختم کرنے کے لیے کافی ہے۔''

شہنشاہ چنگ اپنی جگہ کھڑا رہا اور ہاتھ کے اشارے سے ایوان عظیم کے اندر دوڑ کر آتے محافظوں کو ہاتھ کے اشارے سے روک دیا۔ اپنے چہرے کے تاثرات بدلے بغیر اس نے کہا۔ ''خود کو محفوظ سمجھنے کے لیے مجھے تمھیں قتل کرنے کی ضرورت نہیں۔ تمھارے الفاظ مجھے یقین دلاتے ہیں کہ تمھارے دل میں میرے قتل کا ارادہ نہیں۔''

ایک ہی ہموار حرکت میں چنگ کھا نے اپنے دائیں ہاتھ کی انگلیاں خنجر کے دستے پر جما لیں۔ اس کی نوک کا رخ اس طرح خود اس کے اپنے سینے کی طرف تھا جیسے وہ خودکشی کرنے ہی والا تھا۔

''تم ایک صاحبِ علم آدمی ہو۔'' شہنشاہ چنگ کی آواز سرد تھی۔ ''یوں مر جانا سراسر زیاں ہوگا۔ میری خواہش ہے کہ تمھارا علم اور مہارت میری فوج کے کام آئے۔ اگر تم مرنا ہی چاہو تو میرے دیے ہوئے کچھ کام مکمل کرنے کے بعد ایسا کر لینا۔'' اس نے ہاتھ ہلا کر چنگ کھا کو جانے کی اجازت دی۔

یان ریاست سے آئے اس حملہ آور نے خنجر میز پر رکھ دیا اور اسی طرح جھکے جھکے ایوان عظیم سے باہر نکل گیا۔

شہنشاہ چنگ بھی اٹھ کھڑا ہوا اور ایوان عظیم سے باہر نکلا۔ آسمان بالکل صاف تھا۔ اس نے نیلے آسمان میں زردی مائل سفید چاند کو دیکھا جو ایسے نظر آ رہا تھا جیسے رات کا پیچھے چھوڑا ہوا نفیس خواب ہو۔

''چنگ کھا،'' اس نے حملہ آور کو بلایا جو ابھی سیڑھیاں اتر ہی رہا تھا۔ ''کیا چاند دن کے وقت اکثر موجود

ہوتا ہے؟''

حملہ آور کی سفید عبا سے دھوپ یوں منعکس ہوئی جیسے چمک دار شعلہ ہو۔ ''چانداور سورج کا ایک ساتھ آسمان پر دکھائی دینا کوئی غیر معمولی بات نہیں۔ قمری کیلنڈر میں ہر مہینے کی چار اور بارہ تاریخ کے درمیان یہ ممکن ہے کہ اگر موسم صاف ہوتو چاند کو دن کے وقت مختلف اوقات میں آسمان پر دیکھا جاسکے۔''

شہنشاہ نے سر ہلایا۔ ''اوہ۔ تو یہ کوئی غیر معمولی نظارہ نہیں۔'' اس نے خود کلامی کے انداز میں بڑبڑاتے ہوئے کہا۔

دو سال بعد شہنشاہ نے چنگ کھا کو ملاقات کے لیے طلب کیا۔

جب چنگ کھا شی آن یانگ میں محل کے باہر پہنچا تو اس نے تین مصاحبوں کو دیکھا جنھیں محافظ ایوان عظیم سے باہر نکال رہے تھے۔ ان کے سروں سے عہدوں کے نشانات اتار لیے گئے تھے اور وہ ننگے سر تھے۔ ان میں سے دو محافظوں کے درمیان چل رہے تھے اور ان کے چہروں سے خون بہہ رہا تھا جب کہ تیسرا اس قدر خوفزدہ تھا کہ وہ چل بھی نہیں پا رہا تھا اور اسے دو سپاہی تقریباً اٹھا کر لے جا رہے تھے۔ یہ آخری آدمی بار بار فریاد کر رہا تھا کہ شہنشاہ چنگ اس کی جان بخشی کر دے۔ چنگ کھا نے اس کی بڑبڑاہٹ میں چند مرتبہ لفظ 'دوا' سنا۔ اس نے اندازہ لگایا کہ ان تین لوگوں کو موت کی سزا سنا دی گئی ہے۔

شہنشاہ نے جب چنگ کھا کو دیکھا تو اس کا مزاج خوشگوار تھا جیسے کچھ ہوا ہی نہ ہو۔ اس نے جانے والے تین مصاحبین کی طرف اشارہ کیا اور وضاحت کے طور پر کہنے لگا، ''شُوفُو کا بحری قافلہ مشرقی سمندر سے واپس ہی نہیں پلٹا۔ کسی کو تو اس کا ذمہ دار ہونا پڑے گا۔''

چنگ کھا جانتا تھا کہ شوفو پراسرار طاقتوں کا حامل ایک جادوگر تھا جس کا دعویٰ تھا کہ وہ مشرقی سمندر میں دور اندر کے جزیروں پر تین جادوئی پہاڑوں پر جاسکتا ہے جہاں سے ابدی حیات کا محلول حاصل کیا جاسکتا ہے۔ شہنشاہ چنگ نے کئی جہازوں پر مشتمل ایک بحری قافلہ اس کی قیادت میں دیا جس پر تین ہزار نوجوان اور لڑکیاں موجود تھیں۔ اس کے علاوہ کچھ خزانہ اور ابدی حیات رکھنے والے دیوتاؤں کے کچھ تحائف جن میں ابدی حیات کے راز موجود تھے، ان جہازوں کے سامان میں شامل تھے۔ لیکن تین سال قبل روانہ ہونے والے اس بحری قافلے کی طرف سے کسی قسم کی کوئی خبر نہ آئی تھی۔

شہنشاہ چنگ نے اس ناگوار موضوع کو ایک طرف کرتے ہوئے کہا۔ ''میں نے سنا ہے کہ پچھلے دو برسوں میں تم نے کئی حیرت انگیز ایجادات کی ہیں۔ نئی کمان جو تم نے تیار کی ہے، پرانے نمونے سے دوگنا فاصلے تک تیر پھینک سکتی ہے؛ تم نے ایسی جنگی گاڑیاں تیار کی ہیں جن میں بہت پُرکار اسپرنگ نصب کیے گئے ہیں جن سے ناہموار زمین پر رفتار کم کیے بغیر یہ زیادہ ہمواری سے چل سکتی ہیں؛ جن پُلوں کی تعمیر تمھاری نگرانی میں ہوئی ہے ان میں مسالہ پہلے کی نسبت آدھا استعمال ہوا ہے اور ان کی مضبوطی پہلے سے زیادہ ہے۔ میں بہت خوش ہوا ہوں۔ تمھارے ذہن میں یہ ترکیبیں کہاں سے آتی ہیں؟''

”جب میں آسمانوں سے اترے احکامات کی تعمیل کرتا ہوں، تو ہر چیز ممکن ہو جاتی ہے۔“

”شوفو بھی یہی کہا کرتا تھا۔“

”مالک، مجھے ذرا بے باکی کی اجازت دیں تو میں کہوں گا کہ شوفو فراڈ سے زیادہ کچھ نہیں۔ زائچے بنانا اور کھو کھلے مراقبے کرنا کائناتی احکام کو درست طور پر سمجھنے کے طریقے نہیں ہیں۔ اس جیسے لوگ کبھی نہیں سمجھ سکتے کہ آسمانی کلام کیا ہوتا ہے۔“

”تو پھر آسمانی کلام کی زبان کیا ہے؟“

”علم ریاضی۔ اعداد اور اشکال ہی وہ ذرائع ہیں جن سے آسمانی کلام زمین پر لکھا اترتا ہے۔“

شہنشاہ چنگ نے سمجھنے کے انداز میں سر ہلایا۔ ”دلچسپ بات ہے۔ تو پھر اب تم کیا کر رہے ہو؟“

”میں ہمیشہ اس میں لگا رہتا ہوں کہ آپ کی عظمت شاہی کے لیے زیادہ سے زیادہ آسمانی پیغامات کو سمجھنے کی کوشش کروں۔“

”کوئی پیش رفت ہے؟“

”جی ہاں، کچھ ہے۔ بعض اوقات تو مجھے بالکل ایسا لگتا ہے کہ میں اس خزانے کے بالکل دروازے پر کھڑا ہوں جو کائنات کے رازوں سے بھرا ہوا ہے۔“

”تمھیں آسمان سے یہ اسرار کیسے موصول ہوتے ہیں؟ ابھی تم نے کہا کہ آسمانی کلام کی زبان اعداد اور اشکال پر مشتمل ہوتی ہے۔“

”دائرہ۔“

یہ دیکھتے ہوئے کہ شہنشاہ چنگ متذبذب ہے، چنگ کھا نے ایک برش منگایا اور اس کے استعمال کی اجازت چاہی۔ اس نے نیچے میز پر بچھے ہوئے ریشم کے کپڑے پر ایک دائرہ کھینچا۔ اگرچہ اس نے اس نے کسی پرکار وغیرہ کی مدد کے بغیر یہ دائرہ کھینچا تھا، لیکن یہ ہر لحاظ سے کامل دکھائی دے رہا تھا۔

”مالک، آدمیوں کی بنائی ہوئی دیگر اشیا کے علاوہ کیا کبھی آپ نے قدرت کی چیزوں میں کوئی کامل دائرہ دیکھا ہے؟“

شہنشاہ چنگ نے کچھ دیر اس پر غور کیا۔ ”بہت کم۔ ایک بار میں نے ایک شکرے کی آنکھوں میں آنکھیں ڈال کر دیکھا تھا اور میں نے دیکھا کہ اس کی آنکھیں بالکل گول تھیں۔“

”جی ہاں۔ یہ درست ہے۔ میں کچھ اور مثالیں بھی دے سکتا ہوں جیسے کہ بعض جانوروں کے انڈے، شبنم کے قطرے اور پتے کے درمیان کی مستوی، اور اس طرح کی اور چیزیں۔ لیکن میں نے ان سب کی پیمائش بہت احتیاط سے کی ہے۔ لیکن ان میں سے کوئی بھی کامل دائرہ نہیں۔ یہی معاملہ اس دائرے کے ساتھ بھی ہے جو میں نے یہاں کھینچا ہے۔ یہ بالکل گول نظر آتا ہے لیکن اس میں ایسی ناہمواریاں اور غلطیاں ہیں جو خالی آنکھ سے نظر نہیں آتیں۔ دراصل، یہ ایک بیضوی شکل ہے، کامل دائرہ نہیں۔ میں ایک مدت سے کسی کامل دائرے کی تلاش

میں ہوں، اور بالآخر اس نتیجے پر پہنچا ہوں کہ یہ اس نیچے کی دنیا میں کہیں موجود نہیں بلکہ اوپر آسمانوں ہی میں ہو سکتا ہے۔"

"اوہ؟"

"مالک، مہربانی کر کے میرے ساتھ باہر تشریف لائیے۔"

چنگ کھا اور شہنشاہ چنگ محل سے باہر آئے۔ یہ ایک اور ایسا خوبصورت دن تھا جس میں صاف آسمان پر چاند اور سورج دونوں دیکھے جا سکتے تھے۔

"سورج اور پورا چاند دونوں کامل دائرے ہیں،" چنگ کھا نے آسمان کی طرف اشارہ کرتے ہوئے کہا۔ "آسمانی طاقتوں نے کامل دائرہ، جو زمین پر ناپید ہے، آسمان پر ہی رکھا۔ نہ صرف ایک بلکہ دو مثالیں، اور یہ آسمان پر سب سے زیادہ قابل توجہ مظاہر ہیں۔ معنی کچھ زیادہ واضح نہیں ہیں لیکن آسمانی طاقتوں کے اسرار دائرے ہی میں ہیں۔"

"لیکن دائرہ تو جیومیٹری کی شکلوں میں سادہ ترین شکل ہے۔ خط مستقیم کے بعد یہ سب سے غیر پیچیدہ شکل ہے۔" شہنشاہ چنگ پیچھے مڑا اور محل کے اندر واپس آ گیا۔

"یہ ظاہری سادگی اس کے گہرے اسرار کا پردہ ہے۔" چنگ کھا نے شہنشاہ کے پیچھے پیچھے اندر آتے ہوئے کہا۔ جب وہ نیچے میز پر واپس پہنچے، اس نے ریشم پر برش کی مدد سے ایک مستطیل بنائی۔ "اس مستطیل کا مشاہدہ کیجیے۔ اگر آپ دیکھ سکیں، طوالت میں یہ چار انچ ہے اور چوڑائی میں دو انچ۔ آسمانوں کا کلام اس میں بھی بولتا ہے۔"

"یہ کیا کہتا ہے؟"

"آسمانوں سے مجھے خبر ملتی ہے کہ لمبی اور چھوٹی سمتوں کا آپس میں تناسب ایک اور دو کا ہے۔"

"کیا تم مجھے بے وقوف بنا رہے ہو؟"

"میں کبھی ایسی جرأت نہیں کر سکتا۔ یہ محض ایک سادہ پیغام کی مثال ہے۔ آپ اس دوسری شکل کا مشاہدہ کیجیے۔" چنگ کھا نے ایک اور مستطیل بنائی۔ "اس بار لمبا ضلع نو انچ کا ہے اور چھوٹا ضلع سات انچ کا۔ اس شکل میں آسمانی طاقتوں کی طرف سے بیان کیے گئے نکتے اس سے کہیں زیادہ گھمبیر ہیں۔"

"لیکن میں ایسا کیسے سمجھوں، یہ تو اب بھی بالکل سادہ ہے۔"

"اتنی سادہ نہیں۔ اس مستطیل میں لمبے ضلعے اور چھوٹے ضلعے کے درمیان تناسب ...1.285714285714285714 ہے۔ اس میں یہ 285714 کی رقم ہمیشہ دوہرائی جاتی رہے گی۔ اس لیے آپ اس تناسب کا اتنا قریب تر حساب لگا سکتے ہیں جس قدر آپ چاہیں لیکن یہ کبھی عین درست نہیں ہوگا۔ اگرچہ یہ پیغام بھی سادہ ہی ہے لیکن اس سے کئی معنی اخذ کیے جا سکتے ہیں۔"

"دلچسپ ہے۔"

''اب اس کے بعد میں آپ کو سب سے پراسرار شکل دکھاتا ہوں جو آسمانوں نے ہمیں عطا کی ہے، یعنی دائرہ۔'' چنگ کھانے پہلے سے بنائے ہوئے دائرے پر ایک خط کھینچا جو اس کے ایک طرف سے شروع ہو کر مرکز سے گزرتے ہوئے دوسری طرف چلا گیا۔ ''دیکھیے دائرے کے محیط اور اس کے قطر کے درمیان جو تناسب ہے وہ لامحدود ہے جس کی ابتدا اس رقم 3.1415926 سے ہوتی ہے۔ لیکن یہ اس کے بعد آگے چلتی چلی جاتی ہے اور کبھی خود کو نہیں دہراتی۔''

''کبھی بھی نہیں؟''

''جی ہاں۔ ایک ایسا ریشم کا کپڑا فرض کریں جو اتنا بڑا ہو جتنا زیر افلاک جو کچھ ہے۔ اس پر اس مسلسل رقم کے ہندسے اتنے چھوٹے کر کے لکھے جائیں کہ کوئی ہندسہ مکھی کے سر سے بڑا نہ ہو۔ یہاں سے لکھنا شروع کریں اور آسمان کے کنارے تک لکھتے جائیں اور پھر وہاں سے لکھتے ہوئے یہاں واپس آئیں اور پھر ایک نئی سطر پر اسے جاری رکھتے ہوئے واپس آسمان کی طرف پلٹ جائیں۔ اس طرح یہ سلسلہ جاری رکھیں، تو سارا کپڑا لکھ لکھ کے بھر جائے گا لیکن یہ رقم اپنے اختتام کو نہیں پہنچے گی اور نہ ہی خود کو دہرائے گی۔ عالی جاہ، ہندسوں کی اسی لامتناہی زنجیر میں کائنات کے اسرار پوشیدہ ہیں۔''

شہنشاہ چنگ کے چہرے کے تاثرات تبدیل نہ ہوئے لیکن چنگ کھانے دیکھ لیا تھا کہ اس کی آنکھیں چمک اُٹھی ہیں۔ ''اگر تمھیں یہ پوری رقم حاصل ہو بھی جائے تو تم اس پیغام کو کیسے پڑھ پاؤ گے جو آسمانی طاقتیں اس میں بیان کرنا چاہتی ہیں۔''

''اس کے کئی طریقے ہیں۔ مثال کے طور پر ان ہندسوں کو نقاط سمجھ کر ان کی مدد سے نئی اشکال بنائی جا سکتی ہیں۔''

''یہ اشکال کیا ظاہر کریں گی؟''

''اس کا ابھی پتہ نہیں۔ ہوسکتا ہے یہ اشکال کائنات کے اسرار کا خاکہ ہوں۔ ہوسکتا ہے کہ یہ کوئی مضمون کی شکل بن جائے یا شاید پوری کتاب ہی۔ لیکن اصل کلید یہ ہے کہ ہمیں کسی طرح دائرے کے اس تناسب کی رقم کے مناسب تعداد میں ہندسے دستیاب ہو جائیں۔ میرا اندازہ ہے کہ ہمیں یہ تعداد ہزاروں میں تو ضرور درکار ہو گی۔ ممکن ہے معنی مقصود کے حصول کے لیے ہمیں لاکھ کی تعداد تک بھی جانا پڑے۔ اب تک میں صرف ایک سو ہندسوں تک پہنچ پایا ہوں لیکن یہ کسی طرح کے معنی تک پہنچنے کے لیے بالکل ناکافی ہیں۔''

''ایک سو؟ بس اتنے ہی؟''

''مالک، اتنے ہندسوں تک پہنچنے میں بھی مجھے دس سال سے زیادہ کا عرصہ لگا ہے۔ اس دائروی تناسب کا حساب لگانے کے لیے دائرے کے اندر اور اس کے باہر مختلف قسم کی کثیر الاضلاع اشکال بنانا پڑتی ہیں۔ کثیر الاضلاع کے ضلعوں کی تعداد جتنی زیادہ ہوگی اتنا ہی زیادہ درست ہندسہ تلاش کیا جا سکے گا۔ لیکن جوں جوں آگے بڑھتے جائیں حساب کی پیچیدگی بھی تیزی سے بڑھتی جاتی ہے اور اسی تناسب سے آگے بڑھنے کی رفتار

بھی سست پڑ جاتی ہے۔''

شہنشاہ چنگ ریشم پر چنگ کھا کے بنائے ہوئے دائرے کو گھورتا رہا جسے ایک خط سے قطع کیا گیا تھا۔

''کیا تم سمجھتے ہو کہ تم اس میں ابدی زندگی کا راز تلاش کر پاؤ گے؟''

''بالکل، کیوں نہیں۔'' چنگ کھا پر جوش ہو گیا۔ ''زندگی اور موت تو بنیادی اصول ہیں جو آسمانوں کی طرف سے زمین پر نازل کیے گئے ہیں۔ اس لیے، زندگی اور موت کا اسرار اس پیغام میں لازمی طور پر موجود ہوگا جس میں ابدی حیات کا راز بھی شامل ہوگا۔''

''تو پھر تمھیں لازمی طور پر اس دائروی تناسب کی رقم کا حساب لگانا ہے۔ میں تمھیں دس ہزار ہندسوں تک پہنچنے کے لیے دو سال کا وقت دوں گا۔ مزید پانچ سالوں میں تمھیں ایک لاکھ ہندسوں تک پہنچنا ہوگا۔''

''یہ...... یہ ناممکن ہے۔''

شہنشاہ چنگ نے اپنی لمبی آستینوں کی ایک جھونک سے میز پر پڑے ریشم کے کپڑے، برش اور دوات کو ایک طرف پھینک دیا۔ ''تمھیں صرف یہ بتانا ہے کہ تمھیں کس طرح کے وسائل درکار ہیں۔'' اس نے سرد نگاہوں سے چنگ کھا کو دیکھا۔ ''لیکن تمھیں ہر صورت یہ حساب وقت پر مکمل کرنا ہوگا۔''

پانچ دن بعد شہنشاہ چنگ نے چنگ کھا کو دوبارہ طلب کیا۔ اس بار چنگ کھا شی آن یانگ میں واقع محل میں نہیں گیا، بلکہ وہ شاہی جلوس کو راستے میں ملا جب بادشاہ اپنے ملک کا دورہ کر رہا تھا۔ فوری طور پر شہنشاہ چنگ نے چنگ کھا سے ہندسوں کے حساب میں پیش رفت سے متعلق پوچھا۔

چنگ کھا جھکا اور بولا۔ ''مالک، میں نے تمام سلطنت سے ریاضی کے ان ماہرین کو جمع کر لیا ہے جو اس طرح کا حساب کرنے کی مہارت رکھتے ہیں۔ لیکن یہ تعداد میں صرف آٹھ ہیں۔ اگر ہم نو کے نو آدمی اپنی باقی ساری زندگیاں بھی اس کام کے لیے وقف کر دیں تو بھی دائروی تناسب کی کے تین ہزار ہندسوں کی تعداد تک پہنچ سکتے ہیں۔ دو سال میں، ہم زیادہ سے زیادہ جو کر سکتے ہیں وہ تین سو ہندسے ہیں۔''

شہنشاہ چنگ نے سر ہلایا اور چنگ کھا کو اپنے ساتھ چلنے کا اشارہ کیا۔ وہ یادگار نما ایک چبوترے کے قریب پہنچے جس پر گرینائٹ سے بنا تقریباً بیس فٹ اونچا ایک معلق ستون تھا۔ چبوترے کے چھت میں ایک سوراخ کیا گیا تھا اور اس میں سے ایک موٹا رسّا گزر کر اوپر کہیں گم ہو گیا تھا جس سے بندھا معلق ستون چبوترے کی چھت سے ایک دیو قامت پنڈولم کی طرح لٹکا ہوا تھا۔ ستون کا نچلا حصہ چپٹا تھا اور زمین سے اس کی اونچائی آدمی کے قد کے برابر تھی۔ اس یادگار پر کچھ کندہ نہ کیا گیا تھا۔

شہنشاہ چنگ نے اس معلق ستون کی طرف اشارہ کیا اور کہا، ''دیکھو، اگر تم یہ حساب مقررہ وقت کے اندر مکمل کرنے میں کامیاب ہو گئے تو یہ ستون تمھاری کامرانی کی یادگار رہوگا۔ ہم اسے زمین میں گاڑیں گے اور اس پر تمھاری کامیابیوں کی داستان کندہ کروائیں گے۔ لیکن اگر تم یہ حساب مکمل نہ کر سکے، تو یہ تمھاری شرمندگی کی یادگار بن جائے گا۔ اس صورت میں بھی ہم اسے زمین میں گاڑیں گے لیکن اسے نیچے گرانے کے لیے اس کا رسّا کٹنے

سے پہلے تمھیں اس کے نیچے بیٹھنا ہوگا تا کہ یہ تمھارا لوحِ مزار بن سکے۔"

چنگ کھا نے نظریں اٹھائیں اور اس دیو قامت معلق ستون کی طرف دیکھا۔ اسے لگا کہ اس کا پھیلاؤ اس کی ساری بصارت پر حاوی ہو گیا تھا۔ آسمان پر اڑتے بادلوں کے پس منظر کے ساتھ یہ گہرے رنگ کا وزنی پتھر اسے بہت ڈراؤنا لگا۔

چنگ کھا شہنشاہ کی طرف مڑا اور کہا، "عالی جاہ ایک بار میری جان بخش چکے ہیں، اور اگر میں یہ حساب وقت پر بھی مکمل کر لوں تو اس جرم کے داغ کو دھونے کے لیے کافی نہیں جو میں نے آپ کو قتل کرنے کی نیت کر کے کیا تھا۔ مجھے موت کا ڈر نہیں۔ مہربانی کر کے مجھے پانچ دن اور دے دیجیے تا کہ میں اس پر مزید غور کر سکوں۔ اگر میں اس دوران بھی کوئی لائحۂ عمل نہ بنا سکا تو میں اپنی خوشی سے اس معلق ستون کے نیچے بیٹھ جاؤں گا۔"

چار دن کے بعد چنگ کھا نے شہنشاہ سے ملاقات کی استدعا کی جو فوراً منظور کر لی گئی۔ شہنشاہ کی نظر میں سب سے زیادہ ضروری کام دائروی تناسب کا حساب تھا۔

"تمھارے تاثرات سے مجھے لگتا ہے کہ تم نے واقعی کوئی لائحۂ عمل سوچ لیا ہے۔" شہنشاہ مسکرایا۔

چنگ کھا نے براہِ راست کوئی جواب نہیں دیا۔ "عالی جاہ آپ نے ایک بار کہا تھا کہ آپ مجھے وہ تمام ممکن وسائل فراہم کریں گے جو مجھے درکار ہوں گے۔ کیا اب بھی ایسا ہی ہے؟"

"بالکل۔"

"مجھے آپ کی فوج میں سے تیس لاکھ آدمی درکار ہیں۔"

شہنشاہ کو اس تعداد پر حیرت نہیں ہوئی۔ اس نے تھوڑی سی بھنویں اچکائیں۔ "کس طرح کے سپاہی؟"

"عام سپاہی جو آپ کی فوج میں شامل ہیں، یہی ٹھیک ہیں۔"

"میرے خیال میں تمھیں دھیان میں رکھنا چاہیے میری فوج کے زیادہ تر سپاہی اَن پڑھ ہیں۔ دو سال میں تمھارے لیے ان کو ریاضی کے پیچیدہ اصول اس طور سکھانا شاید ممکن نہ ہو سکے کہ یہ اپنے طور پر حساب مکمل کر سکیں۔"

"مالک، جو مہارت انھیں درکار ہوگی وہ کم سے کم ذہن رکھنے والے سپاہی کو بھی ایک گھنٹے میں سکھائی جا سکتی ہے۔ آپ تین سپاہیوں کو بلائیے تا کہ میں آپ کو اس کا عملی مظاہرہ دکھا سکوں۔"

"تین؟ صرف تین؟ میں تمھیں آسانی سے تین ہزار فراہم کر سکتا ہوں۔"

"مجھے تین ہی چاہئیں۔"

شہنشاہ چنگ نے اپنا ہاتھ ہلایا اور تین سپاہیوں کو طلب کیا۔ وہ تینوں بہت جوان تھے۔ چن ریاست کے دوسرے سپاہیوں کی طرح وہ بھی حکم ماننے والی مشینوں کی طرح چلتے تھے۔

"میں تمھارے نام نہیں جانتا،" چنگ کھا نے دو سپاہیوں کے کندھے تھپتھپاتے ہوئے کہا۔ "تم میں

سے دو کی ذمہ داری ہندسوں کا اِن پُٹ ہوگا، اس لیے میں تمھیں 'اِن پٹ نمبر ایک' اور 'اِن پٹ نمبر دو' کہہ کر پکاروں گا۔'' اس نے تیسرے سپاہی کو اشارہ کیا۔ ''تمھاری ذمہ داری نمبروں کا آؤٹ پُٹ ہوگا۔ اس لیے میں تمھیں 'آؤٹ پُٹ' کہوں گا۔'' اس نے سپاہیوں کو وہاں وہاں کھڑا کیا جہاں وہ چاہتا تھا۔ ''اس طرح۔ ایک مثلث بنا کر کھڑے ہو جاؤ۔ آؤٹ پُٹ مثلث کا راس ہے۔ اِن پُٹ نمبر ایک اور اِن پُٹ نمبر دو اس کا قاعدہ بناتے ہیں۔''

''تم انھیں صرف اتنا بھی کہہ سکتے تھے کہ حملہ کرنے کی 'فانہ نما ترتیب' میں کھڑے ہو جاؤ۔'' شہنشاہ چنگ نے چنگ کھا کو ایک نظر دیکھتے ہوئے مسکرا کر کہا۔

چنگ کھا نے چھ چھوٹی جھنڈیاں نکالیں۔ ان میں سے تین سفید اور تین کالی تھیں۔ اس نے یہ سپاہیوں کو اس طرح پکڑائیں کہ ہر ایک کے ہاتھوں میں ایک کالی اور ایک سفید جھنڈی تھی۔ ''سفید جھنڈی کا مطلب ہے صفر۔ سیاہ جھنڈی کا مطلب ہے ایک۔ بہت اچھے۔ اب، سنو میری بات۔ آؤٹ پٹ تم واپس پلٹو اور اپنا منہ اِن پٹ نمبر ایک اور اِن پٹ نمبر دو کی طرف کر لو۔ اگر یہ دونوں کالی جھنڈیاں بلند کریں، تو تم بھی کالی جھنڈی بلند کرو گے۔ اس کے علاوہ ہر صورت میں تم سفید جھنڈی بلند کرو گے۔ مثال کے طور پر ایسی تین صورتیں ہو سکتی ہیں: اِن پٹ نمبر ایک سفید جھنڈی بلند کرے اور اِن پٹ نمبر دو کالی جھنڈی، اِن پٹ نمبر ایک کالی جھنڈی بلند کرے اور اِن پُٹ نمبر دو سفید جھنڈی، اور اِن پٹ نمبر ایک اور اِن پٹ نمبر دو، دونوں سفید جھنڈیاں بلند کریں۔''

چنگ کھا نے ہدایات ایک مرتبہ دہرائیں تاکہ یہ یقین ہو جائے کہ سپاہی انھیں سمجھ چکے ہیں۔ پھر اس نے حکم دینے کے انداز میں کہنا شروع کیا۔ ''شروع کرو۔ اِن پٹ نمبر ایک اور اِن پُٹ نمبر دو تم جو جھنڈی چاہو بلند کر سکتے ہو۔ شاباش۔ اٹھاؤ۔ شاباش۔ پھر اٹھاؤ۔ اٹھاؤ۔''

ان پٹ نمبر ایک اور ان پٹ نمبر دو نے تین بار جھنڈیاں اٹھائیں۔ پہلی بار جھنڈیوں کی ترتیب کالی اور کالی، دوسری بار سفید اور کالی اور تیسری بار کالی اور سفید تھی۔ آؤٹ پٹ نے درست طور پر اس کا جواب دیا کہ اس نے پہلی بار کالی اور دوسری اور تیسری بار سفید جھنڈی بلند کی۔

''بہت عمدہ۔ مالک، آپ کے سپاہی بہت ذہین ہیں۔''

''اتنا کام تو کوئی بے وقوف بھی کر سکتا ہے۔ مجھے بتاؤ کہ انھیں اصل میں کیا کرنا ہے؟'' شہنشاہ چنگ کے تاثرات سے الجھن عیاں تھی۔

''یہ تین سپاہی 'حسابی سسٹم' کا ایک جزو ہیں جسے میں 'AND گیٹ' کا نام دیتا ہوں۔ اگر اس گیٹ میں دونوں اعداد 'ایک' ہوں تو اس کا حاصل بھی 'ایک' ہوگا۔ دوسری صورت میں اگر دونوں اِن پٹ اعداد میں سے ایک بھی صفر ہو جیسا کہ 'صفر ایک'، 'ایک صفر' یا 'صفر صفر' تو اس کا حاصل بھی صفر ہوگا۔'' چنگ کھا تھوڑی دیر کے لیے رکا تاکہ شہنشاہ چنگ اس کی بتائی ہوئی معلومات کو سمجھ لے۔

شہنشاہ نے کسی قسم کے تاثر کے بغیر کہا، ''ٹھیک ہے۔ آگے چلو۔''

چنگ کھا تین سپاہیوں کی طرف واپس مڑا۔ ''آؤ اب اس حسابی سسٹم کا ایک اور جزو بناتے ہیں۔

آؤٹ پُٹ تم، تم اگر یہ دیکھو کہ اِن پُٹ نمبر ایک یا اِن پُٹ نمبر دو نے کالی جھنڈی اٹھائی ہے، تم بھی کالی جھنڈی اٹھاؤ گے۔ ایسا تین صورتوں میں ہوسکتا ہے: کالی کالی، سفید کالی اور کالی سفید۔ جب یہ صورت سفید سفید ہوگی تو تم بھی سفید جھنڈی اٹھاؤ گے۔ سمجھ گئے؟ بہت اچھے جوان، تم واقعی بہت ہوشیار ہو۔ اس 'گیٹ' کے درست طور پر کام کرنے کا دارومدار تم پر ہے۔ محنت سے کام کرو، تمھیں انعام سے نوازا جائے گا۔ آؤ اب اسے چلاتے ہیں۔ اٹھاؤ! شاباش، پھر اٹھاؤ! پھر اٹھاؤ! بہت عمدہ۔ عالی جاہ اس جزو کا نام 'OR گیٹ' ہے۔ جب دونوں میں سے کوئی بھی اِن پُٹ 'ایک' ہوگا تو اس کا حاصل بھی 'ایک' ہوگا۔''

اس کے بعد چنگ کھا نے تینوں سپاہیوں سے سسٹم کے کچھ مزید اجزا بنا کر بھی دکھائے جن میں سے ایک کو اس نے 'NAND گیٹ'، ایک کو 'NOR گیٹ'، ایک کو 'XOR گیٹ'، ایک کو 'XNOR گیٹ' کا نام دیا۔ اس کے علاوہ ایک 'Tristate گیٹ' بھی بنایا۔ سب سے آخر میں صرف دو سپاہیوں پر مشتمل اس نے ایک سادہ ترین گیٹ بنایا جس کا نام 'NOT گیٹ' تھا۔ اس میں اِن پُٹ جس رنگ کی جھنڈی اٹھاتا، آؤٹ پُٹ کو اس سے مخالف رنگ کی جھنڈی اُٹھانا تھی۔

چنگ کھا شہنشاہ کی طرف مڑا۔ ''حسابی سسٹم کے سارے اجزا کا مظاہرہ دکھایا جا چکا ہے۔ مہارت کی بس یہی سطح ہے جو تیس لاکھ فوج کو لازماً سیکھنی ہے۔''

''تم ایسے بچگانہ حربے استعمال کر کے پیچیدہ حساب کیسے کر لو گے؟'' شہنشاہ چنگ کا چہرہ بے یقینی سے بھرا ہوا تھا۔

''شہنشاہ عالی، کائنات کی ہر چیز میں موجود پیچیدگی دراصل سادہ ترین اجزا کا مجموعہ ہوتی ہے۔ اسی طرح اگر سادہ اجزا کی ایک بڑی تعداد کو موزوں طریقے سے منضبط کر کے ملایا جائے تو ان سے بے انتہا پیچیدہ مظاہر پیدا کیے جاسکتے ہیں۔ تیس لاکھ سپاہیوں سے دس لاکھ ایسے گیٹ بن جائیں گے جیسے میں نے ابھی آپ کے سامنے بنا کر دکھائے ہیں۔ اور ان گیٹوں کو ایک کامل ترتیب میں اس طرح اکٹھا مرتب کیا جاسکتا ہے کہ اس سے کسی بھی طرح کا پیچیدہ حساب کیا جاسکتا ہے۔ میں اپنی اس ایجاد کو 'حسابی ترتیب' کہتا ہوں۔''

''میں اب بھی نہیں سمجھ سکا کہ یہ حساب کس طرح کیا جاسکے گا؟''

''اصل حسابی عمل کا طریقہ کار ذرا پیچیدہ ہے۔ اگر عالی جاہ اس میں دلچسپی رکھتے ہیں، تو میں بعد میں اس کی وضاحت کر سکتا ہوں۔ تاحال اتنا جاننا کافی ہے کہ حسابی ترتیب کا یہ عمل اعداد سوچنے اور ان کے اندراج کے ایک منفرد طریقہ کار پر مبنی ہے۔ اس طریقہ کار میں صرف دو اعداد یعنی 'صفر' اور 'ایک' جو سفید اور کالی جھنڈیوں سے ظاہر کیے گئے ہیں، درکار ہیں۔ لیکن اس جدید طریقہ کار سے اس 'صفر' اور 'ایک' سے کسی بھی عدد کو ظاہر کیا جاسکتا ہے۔ یوں یہ حسابی ترتیب بہت سے سادہ اجزا کو ملا کر ایسی صورت پیدا کرتی ہے جس سے بہت پیچیدہ اور تیز تر حساب کیا جاسکتا ہے۔''

''تیس لاکھ تو تقریباً میری ساری فوج بنتی ہے۔ لیکن میں تمھیں یہ فراہم کروں گا۔'' شہنشاہ چنگ نے

معنی خیز انداز میں آہ بھری۔ ''بس جلدی کرو۔ مجھے اب بڑھاپا محسوس ہوتا ہے۔''

ایک سال گزر گیا۔

یہ ایک اور ایسا دن تھا جب چاند اور سورج دونوں نکلے ہوئے تھے۔ شہنشاہ چنگ اور چنگ کھا پتھر کے ایک اونچے چبوترے پر اکٹھے کھڑے تھے۔ ان کے پیچھے شہنشاہ کے متعدد وزیر قطاروں میں تھے۔ ان کے نیچے ریاست چِن کے سپاہیوں کا تیس لاکھ کا عظیم الشان لشکر زمین پر فوجی ترتیب میں کھڑا تھا۔ یہ ترتیب ایک ایسے مربع کی طرح تھی جس کا ہر ضلع تین میل کی لمبائی کا تھا۔ تازہ تازہ نکلے ہوئے سورج کی روشنی میں یہ لشکری یوں بے حس و حرکت کھڑا تھا کہ لگتا تھا کہ تیس لاکھ جنگجوؤں سے بنا ہوا ایک بہت بڑا قالین ہے۔ لیکن جیسے ہی پرندوں کا ایک غول اڑتا ہوا اس پر سے گزرا، انھیں نیچے سے خطرہ محسوس ہوا اور وہ بے چینی سے ادھر ادھر منتشر ہو گئے۔

چنگ کھا نے کہا، ''عالی جاہ، آپ کی فوج واقعتاً بے نظیر ہے۔ بہت قلیل عرصے میں ہم نے ایسی پیچیدہ تربیت مکمل کر لی ہے۔''

شہنشاہ چنگ نے اپنی بہت لمبی تلوار کے دستے پر ہاتھ رکھا ہوا تھا۔ ''اگرچہ یہ عمل اپنے کُل میں پیچیدہ ہے لیکن جو کچھ ایک سپاہی کو اکیلے کرنا ہے وہ بہت سادہ ہے۔ جس طرح کی فوجی تربیت انھوں نے پہلے سے لے رکھی ہے اس کے مقابلے میں یہ کچھ بھی نہیں۔''

''تو عالی جاہ، آغاز کا باقاعدہ حکم صادر فرمایئے۔'' چنگ کھا کی آواز جوش سے کپکپا رہی تھی۔

شہنشاہ چنگ نے سر ہلایا۔ ایک محافظ بھاگتا ہوا آیا، شہنشاہ کی تلوار کا دستہ پکڑا اور پیچھے ہٹا۔ کانسی سے بنی یہ تلوار اتنی لمبی تھی کہ شہنشاہ کے لیے کسی مدد کے بغیر اسے نیام سے نکالنا ممکن نہ تھا۔ محافظ گھٹنوں کے بل بیٹھا اور تلوار شہنشاہ کو پیش کی۔ شہنشاہ نے تلوار کو آسمان کی طرف اٹھایا اور زور سے چلّایا۔ ''حسابی ترتیب!''

جنگ کے نقارے بجنے لگے اور کانسی سے بنی چار آگ جلانے کی بڑی دیگوں میں، جو پتھر کے چبوترے کے چاروں کونوں میں رکھی گئی تھیں، دھاڑتے ہوئے شعلوں کی شکل میں ایک ساتھ زندگی کے آثار نمودار ہو گئے۔ چبوترے کے کنارے پر کھڑے سپاہیوں کے ایک دستے جس کا رخ لشکر کی جانب تھا، بیک آواز ہو کر چیخا۔ ''حسابی ترتیب......''

نیچے زمین پر لشکر میں رنگ حرکت میں آنے اور بدلنے لگے۔ پیچیدگی اور باریکی کے ساتھ مختلف طرح کی ذیلی ترتیبیں ابھرنے لگیں اور سارا لشکر مختلف ذیلی ترتیبوں میں تقسیم ہو گیا۔ دس منٹ کے بعد سارا لشکر حسابی ترتیب میں ڈھل گیا جو نو مربع میل پر پھیلی ہوئی تھی۔

چنگ کھا نے لشکری ترتیب کی طرف اشارہ کرتے ہوئے وضاحت کرنا شروع کی۔ ''عالی جاہ، اس ترتیب کو ہم نے 'چِن وَن ترتیب' کا نام دیا ہے۔ دیکھیے وہاں درمیان میں جو ذیلی ترتیب ہے اس کا نام 'سینٹرل پروسیسنگ ترتیب' ہے جو پوری حسابی ترتیب کا کلیدی حصہ ہے اور آپ کی فوج کا بہترین حصہ یہاں لگایا گیا ہے۔ حوالے کے لیے اس تصویر کے ساتھ ملا کر دیکھنے سے آپ کو معلوم ہوگا کہ اسی کے ساتھ دو معاون ترتیبیں بھی ہیں،

'کوئنگ سٹوریج ترتیب' اور 'اسٹیک میموری ترتیب'۔ اس کے اردگرد جو بہت زیادہ تیزی اور باقاعدگی کے ساتھ کام کرتی دکھائی دیتی ہے یہ 'میموری ترتیب' ہے۔ جب ہم نے لشکر کے اس حصے کو بنانے کا سوچا تو معلوم ہوا کہ ہمیں زیادہ سپاہی دستیاب نہیں ہیں۔ لیکن خوش قسمتی سے اس حصے کے اجزا کا کام بہت ہی سادہ ہے، اس لیے ہم نے سپاہیوں کو تربیت دی کہ ہر سپاہی ایک سے زیادہ جھنڈیاں بیک وقت استعمال کر سکے۔ جب یہ مل کر کام کرتے ہیں تو ہر سپاہی اتنا کام کر لیتا ہے جو بنیادی طور پر بیس سپاہیوں کے کام کے برابر ہے۔ اس سے میموری کی گنجائش اتنی بڑھ گئی جو کم از کم اس سطح تک پہنچ جاتی ہے جو دائروی تناسب کے ہندسوں کا حساب لگانے کا عمل جاری رکھنے کے لیے درکار ہے۔ درمیان میں اس ایک خالی راستے کا بھی مشاہدہ کیجیے جو اس ساری لشکری ترتیب کے درمیان سے گزرتا چلا گیا ہے اور اس میں سواروں کا ایک دستہ موجود ہے جو پیغامات کو آگے بھیجنے کے حکم کے لیے تیار کھڑا ہے۔ یہ سسٹم کی بنیادی کمیونیکیشن لائن ہے جس کی ذمہ داری یہ ہے کہ سارے سسٹم کے اجزا کے درمیان معلومات کی ترسیل و تبادلے کو قائم رکھے۔"

سپاہی ایک بڑا سا شاہی فرمان جیسا لپٹا ہوا کپڑا لائے جس کی اونچائی قدِ آدم تھی۔ سپاہیوں نے اسے شہنشاہ کے سامنے کھولنا شروع کیا۔ جیسے ہی لپٹا ہوا کپڑا کھلتا کھلتا آخر تک پہنچا، وہاں موجود ہر کسی کو بے اختیار چند برس پہلے کا محل کا وہ منظر یاد آ گیا اور سب نے سانس روک لیا۔ لیکن اس بار کوئی خنجر برآمد نہ ہوا۔ ان کے سامنے باریک ریشم کا ایک بڑا سا تھان پھیلا ہوا تھا جس پر نہایت چھوٹے چھوٹے اعداد لکھے ہوئے تھے جن میں سے ہر ایک کا سائز مکھی کے سر کے برابر تھا۔ نہایت گنجان لکھے ہوئے ان اعداد کا نظارہ اتنا ہی آنکھوں کو خیرہ کرنے والا تھا جتنا کہ نیچے زمین پر حسابی ترتیب کا تھا۔

"عالی جاہ، یہ حسابی عمل کی وہ ہدایات ہیں جو میں نے دائروی تناسب کا حساب لگانے کے لیے مرتب کی ہیں۔ مہربانی کر کے اِدھر دیکھیے۔" چنگ کھانے نیچے حسابی ترتیب کی طرف اشارہ کیا۔ "نیچے سپاہیوں کا یہ جو لشکر کھڑا ہے اس سے بننے والی ترتیب کو میں 'ہارڈ ویئر' کہتا ہوں۔ اور جو کچھ اس کپڑے پر لکھا ہوا نظر آ رہا ہے، اسے میں سافٹ ویئر کہتا ہوں اور یہ حسابی عمل کی روح ہے۔ ہارڈ ویئر اور سافٹ ویئر کا جو تعلق ہے وہ ایسا ہی ہے جیسا کسی سارنگی اور اس پر بجائی جانے والی کاغذ پر لکھی دُھن کے درمیان ہوتا ہے۔"

شہنشاہ چنگ نے سر ہلایا۔ "بہت اچھے۔ شروع کرو۔"

چنگ کھانے اپنے دونوں ہاتھ سر سے اوپر اٹھائے اور پُریقین لہجے میں چلا کر کہا: "شہنشاہ عالی کے حکم کے مطابق، حسابی عمل کا آغاز ہو! 'سسٹم سیلف ٹیسٹ'!"

پتھر کے چبوترے کے نیچے تقریباً آدھی اونچائی پر کھڑی سپاہیوں کی ایک قطار نے جھنڈیوں کے اشارے سے اس ہدایت کو دہرایا۔ اگلے ہی لمحے تیس لاکھ آدمیوں کا یہ لشکر چھوٹی چھوٹی جھنڈیوں کے لہرانے کی وجہ سے جیسے چمکتی ہوئی روشنیوں سے بھری ایک جھیل میں بدل گیا۔

"'سیلف ٹیسٹ' مکمل ہوا۔ ابتدائی ترتیب! حسابی عمل شروع کرو۔"

نیچے پورے لشکر کے درمیان سے گزرتی مرکزی ترسیلی لائن میں کھڑے سواروں کے دستے نے ہمواری کے ساتھ آگے پیچھے دوڑنا شروع کر دیا۔ یہ مرکزی راستہ جلد ہی ایک لہریں لیتے دریا کی شکل اختیار کر گیا۔ اس راستے کے ساتھ ساتھ اس دستے نے لشکر کی مختلف چھوٹی چھوٹی ذیلی ترتیبوں کو اس طرح ہدایات کی فراہمی شروع کر دی جیسے گزرتا دریا راستے میں آنے والی چھوٹی چھوٹی نہروں کو پانی دیتا جاتا ہے۔ جلد ہی سفید اور کالی جھنڈیوں کی لہروں نے مل کر بڑی بڑی ڈوبتی ابھرتی موجوں کی شکل اختیار کر لی جس سے سارا لشکر بھر گیا۔ سب سے زیادہ ہلچل 'سینٹرل پروسیسنگ' کے حصے میں تھے جیسے بارود کو آگ دکھادی گئی ہو۔

اچانک ایسے لگا جیسے ایندھن ختم ہو گیا ہو، اور 'سینٹرل پروسیسنگ' والی ذیلی ترتیب کی حرکات پہلے مدھم ہوئیں اور پھر رک گئیں۔ 'سینٹرل پروسیسنگ' والی ترتیب سے شروع ہونے والا ساکت ہونے کا یہ عمل سارے لشکر میں پھیلتا چلا گیا جیسے کوئی جھیل آہستہ آہستہ انجماد کا شکار ہو جائے۔ بالآخر حسابی ترتیب کا سارا لشکر بے حس و حرکت ہو گیا، البتہ کہیں کہیں کوئی کوئی معمولی حصہ بے جان سی مسلسل حرکتیں کرتا رہ گیا۔

''سسٹم لاک اپ!'' اشارہ دینے والے ایک افسر نے چیخ کر اطلاع دی۔ اس کے تھوڑی ہی دیر بعد، نظام میں اس خرابی کی وجہ دریافت کر لی گئی۔ 'سینٹرل پروسیسنگ' والے حصے کے ایک 'گیٹ' نے غلطی کی تھی۔

''سسٹم ری سٹارٹ!'' چنگ کھا نے پُراعتماد لہجے میں حکم دیا۔

''ابھی نہیں،'' شہنشاہ چنگ نے کہا جو ابھی تک اپنی تلوار ہاتھ میں لیے بیٹھا تھا۔ ''خرابی پیدا کرنے والے اس 'گیٹ' کو بدل دیا جائے اور اس گیٹ میں شامل تینوں سپاہیوں کے سر اُڑا دیے جائیں۔ اور آئندہ بھی خرابی پیدا کرنے والوں کے ساتھ یہی سلوک کیا جائے۔''

گھوڑوں پر سوار چند سپاہی اپنی تلواریں سونتے تیزی سے لشکر کی طرف جھپٹے۔ انھوں نے تینوں بدقسمت سپاہیوں کو قتل کر کے ان کی جگہ تین نئے آدمی مقرر کر دیے۔ چبوترے کے اس حصے سے جہاں سے لشکر پر بہتر نظر ڈالی جا سکتی تھی، 'سینٹرل پروسیسنگ' والے حصے کے عین درمیان میں خون کے چھوٹے چھوٹے تین تالاب دیکھے جا سکتے تھے۔

چنگ کھا نے 'سسٹم ری سٹارٹ' کا حکم دیا۔ اس بار سب کچھ بہت ہمواری سے چلا۔ دس منٹ کے بعد سپاہیوں سے دائروی تناسب کے حساب کے مطلوبہ ہندسے حاصل ہونا شروع ہو گئے۔ جیسے جیسے لشکر میں جھنڈیوں کے اشارے لہریں لینے لگے، حسابی ترتیب میں کام کرتے اس لشکر سے طویل حساب کا عمل آگے بڑھنے لگا۔

''واقعی یہ دلچسپ ہے۔'' شہنشاہ چنگ نے حسابی عمل میں مشغول عظیم لشکر کی طرف اشارہ کرتے ہوئے کہا۔ ''ہر فرد کا عمل کتنا سادہ ہے، اس کے باوجود سارے مل کر کیسی پیچیدہ ذہانت کو جنم دیتے ہیں۔''

''شہنشاہ معظم، یہ محض مشین کا ایک میکانی عمل ہے، ذہانت نہیں ہے۔ ان میں سے ہر کم مایہ فرد محض 'صفر' جیسا ہے۔ جیسے ہی کوئی آپ جیسی ہستی 'ایک' کی شکل میں ان کے سامنے ظاہر ہوتی ہے، یہ سب بامعنی ہو جاتے ہیں۔'' چنگ کھا کی مسکراہٹ خوشامدانہ تھی۔

”دائروی تناسب کے دس ہزار ہندسوں تک پہنچنے میں کتنا عرصہ لگے گا؟“ شہنشاہ چنگ نے پوچھا۔

”تقریباً دس مہینے۔ اور اگر سب کچھ ٹھیک طور پر چلتا رہا تو ممکن ہے اس سے بھی جلدی۔“

جرنیل وانگ چیان نے آگے بڑھ کر کہا۔ ”عالی جاہ، میں ایک تنبیہ کرنے کی جسارت کروں گا۔ ایک عام فوجی کارروائی میں بھی، اتنی بڑی تعداد میں اپنی فوج کو اس طرح کھلی جگہ پر جمع کرنا انتہائی خطرناک ہو سکتا ہے۔ اس پر یہ بھی ہے کہ اس لشکر کے تیس لاکھ فوجی نہتے ہیں جن کے ہاتھوں میں صرف جھنڈیاں ہیں۔ لشکر کی یہ حسابی ترتیب جنگی مقصد کے لیے نہیں بنائی گئی اور حملہ ہو جانے کی صورت میں نہایت غیر محفوظ ہو گی۔ حتیٰ کہ عام حالات میں بھی اتنے قریب قریب کھڑے سپاہیوں کے لیے اس میدان سے منظم طور پر نکلنے کے لیے دن کا بڑا حصہ درکار ہو گا۔ اگر ان پر حملہ ہوا تو پسپائی ناممکن ہو گی۔ مالک، لشکر کی یہ حسابی ترتیب ہمارے دشمنوں کے لیے ایسے ہو گی جیسے پلیٹ میں کوئی گوشت کا ٹکڑا پڑا ہو۔“

شہنشاہ چنگ نے کوئی جواب دینے کی بجائے چنگ کھا کی طرف دیکھا۔ وہ جھکا اور کہا۔ ”جرنیل وانگ کی بات بالکل درست ہے۔ آپ کو اس حسابی عمل کے جاری رکھنے کا فیصلہ کرتے وقت اس خطرے کو بہرحال پیش نظر رکھنا چاہیے۔“

تب چنگ کھا نے ایک ایسی حرکت کی جو کسی حد تک بے باکانہ اور غیر متوقع تھی۔ اس نے اپنی نظریں اٹھائیں اور شہنشاہ کی آنکھوں میں آنکھیں ڈال کر دیکھنے لگا جیسے نظروں ہی نظروں میں کچھ سمجھانا چاہتا ہو۔ شہنشاہ نے فوراً اس کی نظروں کے معنی سمجھ لیے جو یہ تھے کہ آپ کی اب تک کی سب کامیابیوں کی حیثیت 'صفر' کی سی ہے اور آپ کی ابدی حیات کا 'ایک' اس میں شامل ہونے سے ہی یہ سب کچھ بامعنی ہو سکتا ہے۔

”جرنیل وانگ، تم ضرورت سے زیادہ فکرمند ہو رہے ہو۔“ شہنشاہ چنگ نے اپنی آستینوں کو ہلا را دیا۔ ”ہان، وے، چاؤ اور چھو کی ریاستیں سب فتح کی جا چکی ہیں۔ صرف دو ریاستیں یان اور چی باقی ہیں۔ یہ دونوں ریاستیں بے وقوف حکمرانوں کے ہاتھ میں ہیں جنھوں نے اپنے لوگوں کو تھکا کر رکھ دیا ہے۔ وہ خود تباہی کے دہانے پر ہیں اور ان سے کوئی خطرہ نہیں۔ اور اگر معاملات کو ایسے ہی چلنا دیا جائے تو جب تک ہمارا حسابی عمل مکمل ہو گا، ممکن ہے وہ دونوں ریاستیں خود ہی سرنگوں ہو کر چن کی عظیم ریاست کے سامنے ہتھیار ڈال دیں۔ بہرحال میں تمھاری اس تنبیہ کی قدر کرتا ہوں۔ میرا خیال ہے کہ ہمیں حسابی ترتیب کے اس لشکر سے ایک فاصلے پر محافظوں کا ایک دستہ تعینات کرنا چاہیے۔ اس کے ساتھ ساتھ ہمیں یان اور چی کی فوجوں کی نقل و حرکت کی بھی خبر رکھنی چاہیے۔ اس صورت میں ہم محفوظ ہوں گے۔“ اس نے اپنی لمبی تلوار آسمان کی طرف بلند کی اور باقاعدہ اعلان کیا۔

”حسابی عمل روکا جائے۔ میرا فیصلہ ہے کہ ہمیں یہ عمل ضرور کرنا چاہیے۔“

حسابی ترتیب کا کام ایک مہینے تک بخیر و بخوبی چلتا رہا اور اس کے نتائج توقع سے زیادہ حوصلہ افزا تھے۔ دائروی تناسب کا حساب دو ہزار ہندسوں تک پہنچ چکا تھا اور جیسے جیسے حسابی ترتیب کے سپاہی اپنے کام میں ماہر ہوتے چلے جا رہے تھے اور چنگ کھا حسابی عمل کے طریق کار کو مزید بہتر بناتا جا رہا تھا، مستقبل میں کام کی رفتار اور

بھی بڑھ سکتی تھی۔ اندازہ یہ تھا کہ ایک لاکھ ہندسوں تک پہنچنے کے لیے صرف تین سال مزید درکار تھے۔

حسابی عمل کا آغاز ہوئے جب پینتالیسواں دن تھا تو صبح بہت دھند آلود تھی۔ چبوترے پر کھڑے ہو کر دھند میں لپٹے ہوئے حسابی ترتیب کے لشکر کو دیکھنا بھی ممکن نہ تھا۔ ترتیب میں کھڑے سپاہی پانچ لوگوں سے آگے نہ دیکھ سکتے تھے۔

تاہم حسابی ترتیب کا حسابی عمل اس طرح مرتب کیا گیا تھا کہ وہ اس دھند سے متاثر نہ ہوا اور جاری رہا۔ لشکر کے درمیان بنے ہوئے ترسیلی راستے پر دوڑتے ہوئے گھڑسواروں کی بلند آواز میں ہدایات اور گھوڑوں کے ٹاپوں کی آواز دھند کے پردے سے مسلسل گونج رہی تھی۔

لیکن وہ سپاہی جو حسابی ترتیب کے شمالی کنارے پر موجود تھے، انھوں نے کچھ اور سنا۔ شروع شروع میں یہ شور کی آواز کٹ کٹ کر آ رہی تھی اور ایسا لگتا تھا کہ وہم ہے لیکن جلد ہی شور بلند ہوتا ہوتا ایک مسلسل دھمک میں بدل گیا، ایسے جیسے دھند کی گہرائیوں سے کوئی کڑکتی بجلی اِدھر کو آ رہی ہو۔

یہ شور ہزاروں گھوڑوں کی ٹاپوں کا تھا۔ ایک طاقتور فوجی دستہ شمال کی طرف سے حسابی ترتیب والے لشکر کے قریب پہنچ چکا تھا۔ ان کے سروں پر ریاست یان کا پرچم لہرا رہا تھا۔ گھڑسوار دھیمی رفتار سے اپنے اپنے منصب کے مطابق فاصلہ رکھتے ہوئے چل رہے تھے۔ انھیں معلوم تھا کہ ان کے پاس بہت وقت ہے۔

جب گھڑسوار حسابی ترتیب والے لشکر سے ایک تہائی سے بھی کم فاصلے پر پہنچ گئے تو انھوں نے گھوڑوں کو ایڑ لگائی۔ جب حملہ آور لشکر کا ہراول دستہ حسابی ترتیب والے لشکر کی صفیں چیرتا ہوا گزرا تو چن ریاست کے سپاہیوں کو اتنی مہلت بھی نہ ملی کہ وہ اپنے دشمنوں کو ایک نظر دیکھ ہی پاتے۔ اس ابتدائی حلّے میں چن لشکر کے ہزاروں سپاہی محض گھوڑوں کی ٹاپوں سے کچلے جانے کے باعث مارے گئے۔

اس کے بعد جو کچھ ہوا، اسے کسی طرح بھی جنگ نہیں کہا جا سکتا، یہ قتلِ عام تھا۔ جنگ سے پہلے ہی یان لشکر کے کمانداروں کو معلوم تھا کہ انھیں کوئی خاص مزاحمت درپیش نہیں ہوگی۔ اس لیے اس قتال کی کارکردگی کو بڑھانے کے لیے انھوں نے گھڑسواروں کے روایتی ہتھیاروں یعنی لمبے دستے والے نیزوں اور برچھیوں کی بجائے خود کو تلواروں اور گرزوں سے مسلح کیا تھا۔ ہراول دستے کے بعد بھاری ہتھیاروں سے لیس یان لشکر کے گھڑسوار موت کے بادل کی طرح چھا گئے اور جہاں جہاں ان کے گھوڑوں کے قدم پڑے چن لشکر کے سپاہیوں کی لاشیں زمین پر قالینوں کی طرح بچھتی چلی گئیں۔

اس خیال سے کہ حسابی ترتیب والے لشکر کا مرکزی حصہ خبردار نہ ہو، یان لشکر کے گھڑسواروں نے اس طرح خاموشی سے یہ قتال کیا جیسے وہ انسانوں کی بجائے مشینیں ہوں لیکن مرنے والے اور کچلے جانے والے چن لشکر کے سپاہیوں کی چیخیں دھند میں بہت دور تک پھیلتی گئیں۔

تاہم حسابی ترتیب میں کھڑے اس لشکر کی تربیت ہی اس طرح کی گئی تھی کہ غلطی کی صورت میں موت کا خوف ان کے سروں پر تھا اور وہ کسی بھی بیرونی مداخلت کو نظرانداز کر کے یکسوئی کے ساتھ حسابی عمل کے ایک جزو

کے طور پر کام کرتے تھے۔ اس پر مزید پردہ گہری دھند نے ڈال دیا اور اس کا نتیجہ یہ تھا کہ حسابی ترتیب کے سپاہیوں کی اکثریت کو یہ خبر تک نہ ہوئی کہ ان کے لشکر کا شمالی حصہ حملے کی زد میں آچکا ہے۔ موت کے ہرکارے آہستگی اور ترتیب کے ساتھ جس وقت خاک آلود اور خون سے لتھڑی ہوئی زمین پر لشکر کو کاٹ کاٹ کر انبار لگاتے چلے آرہے تھے، اس وقت بھی باقی لشکر حسابی عمل کو جاری رکھے ہوئے تھا، اگر چہ اب اس میں بہت سی غلطیوں کے باعث خرابی آنا شروع ہوگئی تھی۔

گھڑسواروں کے اس حملہ آور دستے کے پیچھے ایک لاکھ کے قریب یان لشکر کے تیرانداز تھے جنھوں نے اپنی لمبی کمانوں سے چِن لشکر کے قلب کی طرف نشانے باندھ کر تیر چلائے۔ چند ہی لمحوں میں لاکھوں تیر طوفانی بجلی کی طرح گرے اور تقریباً ہر ایک ہی نشانے پر بیٹھا۔

تب صورت حال سے گھبرا کر حسابی ترتیب میں کھڑے لشکر نے اِدھر اُدھر بھاگنا شروع کیا۔ اسی لمحے دشمن کے حملہ آور ہونے کی خبر بھی پھیلنا شروع ہوئی جس نے اور بھی بھگدڑ مچادی۔ حسابی ترتیب والے لشکر کے مرکز میں چلتے ترسیلی نظام کے سواروں نے اس اچانک حملے کی اطلاع لشکر تک پہنچانے کی کوشش کی۔ لیکن جیسے ہی صورت حال ابتر ہوئی، درمیانی راستہ مسدود ہوگیا اور گھبرائے ہوئے سواروں نے اپنے ہی سپاہیوں کو روندنا شروع کردیا۔ یوں بے شمار چِن سپاہی اپنے ہی لشکر کے گھوڑوں کے سموں تلے روندے گئے۔

حسابی ترتیب والے لشکر کے مشرقی، جنوبی اور مغربی کناروں پر، جو حملے کی زد میں نہیں تھے، چِن سپاہیوں نے بغیر کسی منصوبہ بندی اور ترتیب کے پسپا ہونا شروع کیا۔ لیکن چاروں طرف کے غُل میں صورت حال سے بے خبری اور قیادت کے مفقود ہونے کی وجہ سے یہ پسپائی سست اور متذبذب تھی۔ حسابی ترتیب، جواب بے مقصد ہوچکی تھی، پانی میں گری روشنائی کے ایک ایسے گاڑھے بلبلے کی طرح بن گئی تھی جس نے گھلنے سے انکار کردیا تھا اور اس کے کناروں سے سیاہی رِس رہی تھی۔

چِن لشکر کے وہ سپاہی جو مشرق کی طرف بھاگ رہے تھے، جلد ہی انھیں دوسری ریاست چی کے منظم لشکر نے سامنے سے روک لیا۔ بجائے حملہ کرنے کے چی کے کمانداروں نے اپنی فوج کو حکم دیا کہ پیادوں اور گھڑسواروں کی ایک ایسی مستحکم دفاعی صف بنائی جائے جو بھاگتے ہوئے چِن سپاہیوں کا انتظار کرے اور نرغے میں آنے کے بعد انھیں گھیر کر قتل کرنا شروع کیا جائے۔

مایوسی کے مارے اور جنگ سے دل ہارے ہوئے چِن لشکر کے پاس پسپائی کے لیے اب صرف ایک جنوب مغرب کی سمت رہ گئی تھی۔ لاکھوں نہتے آدمیوں نے میدان پر گدلے سیلاب کی طرح بہنا شروع کردیا۔ لیکن جلد ہی انھیں ایک تیسرے دشمن نے آلیا۔ یان اور چی کی منظم فوجوں کے برعکس یہ تیسری فوج ہن ریاست کے بے رحم جنگجو سواروں پر مشتمل تھی۔ وہ اس طرح چِن لشکر کے اندر گھس گئے جیسے بھیڑوں کے ریوڑ میں بھیڑیے گھس آئے ہوں اور تیزی سے انھیں مغلوب کرلیا۔

یہ قتال دوپہر تک جاری رہا اور پھر مغرب سے آنے والی تیز ہوا دھند کو اڑا لے گئی اور میدان جنگ کا

وسیع منظر دوپہر کے سورج کی چمک سے آشکار ہو گیا۔

یان، چی اور ہن کی فوجیں مختلف جگہ پر جمع ہو گئی تھیں اور چن لشکر کے بچے کھچے سپاہی جو مختلف ٹولیوں کی صورت میں بچ گئے تھے، انھیں گھیرے ہوئے تھیں۔ تینوں فوجوں کے گھڑسوار چن سپاہیوں پر تابڑتوڑ حملے جاری رکھے ہوئے تھے اور زخمی ہونے والے یا بچ کر بھاگنے والے چند سپاہیوں کو پیادہ فوج کے لیے چھوڑ رہے تھے۔ دیگر جنگی حربوں کے علاوہ بچ جانے والے چن سپاہیوں کو مزید تیزی سے ختم کرنے کے لیے منجنیقوں کا استعمال بھی شروع کر دیا گیا تھا۔

شام کے وقت لاشوں سے اَٹے اور خون کی دھاروں سے رنگے ہوئے میدان جنگ میں جنگ کے خاتمے کے بگل گونج اٹھے۔ چن لشکر کے جو سپاہی اب تک بچے ہوئے تھے وہ تین سکڑتی ہوئی ٹکڑیوں کی صورت میں گھِرے ہوئے تھے۔

اس کے بعد جو رات آئی وہ پورے چاند کی تھی۔ صاف اور سرد چاند لاشوں کے پہاڑوں اور خون کے سمندروں کو اپنی پرسکون اور نرم روشنی میں نہلاتا اس قتل گاہ سے بے تاثر گزر گیا۔ کشت وخون کا یہ سلسلہ ساری رات جاری رہا اور صبح تک نہ تھم سکا۔

چِن سلطنت کی ساری کی ساری فوج صفحۂ ہستی سے مٹ گئی تھی۔

ایک مہینے کے بعد ریاست چی اور یان کی مشترکہ فوجیں شی آن یانگ شہر میں داخل ہوئیں اور شہنشاہ چنگ کو حراست میں لے لیا۔ چِن سلطنت خاتمے کو پہنچی۔

شہنشاہ چنگ کو قتل کرنے کے لیے جو دن چنا گیا وہ ایک اور ایسا دن تھا جب چاند اور سورج دونوں نکلے ہوئے تھے۔ لاجوردی آسمان پر چاند برف کے ایک گالے کی طرح تیر رہا تھا۔

پتھر کا وہ ستون جو چنگ کھا کے لیے بنایا گیا تھا اب بھی ہوا میں معلق تھا۔ شہنشاہ اس کے نیچے جا بیٹھا اور انتظار کرنے لگا کہ کب ریاست یان کا جلاد آ کر اوپر سے رسّا کاٹے۔

چنگ کھا چل کر اس مجمعے سے باہر آیا جو شہنشاہ کے قتل کا منظر دیکھنے کے لیے جمع ہوا تھا۔ اس نے اب بھی سفید رنگ کی عبا پہنی ہوئی تھی۔ وہ شہنشاہ چنگ کے سامنے آ کر جھکا۔ ''عالی جاہ!''

''اپنے دل میں تم ہمیشہ ریاست یان کے وہی حملہ آور ہی رہے۔'' شہنشاہ نے کہا۔ اس نے نظر اٹھا کر چنگ کھا کی طرف نہیں دیکھا۔

''ہاں۔ لیکن میں صرف آپ کو قتل کرنا نہیں چاہتا تھا۔ مجھے آپ کی ساری فوج کو بھی ختم کرنا تھا۔ اگر میں چند سال قبل آپ کو قتل کرنے میں کامیاب ہو جاتا، ریاست چِن پھر بھی طاقتور ہی رہتی۔ ذہین منصوبہ سازوں کی مشاورت اور تجربہ کار کمانداروں کی قیادت کی بدولت چن کی فوج تب بھی ریاست یان کے لیے ایک نہ ٹلنے والا خطرہ بنی رہتی۔''

''تم اتنی بڑی تعداد میں آدمیوں کو میری فوج کے اس قدر قریب کیسے لے آئے کہ مجھے معلوم تک نہ ہو

سکا؟'' شہنشاہ چنگ نے اپنی زندگی کا آخری سوال پوچھا۔

''اس ایک سال کے دوران جب حسابی ترتیب تشکیل دینے کی تربیت اور اس پر عمل درآمد جاری تھا، یان اور چی کی ریاستوں نے سرنگیں کھودنے پر توجہ مرکوز کیے رکھی۔ ہر سرنگ کئی میل لمبی اور اتنی چوڑی تھی جس سے گھڑسوار بھی آسانی سے گزر سکتے تھے۔ یہ میری تجویز تھی کہ مشترکہ فوجوں کو آپ کے محافظوں کی نظروں سے بچ کر غیر محفوظ حالت میں کھڑے حسابی ترتیب کے لشکر تک پہنچنا چاہیے۔''

شہنشاہ چنگ نے سر ہلایا اور مزید کچھ نہ کہا۔ اس نے موت کے انتظار میں اپنی آنکھیں بند کر لیں۔ منتظم افسر نے جلاد کو حکم دیا جو اپنے دانتوں میں ایک خنجر دبائے چبوترے کے چھت کی طرف چڑھنے لگا۔

شہنشاہ چنگ کو اپنے قریب کسی حرکت کا احساس ہوا۔ اس نے اپنی آنکھیں کھولیں تو دیکھا کہ چنگ کھا اس کے ساتھ بیٹھا تھا۔

''عالی جاہ، ہم اکٹھے مریں گے۔ جب یہ بھاری پتھر گرے گا تو یہ ہم دونوں کا مقبرہ بنے گا۔ ہمارا گوشت اور خون ایک ہو جائیں گے۔ شاید اس سے آپ کو کچھ تسکین ملے گی۔''

''اس کی وجہ کیا ہے؟'' شہنشاہ چنگ نے بجھے ہوئے لہجے میں پوچھا۔

''اس کی وجہ یہ نہیں کہ میں خود مرنا چاہتا ہوں۔ ریاست یان کے بادشاہ نے میرے قتل کا حکم دیا ہے۔''

شہنشاہ چنگ کے چہرے پر ایک لمحے کو مسکراہٹ نمودار ہوئی لیکن فوراً ہی غائب ہوگئی جیسے ہوا کا ایک جھونکا آکر گزر گیا ہو۔ ''تم نے ریاست یان کے لیے اتنا کچھ کیا ہے کہ تمھارا نام بادشاہوں سے بھی زیادہ لائق تحسین سمجھا جائے گا۔ وہ تمھارے عزائم سے خائف ہے۔ سو یہ ایک متوقع انجام ہے۔''

''یہ ایک وجہ تو ہوسکتی ہے لیکن اصل وجہ نہیں۔ میں نے دراصل یان کے شہنشاہ کو بھی مشورہ دیا تھا کہ وہ اپنی فوج کی ایک حسابی ترتیب تشکیل دے۔ اس سے اس کو میرے قتل کا جواز مل گیا۔''

شہنشاہ چنگ اپنا رخ موڑ کر چنگ کھا کو دیکھنے لگا۔ شہنشاہ کی آنکھوں میں حقیقی حیرت تھی۔

''مجھے اس کی پروا نہیں کہ آپ میرا اعتبار کریں گے یا نہیں۔ میں نے جو تجویز دی تھی وہ ریاست یان کو مضبوط بنانے کے لیے تھی۔ یہ ٹھیک ہے کہ میں نے ابدی زندگی کے لیے آپ کی ہوس کا فائدہ اٹھا کر حسابی ترتیب کو ریاست چن کو مٹانے کے آخری حربے کے طور پر استعمال کیا۔ لیکن یہ حقیقت میں بھی ایک عظیم ایجاد ہے۔ اس کے حسابی عمل کی طاقت سے ہم ریاضی کی زبان کو سمجھ سکتے ہیں اور کائنات کے اسرار منکشف کر سکتے ہیں۔ اس سے ایک نیا جہان وجود میں آسکتا ہے۔''

جلاد چبوترے کے چھت پر پہنچ چکا تھا اور خنجر ہاتھ میں پکڑے رسّے کے سامنے ستون کو تھامے ہوئے حتمی حکم کا انتظار کر رہا تھا۔

کچھ فاصلے پر ایک روشن خیمہ نما چھتری کے نیچے یان کے شہنشاہ نے اجازت کے طور پر اپنا ہاتھ ہلایا۔

منتظم افسر نے چلا کر جلاد کو سزا پر عمل درآمد کا حکم دیا۔

چنگ کھا نے اچانک اپنی آنکھیں پھاڑنے کی حد تک کھولیں جیسے کسی خواب سے جاگا ہو۔ ''مجھے سمجھ آ گیا۔ حسابی ترتیب کے لیے فوج کی ضرورت نہیں، حتیٰ کہ آدمیوں کی بھی نہیں۔ وہ سارے NOT، AND ، NOR، NAND اور دوسرے 'گیٹ' میکانی اجزا سے بنائے جا سکتے ہیں۔ یہ اجزا بہت چھوٹے حجم کے بنائے جا سکتے ہیں اور جب ان کو جوڑا جائے گا تو یہ ایک میکانی حسابی ترتیب بن جائے گی۔ نہیں، اسے حسابی ترتیب بالکل نہیں کہنا چاہیے، بلکہ یہ ایک حسابی مشین ہوگی۔ میری بات سنیے۔ شہنشاہ، ٹھہر جایئے۔ حسابی مشین! حسابی مشین!''

چنگ کھا یان کے شہنشاہ کی طرف منھ کر کے چلایا۔

جلاد نے رسا کاٹ دیا۔

''حسابی مشین!'' چنگ کھا کے منہ سے دو لفظ اس کی آخری سانس کے ساتھ نکلے۔

جیسے ہی دیو قامت ستون گرا، اس لمحے میں جب اس کے بھاری سائے نے دنیا کی ہر چیز کو ڈھانپ لیا تھا، شہنشاہ چنگ نے محسوس کیا کہ یہ اس کی زندگی کا خاتمہ ہے، لیکن چنگ کھا کی آنکھوں میں ایک نئے جہان کے آغاز کی ایک مدھم سی شعاع چمک اٹھی تھی۔

جنگ کے بعد

کازواوُایشی گرو (جاپان)

ترجمہ: مبشر احمد میر

کازوواوُایشی گرو (Kazuo Ishiguro, b: 8 Novermber 1954) کی پیدائش ناگاساکی، جاپان میں ہوئی۔ جب وہ صرف پانچ سال کے تھے تو ان کا خاندان برطانیہ منتقل ہوگیا۔ ایشی گرو نے یونیورسٹی آف کینٹ سے بی اے کیا، انگریزی اور فلسفہ میں بیچلر ڈگری ۱۹۷۸ء میں حاصل کی اور پھر انھوں نے یونیورسٹی آف ایسٹ اینگلیا سے ایم اے کیا۔ آپ بحیثیت افسانہ نگار، ناول نگار اور فلم نویس دنیا بھر میں معروف ہیں، ۲۰۱۷ء میں نوبل انعام برائے ادب سے سرفراز کیے گئے۔

مبشر احمد میر ۱۳ اکتوبر ۱۹۵۳ء کو پاکستان میں پیدا ہوئے۔ ان کی کتاب جوحوزے ساراماگو کے ناول کے اردو ترجمے پر مشتمل ہے، اسے 'التوائے مرگ' کے عنوان سے اکادمی ادبیات پاکستان نے شائع کیا ہے۔

بلند و بالا درخت کی شاخوں میں اٹکی ہوئی، پھٹے ہوئے کمبل جیسی کوئی چیز، جسے میں شام کے دھندلکے میں صحیح طور پر پہچان نہ پایا، ہوا میں پھڑ پھڑا رہی تھی۔ اُکھڑا ہوا ایک اور درخت جھاڑیوں پر اوندھا پڑا ہوا تھا۔ درختوں کی ٹوٹی ہوئی ٹہنیاں اور پتے ہر طرف بکھرے ہوئے تھے۔ میرے ذہن میں جنگ، تباہی اور بربادی کا خیال آیا، جسے میں ہمیشہ سے دیکھتا آیا تھا، چنانچہ میں نے کچھ کہے بنا اپنی نظریں باغیچے پر گاڑ دیں۔ جب کہ میری دادی بتا رہی تھیں کہ اس صبح 'کاگوشی ما' میں سمندری طوفان نے کتنا نقصان پہنچایا ہے۔

چند دنوں کے اندر باغیچے کی صفائی کر دی گئی، ٹوٹے ہوئے درخت کو کاٹ کر ٹہنیوں اور شاخوں سمیت

ایک دیوار کے ساتھ رکھ دیا گیا۔ تب مجھے پہلی مرتبہ جھاڑیوں کے درمیان، پتھر کی سلوں سے بنی سیڑھیوں کے آثار، باغیچے کی پشت پر موجود درختوں کی جانب جاتے دکھائی دیے۔ اس وقت ان جھاڑیوں پر حال ہی میں پڑنے والی آفت کے کچھ آثار باقی تھے۔ تاہم ان کی شاخیں بھرپور اور شان دار سرخ، نارنجی اور جامنی رنگوں کے پھولوں سے لدی ہوئی تھیں، اتنے خوب صورت پھول، میں نے ٹوکیو میں نہیں دیکھے تھے۔ مختصراً، کہا جا سکتا ہے کہ باغیچے کی اس شکستہ جگہ سے کوئی مناسبت نہیں تھی، جس کی جھلک میں نے اپنی آمد کی رات دیکھی تھی۔

مکان کے برآمدے اور سیڑھیوں کے آغاز کے درمیان سبزے کا ہموار ٹکڑا تھا۔ وہاں ہر صبح سورج کے بلند ہونے سے پہلے میرے دادا اپنی تنکوں والی چٹائی بچھا کر ورزش کرتے تھے۔ میں باغیچے سے آنے والی آوازوں سے جاگتا، جلدی جلدی کپڑے بدلتا اور باہر جاتا، جہاں میں صبح کی روشنی میں اپنے دادا کے وجود کو ڈھیلے ڈھالے کمیونو میں ورزش کرتے دیکھتا۔ وہ زور لگاتے ہوئے اپنے جسم کو موڑتے اور کھینچتے، پھر جس وقت وہ ایک ہی مقام پر کھڑے کھڑے دوڑ رہے ہوتے تو ان کے قدم ہلکے ہوتے۔ میں معمول کی ان ورزشوں کے دوران خاموشی سے بیٹھ کر انتظار کرتا رہتا۔ اس دوران سورج اتنا بلند ہو چکا ہوتا کہ دیوار کے اوپر سے اس کی روشنی باغیچے میں پہنچ جاتی اور برآمدے میں میرے اردگرد پالش کیے ہوئے لکڑی کے تختے اس روشنی سے دمکنے لگتے۔ پھر، آخر میں میرے دادا کا چہرہ تن جاتا اور وہ جوڈو کی مشق کرتے، جس میں تیزی سے مڑنے، یک لخت ساکن ہونے اور سب سے بڑھ کر کسی کو پھینکنے کے ایکشن ہوتے، ہر ایکشن کے ساتھ 'ہا!' کی تیز آواز ہوتی۔ میری نظروں کے سامنے، وہ اپنی چابک دستی سے، ہر جانب سے خود پر، نظر نہ آنے والے حملہ آوروں کو، بے بس کرتے ہوئے، گرانے میں مصروف ہوتے۔

ہر سیشن کے اختتام پر دادا پتھریلی سیڑھیوں کے راستے باغیچے کے سب سے بڑے درخت، جو عقبی دیوار کے ساتھ تھا، سے نبرد آزما ہونے جاتے۔ کئی سیکنڈ تک وہ درخت کے سامنے بالکل ساکن کھڑے رہتے۔ پھر اچانک نعرہ زن ہو کر اس پر جھپٹتے اور اپنی پشت پر اٹھا کر پھینکنے کی کوشش کرتے۔ حملے کے اس انداز کو وہ چار یا پانچ مرتبہ دہراتے۔ ہر مرتبہ چند سیکنڈ بالکل بے حس و حرکت رہنے کے بعد وہ یوں جھپٹتے، جیسے درخت کو بے خبری میں دبوچ رہے ہوں۔

جوں ہی دادا کپڑے بدلنے اندر جاتے، میں ان ورزشوں کو دہرانے کی خاطر باغیچے میں پہنچ جاتا، جو میں نے ابھی ابھی دیکھی ہوتی تھیں۔ ان کا اختتام مشقوں کی مدد سے ایک منظر تخلیق کرنے پر ہوتا۔ یہ منظر جو ہمیشہ ایک جیسے پلاٹ کی مختلف صورتوں میں ہوتا۔ اس کا آغاز ہمیشہ رات کو میرے اور دادا کے 'کاگوشی ما' ریلوے اسٹیشن کے عقبی راستے سے گھر جاتے ہوئے ہوتا۔ اندھیرے میں آدمی برآمد ہوں گے اور ہمیں رکنا پڑے گا۔ ان کا لیڈر آگے بڑھے گا اور شراب کے نشے سے لڑکھڑاتی آواز میں ہم سے رقم کا مطالبہ کرے گا۔ دادا انھیں اطمینان سے سمجھائیں گے کہ ہمیں جانے دے، ورنہ ان کے لیے اچھا نہیں ہوگا۔ اس پر اندھیرے میں ہماری چاروں جانب قہقہے۔۔۔ بیہودہ شیطانی قہقہے سنائی دیں گے۔ دادا اور میں بے فکری سے ایک دوسرے کو آنکھوں آنکھوں میں اشارہ کرتے ہوئے پشت سے پشت ملا کر پوزیشن سنبھالیں گے۔ پھر ہر جانب سے بے شمار حملہ آور ہم پر ٹوٹ

پڑیں گے۔ اوراس باغ میں ہم، دادااور میں ہم آہنگی کے ساتھ، ایک ایک کی ٹھکائی کرتے ہوئے انھیں بے بس کر دیں گے۔ آخر میں ہم اپنے چاروں طرف پڑے انسانی جسموں کو غور سے دیکھیں گے، پھر دادا اشارہ کریں گے اور ہم اپنے راستے پر چل دیں گے۔ یقیناً! ہم کسی نوع کی بے چینی کا اظہار نہیں کریں گے اور اس بارے میں کوئی بات کیے بغیر گھر کی جانب چل پڑیں گے۔

کبھی کبھی، ایسا بھی ہوتا کہ ان لڑائیوں کے دوران میرے دادا، دادی کی گھریلو ملازمہ نوریکو (Noriko)، مجھے ناشتے کے لیے آواز دیتی۔ بصورت دیگر، میں اپنا کام اسی ترتیب سے مکمل کرتا، جس ترتیب سے دادا نے کیا ہوتا تھا۔ میں درخت تک جاتا، چند ثانیے اس کے سامنے ساکن کھڑا رہتا، پھر اچانک جھپٹ کر اس سے لپٹ جاتا۔ بارہا اس منظر میں، میں سچ مچ درخت کو اکھیڑ کر، اپنے دادا کی حیران آنکھوں کے سامنے جھاڑیوں پر پھینک دیتا۔ تاہم، حقیقت میں یہ درخت سمندری طوفان سے اکھڑ جانے والے درخت سے کہیں زیادہ مضبوط تھا اور سات سال کا بچہ ہونے کے باوجود میں نے اس نظارے کو دوسرے ممکنات کے طور پر نہیں بلکہ امکان کے طور پر قبول کیا تھا۔

میرا خیال نہیں کہ میرے دادا بہت امیر تھے لیکن ٹوکیو میں جو حالات میں نے دیکھے تھے، ان کے مقابلے میں دادا کے گھر پر زندگی بہت آرام دہ تھی۔ وہاں میں نوریکو کے ساتھ کتابیں، کھلونے اور نئے کپڑے خریدنے جاتا اور طرح طرح کے کھانے، جو اگر چہ اب معمولی لگتے ہیں، لیکن، جنھیں میں نے زندگی میں پہلی مرتبہ چکھا، کھاتا تھا۔ مکان وسیع نظر آتا تھا، حالاں کہ اس کی ایک جانب اتنی ٹوٹ پھوٹ چکی تھی کہ رہائش کے قابل نہیں تھی۔ میری آمد کے چند دن بعد دادی نے مجھے مختلف کمروں میں سجائی گئی تصویریں اور آرائشی اشیا دکھانے کے لیے مکان کا چکر لگوایا۔ جب بھی مجھے کوئی ایسی تصویر دکھائی دیتی، جو مجھے اچھی لگتی، میں اس کی طرف اشارہ کر کے سوال کرتا، ''کیا اسے میرے دادا نے بنایا ہے؟'' لیکن جب ہم گھر میں سجائی گئی بہت سی تصویریں میں سے ہر تصویر دیکھ چکے تو ان میں سے ایک بھی میرے دادا کے ہاتھ کی بنی ہوئی نہیں تھی۔

''لیکن میرا خیال ہے کہ اوجی (Oji) ایک مشہور مصور تھے۔ ان کی تصویریں کہاں ہیں؟''

''اچی روسن (Ichiro-San)! کیا تم کچھ کھاؤ گے؟''

''آئل پینٹنگز، اسی وقت دکھائیں۔''

دادی نے حیرت سے مجھے دیکھا، ''میں سمجھی۔'' وہ کہنے لگیں، "میرا خیال ہے، یہ اچی روکی پھوپھی ہے، جس نے اسے اس کے دادا کے بارے میں بتایا۔''

ان کے رویے میں کوئی ایسی بات تھی، جس نے مجھے خاموش کر دیا۔

''میں سوچ رہی ہوں، اچی روکی پھوپھی نے اسے اور کیا بتایا ہے۔''

''انھوں نے صرف اتنا بتایا تھا کہ اوجی ایک مشہور مصور تھے۔ یہاں ان کی تصویریں کیوں نہیں ہیں؟''

''اس نے اور کیا کہا تھا، اچی رو؟''

''ان کی تصویریں یہاں کیوں نہیں ہیں؟ مجھے اس سوال کا جواب چاہیے۔''

دادی مسکرائیں، ''میرا خیال ہے، انھیں یہاں سے ہٹا دیا گیا ہے۔ ہم انھیں پھر کبھی دیکھ سکتے ہیں۔ لیکن تمھاری پھوپھی کہہ رہی تھی کہ تم سکیچ اور پینٹنگ بنانے میں بہت دلچسپی رکھتے ہو۔ اس نے مجھے بتایا ہے کہ تم انتہائی باصلاحیت ہو۔ اچی روسن! اگر تم اپنے دادا سے کہو، مجھے یقین ہے کہ وہ تمھیں سکھانے میں خوشی محسوس کریں گے۔''

''مجھے کسی استاد کی ضرورت نہیں۔''

''ناراض کیوں ہوتے ہو۔ یہ تو بس ایک مشورہ ہے۔ شاید، اب تم کچھ کھانا پسند کرو گے۔''

☆

پھر ایسا ہوا کہ میرے دادا نے میرے کہے بنا تصویریں بنانے میں میری مدد کرنا شروع کر دی۔ ایک گرم دن میں برآمدے میں بیٹھا واٹر کلر سے ایک تصویر بنانے کی کوشش کر رہا تھا۔ تصویر ٹھیک سے نہیں بن رہی تھی۔ جھنجھلا کر میں اسے پھاڑنے والا تھا کہ میرے دادا برآمدے میں آنکلے اور میرے قریب ایک کشن رکھ کر اس پر بیٹھ گئے۔

''اچی رو، میری وجہ سے اپنا کام نہ روکو۔'' وہ تصویر دیکھنے کے لیے آگے جھکے لیکن میں نے اپنے بازو کی آڑ میں اسے چھپا لیا۔ وہ ہنستے ہوئے کہنے لگے، ''ٹھیک ہے۔ جب یہ مکمل ہو جائے گی تو میں اسے دیکھ لوں گا۔''

نوری کو قہوہ لے کر باہر آئی، اسے پیالی میں انڈیلا، اور واپس چلی گئی۔ دادا اطمینان سے بیٹھ کر قہوے کی چسکیاں لیتے ہوئے باغیچے کو دیکھنے لگے۔ ان کی موجودگی سے میں محتاط ہو گیا اور میں نے خود کو تصویر بنانے میں مصروف ظاہر کیا۔ تاہم، چند منٹ بعد میں بے چین ہو گیا اور برش کو برآمدے سے باہر پٹخ دیا۔ میرے دادا نے اپنا رخ میری جانب کیا۔

''اچی رو! تم ہر طرف رنگ پھینک رہے ہو۔ اگر نوری کو نے دیکھ لیا تو وہ تم سے سخت ناراض ہو گی۔'' وہ آہستہ سے بولے۔

''مجھے کوئی پرواہ نہیں۔''

وہ ہنسے اور ایک مرتبہ پھر تصویر دیکھنے آگے جھکے۔ میں نے اس بار بھی اسے چھپانا چاہا، لیکن انھوں نے میرا بازو ایک جانب ہٹا دیا۔

''اتنی بری نہیں۔ تم اس پر اتنے جھنجھلائے ہوئے کیوں ہو؟''

''تصویر واپس دیں۔ میں نے اسے پھاڑنا ہے۔''

میری پہنچ سے دور رکھتے ہوئے وہ اس کا جائزہ لے رہے تھے۔ ''یہ تو بالکل خراب نہیں۔'' کچھ سوچتے

ہوئے وہ کہنے لگے، ''تمھیں اتنی جلدی ہار نہیں ماننی چاہیے۔ دیکھو! او جی، تمھاری تھوڑی سی مدد کرے گا۔ پھر تم کوشش کر کے اسے مکمل کر لینا۔''

برش، ہم سے تھوڑی دور فرش پر گرا ہوا تھا، دادا اسے اٹھانے کے لیے اٹھے۔ اسے اٹھا کر اپنی انگلیوں کے سروں سے سہلایا، گویا اسے تازہ دم کر رہے ہوں۔ پھر واپس آ کر بیٹھ گئے اور چند لمحوں تک تصویر کو غور سے دیکھتے رہے۔ انھوں نے برش کو پانی سے تر کیا اور دو یا شاید تین رنگوں کو اس سے چھوا اور گیلے برش کو ایک ہی حرکت میں میری تصویر پر ایک سرے سے دوسرے سرے تک کھینچ کر لے گئے۔ اس ایک حرکت سے ہلکے اور گہرے رنگوں کی چھوٹی چھوٹی پتیوں، خوشوں اور گچھوں کا ایک سلسلہ نمودار ہو گیا۔

''لو، اب تم کوشش کر کے اسے مکمل کرو۔''

میں نے پوری کوشش کی کہ مرعوب دکھائی نہ دوں، لیکن میرا شوق اس کارنامے کو دہرانے سے نہ رک سکا۔ چنانچہ، جب میرے دادا قہوے کی چسکیاں لیتے ہوئے باہر دیکھنے لگے، میں نے برش کو پانی اور رنگوں میں ڈبویا اور اسے دہرانے کی کوشش کی، جو میں نے تھوڑی دیر پہلے دیکھا تھا۔

میں کاغذ پر چند موٹی بیلیں بنانے میں کامیاب ہو گیا۔ دادا نے اس حرکت کو دیکھا اور یہ سمجھتے ہوئے کہ میں اپنی تصویر مٹا رہا ہوں، اپنا سر ہلایا۔

☆

ابتدا میں، میں سمجھتا تھا کہ مکان کو پہنچنے والا نقصان سمندری طوفان کا نتیجہ ہے، لیکن جلد ہی مجھے علم ہوا کہ اس کا بڑا سبب جنگ تھی۔ میرے دادا مکان کے اس حصّے کو نئے سرے سے تعمیر کر رہے تھے کہ سمندری طوفان نے مچان توڑ دی، اور، پچھلے ایک سال میں انھوں جتنے حصے کی مرمت کی تھی، اس کا بڑا حصہ پھر سے کھنڈر بنا دیا۔ جو کچھ ہوا، اس پر وہ کچھ جھنجھلائے، پھر میری آمد کے بعد آنے والے ہفتوں کے دوران انھوں نے مستقل مزاجی سے مکان کی مرمت کا کام جاری رکھا۔ وہ روزانہ غالباً دو سے تین گھنٹے کام کرتے۔ کبھی کبھی ان کی معاونت کے لیے مزدور بھی ہوتے، لیکن بالعموم وہ تنہا کام کیا کرتے۔ ہتھوڑا یا آرا چلاتے ہوئے وہ اکیلے ہوتے تھے۔ اس معاملے میں انھیں کوئی جلدی نہیں تھی۔ مکان کے باقی حصوں میں کافی جگہ تھی۔ تعمیری سامان کی کمی کی صورت میں کام رک جایا کرتا۔ بسا اوقات وہ کیلوں کے ڈبے یا لکڑی کے کسی خاص ٹکڑے کے لیے کئی کئی دن انتظار کرتے۔

مکان کے شکستہ حصے میں صرف ایک کمرہ زیر استعمال تھا۔ یہ غسل خانہ تھا، جو بالکل خالی تھا۔ اس کا فرش کنکریٹ کا تھا، جس میں ایک نالی بنی ہوئی تھی، تاکہ بیرونی دیوار کے نیچے سے پانی باہر نکل سکے۔ اس کی کھڑکیاں باہر مچان اور بکھری اینٹوں، پتھروں کی جانب کھلتی تھیں، جس سے انسان خود کو گھر کی بجائے بیرونی حصے میں محسوس کرتا۔ تاہم، دادا نے اس کے کونے میں لکڑی کا ایک گہرا ٹب بنا لیا تھا جس میں تین یا شاید چار فٹ بھاپ چھوڑتا، گرم پانی بھرا جا سکتا تھا۔ ہر روز، رات کو بستر میں جانے سے پہلے میں دروازہ کھسکا کر دادا کے پاس جاتا اور پھر

اسے بند کر کے واپس آتا۔ میں کمرے کو بھاپ سے بھرا ہوا پاتا۔ کمرے میں سوکھی مچھلیوں جیسی خوشبو، جو میرے خیال میں بوڑھے آدمی کے جسم سے ملتی جلتی ہے، رچی ہوئی ہوتی۔ دادا گردن تک گرم پانی میں ڈوبے نہا رہے ہوتے۔ میں بھاپ سے بھرے اس کمرے میں کھڑا ہو کر، عموماً مختلف موضوعات، جن پر کسی اور سے بات نہ کرتا تھا، پر ان سے باتیں کرتا۔ دادا خاموشی سے سنتے رہتے، پھر بھاپ کے مرغولوں کے عقب سے ٹھہرے ہوئے مضبوط لہجے میں جواب دیتے۔

''اچی رو! اب یہ تمہارا گھر ہے۔'' وہ کہتے، ''بڑا ہونے تک تمھیں اسے چھوڑنے کی کوئی ضرورت نہیں۔ اس کے بعد بھی تم چاہو تو یہاں رہ سکتے ہو۔ پریشان ہونے کی کوئی ضرورت نہیں۔ قطعاً کوئی ضرورت نہیں۔''

ایسی ہی ایک رات غسل خانے میں، میں نے دادا سے کہا۔ ''جنگ کے دوران ہمارے فوجی سب سے بہتر لڑنے والے تھے۔''

''واقعی، ہمارے جوان انتہائی پُرعزم تھے۔'' انھوں نے کہا، ''سب سے دلیر، شاید، انتہائی بہادر سپاہی، لیکن بسا اوقات بہترین سپاہی بھی ہار جاتے ہیں۔''

''کیوں کہ دشمنوں کی تعداد بہت زیادہ ہوتی ہے۔''

''کیوں کہ دشمنوں کی تعداد بہت زیادہ ہوتی ہے، اور کیوں کہ دشمنوں کے پاس زیادہ ہتھیار ہوتے ہیں۔''

''جاپانی، جب وہ شدید زخمی ہوتے، اس وقت بھی لڑ سکتے تھے۔ کیا وہ نہیں لڑ سکتے تھے؟ حالاں کہ وہ پُرعزم تھے۔''

''ہاں! ہمارے فوجی جوان اس حالت میں بھی لڑے، جب وہ شدید زخمی ہوتے تھے۔''

''او جی، دیکھیں!''

میں نے غسل خانے میں، دشمنوں میں گھرے ہوئے نہتے جنگجو کا ایکشن بنایا۔ جب بھی کوئی گولی مجھ سے ٹکراتی، میں دم بھر کو رکتا، پھر لڑنا شروع کر دیتا۔۔

''ہا! ہا!'' میرے دادا نے قہقہہ لگایا۔ پانی سے ہاتھ نکالے اور تالی بجا کر داد دی۔ حوصلہ افزائی پا کر میں آٹھ، نو، دس گولیوں تک لڑتا چلا گیا۔ میں سانس بحال کرنے کے لیے تھوڑا سا رکا تو اس وقت بھی دادا تالیاں بجاتے ہوئے ہنس رہے تھے۔

''او جی! تم جانتے ہو میں کون ہوں؟''

انھوں نے ایک مرتبہ پھر آنکھیں بند کیں اور پانی میں ڈبکی لگائی۔

''ایک سپاہی۔ ایک انتہائی بہادر جاپانی سپاہی۔''

''ہاں، لیکن کون سا؟ کون سا سپاہی؟ دیکھو، او جی، بوجھو۔''

میں نے مشکل سے اپنے زخموں کو ایک ہاتھ سے دبایا اور لڑائی ختم کر دی۔ زیادہ گولیاں میری چھاتی اور پیٹ پر لگی تھیں، ان گولیوں نے مجھے زیادہ لہرانے پر مجبور کیا۔

''ہا! ہا! میں کون ہوں، او جی؟ بوجھو! بوجھو!''

میں نے دیکھا کہ دادا کی آنکھیں کھلی ہوئی ہیں اور وہ دھند کے پیچھے سے غور سے مجھے دیکھ رہے ہیں۔ وہ ایسے دیکھ رہے تھے، جیسے میں کوئی بھوت ہوں۔ سردی کی ایک لہر میرے وجود سے گزر گئی۔ میں رک گیا اور جواباً انھیں گھورنے لگا۔ اس پر پھر سے ان کے چہرے پر مسکراہٹ لوٹ آئی، مگر ان کی آنکھوں میں اجنبیت موجود رہی۔

''بس کافی باتیں ہو گئیں۔'' وہ پھر سے پانی میں اپنا وجود ڈھیلا چھوڑتے ہوئے کہنے لگے، ''بہت سے دشمن، بہت سے۔''

میں خاموش کھڑا رہا۔

''کیا بات ہے، اچی رو؟'' انھوں نے سوال کرتے ہوئے قہقہہ لگایا، ''اچانک، بالکل خاموش۔''

میں نے کوئی جواب نہیں دیا۔ دادا نے دوبارہ آنکھیں موند لیں اور گہری سانس لی۔

''جنگ انتہائی ناگوار چیز ہے، اچی رو۔'' انھوں نے تھکے تھکے لہجے میں کہا، ''ناگوار۔۔۔ لیکن گھبراؤ نہیں۔ تم اب یہاں ہو۔ یہ تمھارا گھر ہے۔ پریشان ہونے کی کوئی ضرورت نہیں۔''

☆

شدید گرمیوں کے دوران ایک روز شام کے وقت میں اندر آیا تو دسترخوان پر ایک اور نشست دکھائی دی۔ دادی نے دھیمی آواز میں بتایا، ''تمھارے دادا کے ایک مہمان آئے ہیں۔ وہ تھوڑی دیر میں پہنچ رہے ہیں۔''

میری دادی، نوری کو اور میں کچھ دیر دسترخوان پر بیٹھے ان کا انتظار کرتے رہے۔ جب میں نے بے صبری کا مظاہرہ کیا تو نوری کو نے مجھے کہا کہ اپنی آواز کو دھیما رکھوں۔ ''شریف آدمی ابھی آیا ہے۔ تمھیں یہ توقع نہیں کرنی چاہیے کہ وہ فوراً تیار ہو جائے۔''

''میرا خیال ہے، اتنے عرصے کے بعد ان کے پاس کہنے کو بہت کچھ ہے۔'' دادی بڑبڑائیں۔

کافی انتظار کے بعد، دادا مہمان کے ہمراہ نمودار ہوئے۔ وہ شاید پچاس سال کے لگ بھگ ہٹا کٹا آدمی تھا۔ اس زمانے میں مجھے بڑے آدمیوں کی عمر کا خاص اندازہ نہیں تھا۔ اس کی بھوؤں کا رنگ اتنا گہرا تھا کہ لگتا تھا، جیسے ان کو سیاہ کیا گیا ہو۔

کھانے کے دوران دادا اور مہمان زیادہ تر ماضی کے بارے میں باتیں کرتے رہے۔ کسی شخص کا ذکر ہوتا، دادا اسے کھرکھراتی آواز میں دہراتے۔ جلد ہی دسترخوان کا ماحول سنجیدہ ہو گیا۔ ایک مرتبہ دادی نے مہمان کو اس کی نئی ملازمت پر مبارک باد دی، لیکن اس نے انھیں روک دیا۔

''نہیں نہیں محترمہ، آپ کی بہت مہربانی، لیکن آپ یہ قبل از وقت کہہ رہی ہیں۔ ملازمت کا ملنا یقینی

نہیں۔"

"لیکن، جیسا کہ تمھارا کہنا ہے،" دادا گفتگو میں شامل ہوئے، "کوئی دوسرا امیدوار تمھارے برابر اہلیت کا حامل نہیں ہے۔ چنانچہ اس نشست کے تم سب سے بڑھ کر حق دار ہو۔"

"آپ بھی انتہائی شفیق ہیں، سِن سئے!" مہمان نے کہا، "تاہم، یہ کسی جہت سے یقینی نہیں ہے۔ میں صرف پُرامید رہتے ہوئے انتظار کرسکتا ہوں۔"

"اگر چند برس پہلے یہ معاملہ ہوتا،" دادا کہنے لگے، "میں تمھاری سفارش کرسکتا تھا لیکن میں نہیں سمجھتا کہ ان دنوں میری رائے کی کوئی وقعت ہے۔"

"واقعی، سِن سئے۔" مہمان بولا، "آپ نے خود پر بڑی زیادتی کی ہے۔ آپ جیسے بڑے آدمی کا ہمیشہ احترام کیا جانا چاہیے۔"

اس پر دادا نے عجیب انداز میں قہقہہ لگایا۔

☆

کھانے کے بعد میں نے دادی سے پوچھا، "وہ او جی کو سِن سئے کیوں کہہ رہا تھا؟"

"کسی زمانے میں وہ تمھارے دادا کا شاگرد رہا ہے۔ انتہائی ذہین شاگرد۔"

"جس زمانے میں او جی مشہور مصور تھے؟"

"وہ بہت بڑا آرٹسٹ ہے۔ تمھارے دادا کے قابل ترین شاگردوں میں سے ایک۔"

☆

مہمان کی موجودگی کا مطلب میری اپنے دادا کی توجہ سے محرومی تھا جس کے باعث میرا مزاج خراب رہتا۔ آنے والے دنوں میں جہاں تک میرا بس چلتا، میں مہمان سے گریز کرتا اور مشکل سے ہی اس سے کوئی بات کرتا۔ پھر ایک دن پچھلے پہر میں وہ باتیں سنیں، جو برآمدے میں ہو رہی تھیں۔

دادا کے گھر میں ایک کمرہ مغربی طرز کا تھا۔ اس میں اونچی کرسیاں اور میزیں تھیں۔ کمرے کی بالکونی باغیچے سے ہٹ کر تھی، جب کہ برآمدہ دو منزلیں نیچے تھا۔ میں اس کمرے میں اپنے آپ میں مگن تھا، لیکن کچھ دیر سے نیچے سے آنے والی آوازیں محسوس کر رہا تھا۔ پھر کسی بات ۔۔۔ جیسے کوئی بحث کر رہا ہو ۔۔۔ نے میری توجہ کو اپنی جانب مبذول کر لیا، جسے سننے کی خاطر میں باہر بالکونی میں آ گیا۔ یقینی طور پر مہمان اور دادا کے درمیان کسی معاملے میں اختلاف تھا۔ جہاں تک میں سمجھ پایا، معاملہ کسی خط کا تھا، جو مہمان میرے دادا سے لکھوانا چاہتا تھا۔

"بالکل، سِن سئے!" وہ آدمی کہہ رہا تھا۔ "شاید یہ بلا جواز نہیں۔ بہت عرصے تک میں یہ سمجھتا رہا ہوں کہ میرے کام کا اختتام ہو گیا ہے۔ یقیناً سِن سئے نہیں چاہیں گے کہ جو کچھ ماضی میں ہوا اس کے نتیجے میں مجھے ذلیل ہوتا دیکھیں۔"

کچھ دیر تک خاموشی رہی۔ پھر مہمان بولا، ''پلیز، مجھے غلط نہ سمجھیں سن سئے! میں ہمیشہ کی مانند آپ کے ساتھ اپنے تعلق پر فخر کرتا ہوں۔ یہ صرف کمیٹی کی تسلی کے لیے ہے۔ اس سے زیادہ کچھ نہیں۔''

''تو یہ بات ہے، جس کے لیے تم میرے پاس آئے ہو۔'' دادا کی آواز میں غصے سے زیادہ مایوسی تھی۔

''تو اتنے عرصے بعد تم اس کام سے آئے ہو۔ لیکن، تم اپنے بارے میں غلط بیانی سے کیوں کام لینا چاہتے ہو؟ تم نے جو کیا، غلط تھا یا صحیح، اسے دلیری اور فخر سے کیا۔ آدمی کو اپنے بارے میں جھوٹ نہیں بولنا چاہیے۔''

''لیکن، سن سئے! شاید آپ بھول رہے ہیں۔ کیا آپ 'کاکوبے' کی وہ شام یاد ہے؟ کی نوشی ٹا' (Kinoshita-San) کے اعزاز میں ضیافت کے بعد آپ مجھ سے ناراض ہو گئے تھے، کیوں کہ میں نے آپ سے اختلاف کی جرأت کی تھی۔ کیا آپ کو یاد نہیں، سن سئے؟''

''کی نوشی ٹا کے اعزاز میں دعوت؟ بدقسمتی سے مجھے یاد نہیں آ رہا، ہم کس بارے میں جھگڑے تھے؟''

''ہمارے درمیان بحث ہوئی تھی، کیوں کہ میں نے یہ کہنے کی جرأت کی تھی کہ اسکول نے غلط راستہ اختیار کیا ہے۔ کیا آپ کو یاد نہیں سن سئے؟ میرا کہنا تھا، ہمارا یہ کام نہیں کہ اپنی صلاحیتیں اس قسم کے کاموں میں استعمال کریں۔ جس پر آپ مجھ سے سخت ناراض ہوئے تھے۔ کیا آپ کو یاد نہیں سن سئے؟''

ایک مرتبہ پھر خاموشی چھا گئی۔

''ارے ہاں!'' آخر میں دادا کہنے لگے، ''مجھے یاد آیا۔ یہ چینی مہم کا زمانہ تھا۔ جو قوم کے لیے ایک فیصلہ کن وقت تھا۔ یہ غیر ذمہ دارانہ ہوتا، اگر ہم اس طرح اپنے کام میں مصروف رہتے، جس طرح ہم پہلے کرتے چلے آئے تھے۔''

''لیکن، میں نے ہمیشہ آپ سے اختلاف کیا۔ سن سئے! اور میں اسے شدت سے محسوس کرتا تھا۔ میں نے واقعی سب کچھ آپ کے منہ پر کہہ دیا۔ اب میری آپ سے صرف اتنی درخواست ہے کہ آپ کمیٹی کو یہ حقیقت بتا دیں۔ صرف اتنا کہ ابتدا سے میرے نظریات کیا تھے اور یہ کہ میں نے اتنی ہمت دکھائی کہ کھلم کھلا آپ سے اختلاف کیا۔ یقیناً، سن سئے، یہ بلا جواز نہیں ہے۔''

گفتگو میں ایک مرتبہ پھر وقفہ آیا، پھر دادا گویا ہوئے، ''جس زمانے میں میرا نام احترام سے لیا جاتا تھا، اس زمانے میں تم نے اس کا خوب فائدہ اٹھایا۔ اب میرے بارے میں دنیا مختلف رائے رکھتی ہے۔ تمھیں اسے بھی بھگتنا ہوگا۔''

کچھ دیر خاموشی رہی۔ پھر قدموں کی آہٹ اور کھڑکیاں بند کرنے کی آواز سنائی دی۔

☆

شام کے کھانے پر مجھے دادا اور ان کے مہمان کے درمیان تناؤ کے آثار دیکھنے کی توقع تھی، لیکن وہ دونوں ایک دوسرے سے انتہائی احترام سے پیش آ رہے تھے۔ اس رات، بھاپ سے بھرے غسل خانے میں، میں نے دادا سے دریافت کیا، ''او جی، اب آپ تصویریں کیوں نہیں بناتے؟''

پہلے وہ خاموش رہے، پھر بولے، ''کبھی ایسا ہوتا ہے کہ تم تصویر بناتے ہو لیکن وہ صحیح نہیں بنتی، تم جھنجھلا جاتے ہو۔ کیا تمھارے ساتھ ایسا نہیں ہوتا؟ تم اپنی تصویر پھاڑنے لگے ہو اور او جی کو تمھیں روکنا پڑتا ہے۔ کیا ایسا نہیں ہے؟''

''جی'' میں نے کہا، اور جواب کا انتظار کرنے لگا۔ انھوں نے اپنی آنکھیں موندی ہوئی تھیں۔ وہ بولے تو ان کی آواز دھیمی اور تھکی ہوئی تھی۔ ''تمھارے دادا کے ساتھ کچھ ایسا ہی ہوا۔ وہ چیزوں کو صحیح نہیں کر پا رہے تھے۔ چنانچہ انھوں نے فیصلہ کیا کہ اسے ترک کر دیں۔''

''لیکن، مجھے آپ نے ہمیشہ یہی کہا ہے کہ تصویریں نہ پھاڑوں۔ آپ نے انھیں ہمیشہ مجھ سے مکمل کروایا ہے۔''

''یہ صحیح ہے، اچی رو! لیکن ابھی تم بہت چھوٹے ہو۔ تم بہتر ہو جاؤ گے۔''

اگلی صبح جب میں دادا کو ورزش کرتے دیکھنے برآمدے میں گیا تو سورج کافی چڑھ چکا تھا۔ میرے بیٹھنے کے تھوڑی دیر بعد میرے پیچھے آہٹ ہوئی اور سیاہ کیمونو میں ملبوس مہمان نمودار ہوا۔ اس نے میرا حال پوچھا لیکن میں نے کوئی جواب نہ دیا تو مسکرایا اور میرے پاس سے گزرتے ہوئے برآمدے کے کنارے تک پہنچ گیا۔ دادا نے اس کی جانب دیکھا اور ورزش روک دی۔

''ارے، اتنی صبح! مجھے امید ہے، میں نے تمھیں مایوس نہیں کیا۔'' دادا، تنکوں والی چٹائی لپیٹنے کے لیے جھکے۔

''بالکل نہیں، سن سئے! میں مزے سے سویا۔ لیکن پلیز میری وجہ سے ورزش سے نہ رکیں۔ نوری کو نے مجھے بتایا ہے کہ آپ، گرمیاں ہوں یا سردیاں، روزانہ ورزش کرتے ہیں۔ واہ، زبردست۔ نہیں، پلیز، سچ۔ میں بہت متاثر ہوا۔ میں نے اپنے آپ سے وعدہ کیا کہ آج صبح اٹھ کر خود دیکھوں گا۔ اگر میں سن سئے کے وظیفے میں رکاوٹ بنا تو خود کو کبھی معاف نہیں کر سکوں گا۔ پلیز، سن سئے!''

چنانچہ، بادل ناخواستہ دادا پھر سے ورزش کرنے لگے۔ وہ ایک جگہ کھڑے دوڑ رہے تھے، لیکن جلد ہی رُک گئے اور کہنے لگے، ''اتنی استقامت دکھانے پر شکریہ۔ واقعی، آج کے لیے اتنی کسرت بہت ہے۔''

''مگر یہاں موجود چھوٹے میاں مایوس ہوں گے۔ میں نے سنا ہے کہ وہ آپ کی جوڈو کی مشقوں سے بہت محظوظ ہوتے ہیں۔ اچی رو سن! کیا ایسا نہیں؟''

میں نے یوں ظاہر کیا، جیسے کچھ نہیں سنا۔

''اگر آج ایسا نہ ہوا تو کوئی فرق نہیں پڑے گا۔'' دادا نے جواب دیا، ''چلیں اندر چل کر ناشتے کا انتظار کریں۔''

''لیکن مجھے بھی مایوسی ہوگی، سن سئے! مجھے امید تھی کہ آپ کی مہارت کی یادوں کو تازہ کر سکوں گا۔ کیا آپ کو یاد ہے کہ آپ نے ایک مرتبہ مجھے جوڈو سکھانے کی کوشش کی تھی؟''

’’واقعی؟ ہاں، مجھے یاد پڑتا ہے کہ کچھ ایسا ہوا تھا۔‘‘

’’اس زمانے میں 'موراساکی' (Murasaki) ہمارے ساتھ تھا۔ اور 'ای شی دا' (Ishida) بھی۔ 'یوکوہاما' (Yokohama) کے اس اسپورٹس ہال میں، آپ کو یاد ہے سن سئے؟ اگرچہ میں نے آپ کو گرانے کی کوشش کی لیکن اختتام میرے چاروں خانے چت ہونے پر ہوا جس کے بعد میں سخت مایوس ہوا۔ چھوڑیں! سن سئے، میں اوراچی روآپ کو پریکٹس کرتا دیکھنا چاہتے ہیں۔‘‘

دادا ہنسے اور اپنے ہاتھ کھڑے کر دیے۔ وہ چٹائی پر بے ڈھنگے انداز میں کھڑے تھے۔ ’’لیکن مجھے تو سخت کسرت چھوڑے عرصہ ہو گیا۔‘‘

’’آپ کو معلوم ہے، سن سئے! جنگ کے دوران میں نے بھی جوڈو میں مہارت حاصل کر لی تھی۔ ہم نے بہت سوں کو ہتھیار کے بغیر لڑنا سکھایا۔‘‘ یہ کہتے ہوئے مہمان نے میری جانب دیکھا۔

’’مجھے یقین ہے، تم نے فوج میں بہت اچھی تربیت حاصل کی ہوگی۔‘‘ دادا نے کہا۔

’’جیسا کہ میں نے کہا، میں نے مہارت حاصل کی۔ اس کے باوجود مجھے یقین ہے کہ اگر میں نے ایک مرتبہ پھر سن سئے سے مقابلہ کرنے کی کوشش کی تو میرا مقدر پہلے سے مختلف نہیں ہوگا۔ فوراً سے پیش تر چاروں خانے چت ہوں گا۔"

دونوں ہنسنے لگے۔

’’مجھے یقین ہے کہ تم نے بہترین تربیت حاصل کی ہے۔‘‘ دادا بولے۔

مہمان نے ایک مرتبہ پھر اپنا رخ میری جانب کیا۔ میں نے اس کی آنکھوں کو ایک عجیب انداز میں مسکراتے دیکھا۔ ’’لیکن، سن سئے کے سامنے وہ ساری تربیت بے سود ہوگی۔ میں جانتا ہوں میرا نصیب وہی ہوگا، جو اس اسپورٹس ہال میں تھا۔‘‘

دادا چٹائی پر کھڑے رہے، تو مہمان کہنے لگا، ’’سن سئے! مجھے آپ کے معمول میں مخل نہیں ہونا چاہیے۔ ورزش کریں، جیسے میں یہاں موجود نہیں ہوں۔‘‘

’’نہیں، واقعی، آج کے لیے اتنا بہت ہے۔‘‘ دادا نے ایک گھٹنا فرش پر ٹکایا اور چٹائی لپیٹنی شروع کی۔

مہمان نے برآمدے کے ستون سے کمر ٹکائی اور نظریں اٹھا کر آسمان کی جانب تکنے لگا۔

’’موراساکی، ای شی ڈا۔۔۔ لگتا ہے زمانے بیت گئے۔‘‘ بظاہر وہ خود سے مخاطب تھا، لیکن اس کی آواز اتنی بلند تھی کہ دادا کے کانوں تک پہنچ جائے۔ دادا کی پیٹھ ہماری جانب تھی، کیوں کہ وہ چٹائی لپیٹنے میں مصروف تھے۔

’’وہ سب چلے گئے۔ سن سئے، میرے خیال میں اس دور کے صرف ہم۔۔۔ آپ اور میں۔۔۔ باقی بچے ہیں۔‘‘

دادا نے گہری سانس لی، وہ مڑے بنا بولے، ’’ہاں! کتنا الم ناک ہے۔‘‘

''یہ جنگ کتنی فضول تھی۔ اتنی بڑی غلطی۔'' اجنبی کی نظریں دادا کی پشت پر تھیں۔

''ہاں! یہ المیہ ہے۔'' دادا دھیمے سے بولے۔ تنکوں کی لپٹی چٹائی ان کے سامنے پڑی تھی۔ میں نے دیکھا، وہ زمین پر ایک مقام کو دیکھ رہے تھے۔

اس روز ناشتے کے بعد مہمان رخصت ہو گیا۔ اس کے بعد وہ مجھے کبھی نظر نہیں آیا۔ دادا اس کے بارے میں گفتگو سے گریز کرتے۔ انھوں نے مجھے صرف وہی باتیں بتائیں جو میں پہلے ہی جانتا تھا۔ البتہ مجھے نوری کو سے کچھ معلومات حاصل ہوئیں۔

جب وہ گھر کا سودا خریدنے جاتی، میں اکثر اس کے ساتھ جاتا تھا۔ ایک ایسے ہی موقعے پر جب ہم گھر سے باہر تھے، میں نے اس سے پوچھا، ''نوری کو، یہ 'چینی مہم' کیا تھی؟''

ظاہر ہے، وہ یہ سمجھی کہ میں نے ایک معلوماتی سوال کیا ہے۔ چنانچہ انھوں نے اسی شفقت آمیز تفصیلی لہجے میں بتانا شروع کیا، جو وہ اس وقت اختیار کیا کرتی تھی جب میں اس سے ''سردیوں میں مینڈک کہاں چلے جاتے ہیں؟'' قسم کے سوال کیا کرتا تھا۔ اس نے وضاحت کی، ''بحرالکاہل کی جنگ سے قبل، جاپانی فوج نے چین میں ایک کامیاب مہم جوئی کی تھی۔ میں اس سے سوال کیا، ''کیا اس میں کوئی بات غلط تھی؟'' اس نے پہلی مرتبہ مجھے حیرت سے دیکھا۔ ''نہیں، اس میں کوئی غلط بات نہیں تھی، لیکن اس وقت بہت سی دلیلیں دی گئی تھیں۔ البتہ اب کچھ لوگوں کا کہنا ہے کہ اگر ہماری فوج چین میں مداخلت نہ کرتی تو وہ جنگ نہ ہوتی۔'' میں نے ایک اور سوال کیا، ''کیا چین پر حملہ، فوج کا غلط قدم تھا؟'' نوری کو بولی، ''اس میں ایسی کوئی غلط بات نہیں تھی۔ البتہ اس بارے میں کافی اختلاف تھا۔ جنگ کوئی اچھی چیز نہیں ہے، اب سب یہی مانتے ہیں۔''

☆

گرمیوں کے دوران، دادا زیادہ سے زیادہ وقت میرے ساتھ گزارتے۔ اتنا زیادہ کہ انھوں نے مکان کے شکستہ حصے کی مرمت کا کام تقریباً چھوڑ دیا۔ ان کی حوصلہ افزائی کے نتیجے میں پینٹنگ اور تصویر کشی میں میری دلچسپی نے گہرے جنون کا روپ اختیار کر لیا۔ وہ مجھے سیر کے لیے باہر لے جاتے، اپنی منزل پر پہنچ کر ہم دھوپ میں بیٹھ جاتے۔ وہاں بیٹھ کر میں رنگوں سے نظارے کی تصویریں بناتا۔ بالعموم ہم آبادی سے کافی ہٹ کر کسی پہاڑی ڈھلان، جہاں لمبی گھاس اور اور وسیع خوب صورت منظر ہوتا، یا کسی بندرگاہ یا کسی نئی فیکٹری تک جاتے۔ پھر گاڑی پر گھر لوٹتے ہوئے ہم ان تصویروں کو دیکھتے جو اس دن میں نے بنائی ہوتیں۔

اس وقت تک میرے دن کا آغاز برآمدے میں جا کر دادا کو ورزش کرتے دیکھنے سے ہوتا۔ البتہ، اب ہم نے اپنے صبح کے معمول میں چند نئے کام شامل کر لیے تھے۔ جس وقت دادا چٹائی پر اپنی کسرتوں کا دور مکمل کر لیتے، وہ مجھ سے مخاطب ہو کر کہتے، ''چلو آؤ! دیکھیں آج تم میں کتنا زور ہے؟'' میں برآمدے سے نیچے اترتا، ان کی چٹائی کی طرف بڑھتا اور جس طرح انھوں نے سکھایا تھا، ان کے کیمونو کو، ایک ہاتھ سے کالر اور دوسرے سے کہنی کے قریب سے بازو، پکڑتا۔ پھر اس داؤ کو لگانے کی کوشش کرتا، جو انھوں نے مجھے سکھایا ہوتا اور کئی کوششوں کے

بعد ان کو اپنی پشت پر اٹھا کر گرانے میں کامیاب ہوتا۔ اگرچہ میں جانتا تھا کہ وہ اپنے گرائے جانے میں میری مزاحمت نہیں کرتے تھے، اس کے باوجود میں ان پر غلبہ پانے کی کوشش کرتا۔ وہ اس بات کا خیال رکھتے کہ ہر مرتبہ انھیں گرانے میں کامیاب ہونے کے لیے مجھے سابقہ کامیابی سے تھوڑا زیادہ زور لگانا پڑے۔ پھر ایک صبح ایسا ہوا کہ میں نے جتنا زور لگایا، دادا نے گرنے کی عنایت نہیں کی۔

''شاباش، اچی رو! ہمت نہ ہارو۔ تم کیمونو ٹھیک سے نہیں پکڑ رہے۔ کیا تم نے ٹھیک سے پکڑا ہے؟''

میں نے پھر سے پکڑا۔

''شاباش، ایک مرتبہ پھر سے پکڑو۔''

میں مڑ کر ایک مرتبہ پھر زور لگایا۔

" تقریباً، تم صرف ہاتھوں سے یہ نہیں کر سکو گے۔ او جی، ایک بڑا آدمی ہے۔ تمھیں اپنی پشت کا استعمال کرنا ہوگا۔''

میں نے ایک مرتبہ پھر کوشش کی، دادا پھر بھی نہ اٹھائے گئے۔ مایوس ہو کر میں نے کوشش ترک کر دی۔

''ہاں، شاباش! اتنی جلدی ہمت نہ ہارو۔ صرف ایک مرتبہ پھر کوشش کرو۔ ہر چیز ٹھیک سے کرو، اب ٹھیک ہے۔ یہاں، اب میں بے بس ہوں، اب پھینکو۔''

اب کی بار دادا نے کوئی مزاحمت نہیں کی اور میری پیٹھ سے الٹ کر اپنی پشت کے بل گرے۔ وہ چٹائی پر اپنی آنکھیں بند کیے پڑے ہوئے تھے۔

''آپ نے مجھے ایسا کرنے دیا۔'' میں نے ناگواری سے کہا۔

دادا نے آنکھیں نہیں کھولیں۔ میں یہ سمجھ کر ہنسا، کہ وہ خود کو مردہ ظاہر کر رہے ہیں۔ پھر بھی میرے دادا نے کوئی ردعمل ظاہر نہیں کیا۔

''او جی!''

انھوں نے اپنی آنکھیں کھولیں، مجھے دیکھ کر مسکرائے، ان کی آنکھوں میں تذبذب کے آثار تھے۔ وہ دھیرے سے اٹھے اور ایک ہاتھ سے اپنی گدی سہلائی۔ ''واہ، واہ!'' وہ بولے، ''اس مرتبہ داؤ صحیح تھا۔'' انھوں نے میرا بازو چھوا، لیکن فوراً ان کا ہاتھ گدی کی جانب لوٹ گیا۔ پھر انھوں نے قہقہہ لگایا اور اپنے قدموں پر کھڑے ہو گئے۔ ''ناشتے کے لیے چلیں۔''

''کیا آپ درخت تک نہیں جائیں گے۔''

''آج نہیں، آج تم نے او جی کو تھکا دیا۔''

میں نے سوچا، پہلی مرتبہ میں نے اپنے دادا کو ان کی مزاحمت کے باوجود گرایا ہے۔ مجھے اپنے اندر کامیابی کی لہر دوڑتی محسوس ہوئی۔

''میں کسرت کرنے درخت تک جا رہا ہوں۔'' میں بولا۔

''نہیں، نہیں!'' دادا نے مجھے اپنی جانب بلایا۔ ''آؤ! اب کھانا کھاؤ۔ آدمی کو کھانا کھانا چاہیے، ورنہ وہ اپنی طاقت کھو بیٹھے گا۔'' ان کا ہاتھ اس وقت بھی گُدی سہلا رہا تھا۔

☆

خزاں کے آغاز میں پہلی مرتبہ مجھے اپنے دادا کا کام دیکھنے کا موقع ملا۔ میں مکان کی بالائی منزل کے مغربی کمرے میں پرانی کتابیں سمیٹنے میں نوری کو کی مدد کر رہا تھا کہ میں نے ایک الماری میں کئی لپٹے ہوئے بڑے سائز کے کاغذوں کو ایک ڈبے سے باہر جھانکتے دیکھا۔ میں نے ایک کاغذ باہر نکالا اور اسے میز پر پھیلایا، یہ مجھے کسی سینما پوسٹر جیسا لگا۔ میں نے غور سے اسے دیکھنا چاہا، لیکن یہ کافی مدت سے لپٹا ہوا تھا۔ میں اس کے بل نکالتے ہوئے اسے ہموار نہ کر سکا۔ میں نے نوری کو سے کہا کہ اسے ایک جانب سے پکڑیں اور بل کھول کر دوسری جانب سے کھولنا شروع کیا۔

ہم دونوں نے پوسٹر دیکھا۔ اس میں ایک فوجی آفیسر، جس کے عقب میں جاپان کا فوجی جھنڈا لہرا رہا تھا، تلوار تھامے کھڑا تھا۔ تصویر کا پس منظر گہرا سرخ تھا جو مجھے ان زخموں کا رنگ یاد دلاتے ہوئے ناگوار محسوس ہو رہا تھا جب میری ٹانگ زخمی ہوئی تھی۔ تصویر کی نچلی جانب ایک کونے میں چینی رسم الخط میں کچھ لکھا ہوا تھا، جس میں سے میں صرف 'جاپان' کا لفظ پہچان سکا۔ میں نے نوری کو سے سوال کیا، ''پوسٹر میں کیا لکھا ہے؟'' وہ اس کے ایک اور حصے کو دلچسپی سے دیکھ رہی تھیں۔ اس کے بجائے اس نے الجھے ہوئے لہجے میں عنوان پڑھا، ''بزدلی کی باتوں کا وقت نہیں۔ جاپان کو آگے بڑھنا ہوگا۔''

''یہ کیا ہے؟''

''تمھارے دادا کی بنائی ہوئی تصویر، بہت پرانی ہے۔''

''او جی نے؟''

مجھے مایوسی ہوئی، کیوں کہ مجھے پوسٹر پسند نہیں آیا۔ آغاز سے ان کے کام کے بارے میں میرا تصور کچھ اور رہا تھا۔

''ہاں، بہت پرانی، دیکھو، اس کونے میں ان کے دستخط ہیں۔''

تصویر کی نچلی جانب کچھ اور بھی لکھا ہوا تھا۔ نوری کو سر ہلا کر اسے پڑھنے لگی۔

''کیا لکھا ہے؟'' میں نے سوال کیا۔

وہ چہرے پر سنجیدگی لیے پڑھنے میں مصروف رہی۔

''اس پر کیا لکھا ہے، نوری کو؟''

اس نے پوسٹر کا اپنا سرا چھوڑ دیا جو لپٹ کر فوراً میرے ہاتھوں پر آ گیا۔ میں نے پھر سے اسے کھولنا چاہا، لیکن نوری کو کو اب اس میں کوئی دلچسپی نہیں تھی۔

''اس پر کیا لکھا ہے، نوری کو؟''

’’مجھے علم نہیں۔‘‘ اس نے کتابوں کی جانب مڑتے ہوئے کہا، "یہ بہت پرانا ہے۔ جنگ سے پہلے کا۔‘‘

میں نے سوال پر زیادہ زور نہیں دیا اور سوچا کہ باقی باتیں دادا سے پوچھ لوں گا۔

اس روز میں معمول کے مطابق سونے سے پہلے غسل خانے میں گیا اور دروازے کے باہر سے دادا کو آواز دی۔ کوئی جواب نہیں آیا، چنانچہ میں نے بلند آواز میں انھیں پکارا۔ پھر میں نے اپنا کان دروازے سے لگا کر سُن گُن لینے کی کوشش کی۔ اندر گہری خاموشی تھی۔ میرے ذہن میں خیال آیا کہ دادا کو میرے پوسٹر دیکھنے کا پتہ چل گیا ہے اور وہ مجھ سے ناراض ہیں۔ لیکن فوراً ہی خوف کی ایک لہر مجھ میں دوڑ گئی اور میں نے دروازہ کھسکا کر اندر جھانکا۔

غسل خانے میں بھاپ بھری ہوئی تھی۔ چند لمحے مجھے کچھ دکھائی نہ دیا۔ پھر مجھے دیوار والی جانب دادا دکھائی دیے۔ ان کے کندھے اور کہنیاں، جوان کے جسم کو پانی سے نکالنے کی کوشش میں جکڑی ہوئی تھیں۔ وہ نہانے کے بعد ٹب سے نکلنے کی کوشش کرتے دکھائی دیتے تھے۔ ان کا جھکا ہوا سر لگ بھگ ٹب کے کنارے کو چھو رہا تھا۔ وہ بالکل ساکن تھے۔ جیسے ان کا وجود تھم گیا ہو اور وہ باہر نہ نکل سکتے ہوں۔

میں ان کی جانب دوڑتے ہوئے چلایا، ’’او جی!‘‘

دادا نے کوئی حرکت نہ کی۔ میں نے آگے بڑھ کر انھیں چھوا، لیکن ڈر رہا تھا، کہ، کہیں ایسا نہ ہو کہ ان کے کندھے ڈھلک جائیں اور وہ پھر سے پانی میں گر جائیں۔

’’او جی! او جی!‘‘ میں زور سے چلایا۔

نوری کو دوڑتی ہوئی کمرے میں داخل ہوئی۔ پیچھے پیچھے دادی تھیں۔ ان میں سے ایک نے گھسیٹ کر مجھے ایک جانب کیا اور دونوں زور لگاتے ہوئے دادا کو نکالنے لگیں۔ جب بھی میں نے ان کی مدد کرنے کی کوشش کی، مجھے کہا گیا کہ پیچھے ہٹ جاؤں۔ انھوں نے بڑی مشکل سے دادا کو باہر نکالا، پھر مجھے حکم دیا گیا کہ کمرے سے باہر نکل جاؤں۔

میں اپنے کمرے میں چلا گیا، گھر میں زور زور سے بولنے کی آوازیں آ رہی تھیں۔ یہ سب آوازیں میرے لیے اجنبی تھیں۔ جب بھی میں باہر نکلنے کے لیے دروازہ کھولتا، کوئی مجھے سختی سے ڈانٹ کر واپس بستر میں جانے کا کہتا۔ میں دیر تک جاگتا رہا۔

☆

آنے والے دنوں میں مجھے دادا کے پاس جانے کی اجازت نہیں ملی اور وہ بھی اپنے کمرے سے باہر نہیں نکلے۔ ہر روز صبح کے وقت ایک نرس گھر آتی اور سارا دن وہیں رہتی۔ میرے سوالات کا ہمیشہ یہی جواب ملتا کہ دادا بیمار ہیں اور دوبارہ ٹھیک ہو جائیں گے۔ دوسروں کی مانند، کبھی کبھار ان کا بھی بیمار ہونا، غیر معمولی بات نہیں ہے۔

میں ہر روز، صبح اٹھنے کے بعد اس امید پر کہ دادا صحت یاب ہو کر پھر سے ورزش کر رہے ہوں گے، برآمدے میں چلا جاتا۔ جب وہ دکھائی نہ دیتے تو میں مایوس ہوئے بنا باغیچے میں بیٹھا رہتا۔ یہاں تک کہ نوری کو ناشتے کے لیے آواز دیتیں۔

پھر ایک دن، شام کے وقت مجھے بتایا گیا کہ میں اپنے دادا کے کمرے میں جا سکتا ہوں۔ مجھے متنبہ کیا گیا کہ ان سے میری ملاقات مختصر ہوگی۔ جب میں کمرے میں داخل ہوا، تو، نوری کو میرے ساتھ کچھ ایسے بیٹھیں، کہ، جوں ہی میں نے کوئی غلط حرکت کی، وہ مجھے باہر نکال دیں گی۔ کمرے میں ادویات کی بو رچی ہوئی تھی، ایک جانب نرس بیٹھی ہوئی تھی۔

دادا پہلو کے بل لیٹے ہوئے تھے۔ وہ مجھے دیکھ کر مسکرائے اور سر ہلایا، لیکن کچھ نہ بولے۔ مجھے یہ ملاقات کا ضابطہ محسوس ہوا، اور میں رک گیا۔ بالآخر میں نے کہا، ''او جی! آپ جلد صحت یاب ہو جائیں۔''

وہ ایک مرتبہ پھر مسکرائے، لیکن کچھ نہ بولے۔

''کل میں نے میپل کے پودے کا اسکیچ بنایا ہے۔'' میں بولا، ''اسے آپ کے لیے لایا ہوں۔ میں اسے یہاں چھوڑ جاؤں گا۔''

''مجھے دکھاؤ!'' دادا دھیمی آواز میں بولے۔

میں نے اسکیچ نکالا۔ دادا نے اسے لیا اور پشت کے بل ہوئے۔ جب وہ کمر سیدھی کر رہے تھے، نوری کو بے چینی سے ہلی۔

''شاباش!'' وہ بولے، ''زبردست!''

نوری کو نے تیزی سے ہاتھ بڑھا کر وہ اسکیچ ان کے ہاتھ سے لے لیا۔

''اسے میرے پاس رہنے دو۔'' دادا بولے، ''میرا دل بہلا رہے گا۔''

نوری کو نے اسکیچ ان کے بستر کے پہلو میں پڑی چٹائی پر رکھ دی اور مجھے کمرے سے باہر لے گئی۔

کئی ہفتے ان سے ملنے کی اجازت ملے بغیر گزر گئے۔ میں اب بھی باغیچے میں ان سے ملنے کی امید میں صبح اٹھتا، لیکن وہ وہاں نہ ہوتے۔ میرے دن طویل اور کھوکھلے ہو گئے تھے۔

پھر ایک صبح جب میں معمول کے مطابق باغیچے میں تھا کہ برآمدے میں دادا نمودار ہوئے۔ وہ بیٹھ رہے تھے کہ میں دوڑ کر ان سے لپٹ گیا۔

''اچی رو! کیا کر رہے ہو؟''

جذبات کے اظہار پر شرمندہ ہوتے ہوئے میں نے خود کو سنبھالا اور ان کے نزدیک، اس انداز میں جسے میں باوقار سمجھتا تھا، بیٹھ گیا اور کہا، ''یوں ہی ناشتے سے پہلے ہوا خوری کرتے ہوئے باغیچے میں گھوم رہا تھا۔''

''اچھا!'' دادا کی نظریں باغیچے کا چکر لگا رہی تھیں، جیسے ہر پودے اور جھاڑی کا جائزہ لے رہی ہوں۔ میری نظروں نے ان کی نظروں کا تعاقب کیا۔ اس وقت باغیچے پر خزاں چھا چکی تھی۔ دیوار کے اوپر آسمان کا رنگ

سیاہی مائل تھا، زمین پر گرے ہوئے پتے پھیلے تھے۔

''اچی رو! یہ بتاؤ۔'' وہ اب بھی باغیچے کو دیکھ رہے تھے۔ ''تم بڑے ہو کر کیا بنو گے؟''

میں نے ایک لمحہ سوچا، پھر جواب دیا، ''پولیس کا سپاہی۔''

''پولیس کا سپاہی!'' دادا نے اپنا رخ میری جانب کیا۔ ''یہ مردوں کے کرنے کا کام ہے۔''

''اگر مجھے کامیاب ہونا ہے تو مجھے سخت محنت کرنی ہوگی۔''

''محنت؟ پولیس کا سپاہی بننے کے لیے تم کیا کوشش کرو گے؟''

''جوڈو کی محنت۔۔۔ کچھ دنوں سے میں ناشتے سے پہلے جوڈو کی پریکٹس کرتا ہوں۔''

میرے دادا کی نظریں باغیچے کی جانب مڑیں۔ ''واقعی!'' وہ بولے، ''اصلی مردوں والا کام۔''

چند لمحے میں اپنے دادا کی جانب دیکھتا رہا۔ ''او جی!'' میں نے سوال کیا۔ ''جب آپ میرے جتنے تھے تو آپ کیا بننا چاہتے تھے؟''

''جب میں تمھارے جتنا تھا؟'' چند لمحے وہ باغیچے کو تکتے رہے، پھر بولے، ''میرا خیال ہے، میں ایک مصور بننا چاہتا تھا۔ مجھے یاد نہیں کہ میں نے کبھی کچھ اور بننے کا سوچا ہو۔''

''میں بھی مصور بننا چاہتا ہوں۔''

''واقعی؟ تم تو اس وقت بھی بہت اچھے مصور ہو۔ اچی رو! تمھاری عمر میں، میں اتنا اچھا نہیں تھا۔''

''او جی! دیکھیں۔''

''تم کہاں جا رہے ہو؟'' انھوں نے مجھے آواز دی۔

''دیکھیں، او جی! دیکھیں!''

میں دوڑتا ہوا باغیچے کی عقبی جانب گیا اور دادا کے درخت کے سامنے کھڑا ہو گیا۔

''ہا!'' میں نے تنے کو اپنے بازوؤں میں لپیٹا اور اپنی پشت اس کی طرف کی۔ ''ہا، ہا''

میں نے نظریں اٹھائیں، میرے دادا ہنس رہے تھے۔ انھوں نے دونوں ہاتھ اٹھا کر تالی بجائی، میں بھی ہنسا اور خوشی سے سرشار ہو گیا۔ مجھے میرے دادا واپس مل گئے تھے۔ میں ایک مرتبہ پھر درخت کی جانب مڑا اور اسے للکارا۔

''ہا! ہا!''

برآمدے سے دادا کے ہنسنے اور تالیاں بجانے کی آوازیں آ رہی تھیں۔

بانسوں کے جھنڈ میں

ریونسو کی اکاتا گاوا (جاپان)

ترجمہ: عاصم بخشی

ریونسو کی اکوتا گاوا، Ryunosuke Akutagawa (۱۸۹۲ء تا ۱۹۲۷ء) بیسویں صدی کے اوائل کے ان معدودے چند کہانی کاروں میں سے ہے جنھوں نے معاصر اور کلاسیکی مغربی ادب کا مطالعہ کیا اور جاپانی ادب میں نادر ترین تجربات کیے۔ ان کی کہانیوں میں جاپانی دیومالا، طنزیہ پیرائے اور جدید ثقافتی رجحانات کا ملا جلا رجحان ہے جس کی وجہ سے کئی کہانیاں ایک نیم طلسماتی سی فضا لیے ہوئے ہیں۔ اکوتا گاوا نے اپنی مختصر سی زندگی میں تقریباً ڈیڑھ سو سے زیادہ چھوٹی بڑی کہانیاں لکھیں جن میں زیادہ تر جاپانی ادب میں جدید سنگ میل کی حیثیت رکھتی ہیں۔ ان کی کہانیوں میں ان کی اپنی زندگی کی نیم خوابی حیثیت اور دیوانگی بہت آسانی سے نظر آتی ہے۔ اکوتا گاوا نے سینتیس سال کی عمر میں خودکشی کر لی کیوں کہ ان کا خیال تھا کہ ان کی ماں کا پاگل پن ان کو بھی جینیاتی طور پر منتقل ہوا ہے اور اسے مکمل طور پر دیوانہ کر کے ہی چھوڑے گا۔ ہم یہاں اکوتا گاوا کی سب سے مشہور کہانی Into the Bamboo Grove کا ترجمہ پیش کر رہے ہیں جس کی اسکرپٹ کو مشہور ہدایت کار اکیرا کوروساوا نے اپنی فلم Rashomon (۱۹۵۰ء) کے لیے استعمال کیا۔

عاصم بخشی راولپنڈی (پاکستان) میں مقیم ہیں۔ آپ کا شمار نئی نسل کے شعرا میں ہوتا ہے لیکن آپ نے بطور ترجمہ نگار اپنی ایک علیحدہ پہچان بنائی ہے جو لائق ستائش ہے۔

لکڑہارے کا عدالتی بیان

یہ سچ ہے جناب عالی! یہ لاش مجھے ہی ملی تھی۔ میں روز کی طرح آج بھی اپنی جھونپڑی کے پچھواڑے میں صنوبر کے درختوں سے لکڑی لانے گیا تھا۔ وہ لاش پہاڑی کی دوسری طرف بانسوں کے جھنڈ میں پڑی تھی۔ اس کا صحیح صحیح مقام؟ بس یاماشینا چوکی کی سڑک سے یہی کچھ سو گز دور ہوگی۔ ایک بیابان جگہ جہاں بانس کے ساتھ کچھ پستہ قد صنوبر بھی اُگ آئے ہیں۔

زرد مائل نیلی عبا میں ملبوس وہ آدمی کمر کے بل پڑا تھا، آستینیں چڑھی ہوئی تھیں اور سر پر کیوٹو طرز کی واضح چُنٹ والا سیاہ ہیٹ اب تک موجود تھا۔ گھاؤ کا ایک ہی نشان تھا لیکن ٹھیک سینے کے بیچ، جسم کے ارد گرد موجود بانس کے پتے سیاہی مائل سرخ خون سے تر تھے۔ نہیں نہیں، خون رک چکا تھا۔ زخم خشک معلوم ہوتا تھا، مجھے یاد ہے کہ ایک گھڑمکھی وہاں اس سختی سے چپکی تھی کہ اسے میرے قدموں کی آواز کا بھی پتہ نہ چلا۔

کیا میں نے کوئی تلوار وغیرہ دیکھی؟ نہیں جناب، ایسا تو کچھ نہیں۔ بس لاش کے ساتھ موجود صنوبر کے قریب ایک رسی کا ٹکڑا پڑا تھا۔ ارے ہاں، یاد آیا، وہاں ایک کنگھی بھی تو گری پڑی تھی۔ بس رسی کا ٹکڑا اور کنگھی۔ لیکن زمین پر موجود بانس کے پتے اور جھاڑیاں اچھے خاصے کچلے ہوئے نظر آتے تھے۔ اس نے ان کے ہاتھوں قتل ہونے سے پہلے ضرور زبردست لڑائی کی ہوگی۔ یہ کیسے ممکن ہے جناب، کوئی گھوڑا؟ نہیں، گھوڑا کبھی اس جگہ تک نہیں پہنچ سکتا۔ سڑک اور اس جگہ کے بیچ میں بانس ہی بانس ہیں۔

مسافر پادری کی گواہی

مجھے یقین ہے جناب کہ میری کل اس آدمی سے مڈبھیڑ ہوئی تھی۔ تقریباً نصف النہار کا وقت ہوگا۔ یاماشیما کے راستے پر موجود پہاڑی چوکی کے قریب۔ وہ گھوڑے کی پیٹھ پر موجود ایک عورت کے ساتھ چوکی کی جانب پیدل چلتا آ رہا تھا۔ عورت نے ایک اکڑا ہوا تنکوں کا ہیٹ پہن رکھا تھا جس کے کناروں سے ایک لمبا نقاب نیچے لٹک رہا تھا، میں اس کا چہرہ تو نہ دیکھ سکا لیکن عبا اب تک ذہن میں ہے۔ یاد پڑتا ہے کہ نیلی اور سبز دھاریوں والا ایک گہرا سرخ ملبوس تھا۔ گھوڑا سرمئی اور کہیں کہیں بھورے دھبوں والا تھا اور مجھے اچھی طرح یاد ہے کہ اس کی ایال تراشی ہوئی تھی۔ کیا وہ اصیل گھوڑا تھا؟ جواب میں یہی کہہ سکتا ہوں کہ عام گھوڑوں سے شاید کوئی ایک دو کمان دراز قد ہی ہو لیکن میں تو بہرحال ایک پادری ہوں۔ گھوڑوں کے بارے میں زیادہ نہیں جانتا۔ آدمی؟ جناب اس کے پاس ایک مناسب سی تلوار تھی اور تیر کمان سے لیس تھا۔ مجھے اب بھی اس کا سیاہ چمکدار ترکش یاد ہے؛ شاید درجن بھر تیر ہوں گے یا اس سے کچھ زیادہ۔ میں خواب میں بھی نہیں سوچ سکتا تھا کہ اس قسم کے کسی آدمی کے ساتھ یہ سب کچھ ہو سکتا ہے۔ آہ! انسان کی زندگی بھی کیا ہے، ایک قطرۂ شبنم، ایک بجلی کی کوند؟ بہت افسوس ہوا، بہت برا۔ خیر کیا کہہ سکتا ہوں۔

کوتوال کا عدالتی بیان

میں نے جسے گرفتار کیا، جناب؟ مجھے یقین ہے کہ وہ مشہور ڈاکو تاجومارو ہی ہے۔ جی یہ درست ہے کہ میرے قابو میں آتے ہی وہ گھوڑے سے گر پڑا تھا اور اواٹا گوچی والے پتھروں کے پُل پر لیٹ کر آہ وزاری کر رہا تھا۔ وقت جناب؟ یہ کل رات اول پہر کا وقت ہوگا۔ اسی گہری نیلی عبا میں تھا اور وہی لمبی تلوار تھام رکھی تھی جب پہلی بار میرے ہاتھ آتے آتے رہ گیا تھا۔ اب تو آپ جانتے ہی ہیں کہ تیر کمان بھی موجود تھے۔ اوہ، کیا ایسا ہی ہے جناب؟ مردہ شخص بھی ملا؟ بس پھر تو قضیہ نمٹ گیا؛ یقیناً یہ تاجومارو ہی قاتل ہے۔ ایک چرمی کمان، سیاہ روغن چڑھے سترہ عقابی پروں والے تیر، ظاہر ہے مقتول ہی کے ہوں گے۔ اور ہاں جناب، جیسا کہ آپ نے ذکر کیا، گھوڑا سرمئی اور بھورا ہے، اور ایال تراشی گئی ہے۔ جانور کون سا ایسا عاقل ہے، لیکن اس نے اس اچکے کو وہی انعام دیا جس کا یہ حقدار تھا، زمین پر اس طرح لا پٹخا۔ یہ بس پل سے ذرا ہی دور باگیں زمین پر گھسیٹتے ہوئے سڑک کے کنارے خودرو گھاس چر رہا تھا۔

کیوٹو کے اردگرد گھات لگائے تمام ڈاکوؤں میں اس تاجومارو کی شہرت عورت بازی کی ہے۔ پچھلی پت جھڑ میں توریبا مندر کے لوگوں کو بنزورو کے مجسمے کی عقبی پہاڑی پر پوجا کے لیے آئے ہوئے ایک عورت اور بچہ مردہ ملے۔ ہر زبان پر یہی بات تھی کہ ہو نہ ہو یہ تاجومارو کا کام ہے۔ اگر ثابت ہوگیا کہ وہی اس آدمی کا قاتل ہے تو کون کہہ سکتا ہے کہ اس نے گھوڑے پر سوار عورت کے ساتھ کیا کیا ہوگا۔ میں مخل نہیں ہو رہا جناب، لیکن میرا مشورہ یہی ہے کہ آپ اس بارے میں ضرور پوچھ گچھ کریں۔

کمرۂ عدالت میں بڑھیا کی گواہی

جی جناب والا، میری بیٹی اسی مردہ شخص سے بیاہی تھی۔ لیکن یہ دارالخلافہ کا نہیں بلکہ وکاسا کے صوبائی دفتر سے منسلک ایک ساموارئی تھا۔ نام نازاوا نوتاکی ہیرو، عمر چھبیس سال۔ نہیں جناب، یہ تو بہت بھلا مانس شخص تھا۔ یقین نہیں آتا کہ کوئی اس سے نفرت کی اس حد تک جا سکتا ہے کہ جان ہی لے ڈالے۔

میری بیٹی، جناب؟ اس کا نام ماساگو ہے، عمر انیس سال۔ وہ کسی بھی مرد جتنی دلیر ہے لیکن اس نے تاکی ہیرو کے علاوہ کسی مرد سے جان پہچان نہیں بڑھائی۔ اس کا رنگ ذرا گندمی ہے اور بائیں آنکھ کے کونے میں ایک تل ہے، لیکن چہرہ بالکل ننھا سا اور خوبصورت بیضوی نقش۔

تاکی ہیرو کل میری بیٹی کے ساتھ واکاسا ہی کے لیے نکلا تھا لیکن نہ جانے قسمت اسے اس موڑ پر کیسے لے آئی؟ میں اب اپنے داماد کے لیے تو کچھ نہیں کر سکتی لیکن میری بیٹی پر کیا بیتی؟ پریشانی سے دل ڈوبا جاتا ہے۔ آپ کو خدا کا واسطہ جناب، اسے تلاش کرنے کی کوشش کیجیے، چپہ چپہ چھان ماریے۔ میرے دن شاید پورے ہونے ہی والے ہیں لیکن اتنی شدت سے زندگی میں کسی چیز کی خواہش نہیں کی۔ اُف، میں اس ڈاکو سے کتنی شدید

نفرت کرتی ہوں، یہ! یہ تاجو مارو! نہ صرف میرا داماد بلکہ میری بیٹی بھی۔۔۔ (یہاں بڑھیا کا حوصلہ ٹوٹ گیا، گلا رندھ گیا اور مزید بولنے کی سکت نہ رہی۔)

تاجو مارو کا اعترافی بیان

یقیناً میں نے اس آدمی کو قتل کیا لیکن میں نے عورت کی جان نہیں لی۔ تو پھر اسے آسمان کھا گیا یا زمین؟ میں ہرگز تم سے زیادہ نہیں جانتا۔ اب ذرا ایک منٹ رک کر میری بات سنو۔ تم مجھ پر جتنا چاہے تشدد کرو لیکن میں تمھیں وہ سب کچھ کیسے بتا سکتا ہوں جو مجھے خود معلوم نہیں۔ اور اب جب میں تمھارے قابو میں ہوں، میں کچھ نہیں چھپاؤں گا۔ میں ہرگز کوئی بزدل نہیں۔

میں کل اس جوڑے سے ملا، سہ پہر کے ذرا بعد۔ اس پر نظر پڑتے ہی ہوا کے جھونکے نے نقاب کو الٹا دیا اور میں نے اس کی ایک جھلک دیکھ لی۔ بس ایک ذرا سی جھلک؛ شاید اسی لیے وہ مجھے اتنی خوبصورت لگی۔ عورت کیا تھی، بس ایک گیانی بدھستوا مورتی تھی۔ میں نے اسی لمحے فیصلہ کر لیا تھا کہ چاہے اس مرد کو قتل ہی کیوں نہ کرنا پڑ جائے، میں اس عورت کو حاصل کر کے رہوں گا۔

اوہ، تمھیں اب کیسے سمجھاؤں! کسی بندے کی جان لینا اب ایسی بھی بڑی بات نہیں جتنا تم سمجھ بیٹھے ہو۔ اگر تمھیں کسی کی عورت کو حاصل کرنا ہے تو مرد کو تو زندگی سے ہاتھ دھونا ہی ہوں گے۔ میں نے کسی کو مارنا ہو تو اپنی تلوار کا استعمال کرتا ہوں، لیکن تم جیسے لوگ تلواریں استعمال نہیں کرتے۔ تم شرفا تو اپنی طاقت، دولت اور کبھی کبھار صرف الفاظ ہی سے جان لے لیتے ہو۔ لوگوں کو یہی باور کراتے ہو کہ ان پر احسان کر رہے ہو۔ یہ سچ ہے کہ خون کا ایک قطرہ تک نہیں بہتا، انسان زندہ ہوتا ہے لیکن جیتے جی مر جاتا ہے۔ نہ جانے کس کا گناہ بڑا ہے میرا یا تمھارا۔ (لبوں پر ایک طنزیہ مسکراہٹ۔)

یقیناً، اگر تم مرد کو قتل کیے بغیر عورت کو حاصل کر سکو تو کیا ہی اچھا ہے۔ کل میں یہی امید لگائے بیٹھا تھا۔ یاماشینا چوکی والی سڑک پر تو یہ ناممکن ہوتا، اس لیے میں نے اسے بہلا پھسلا کر پہاڑیوں کی طرف لانے کی ایک تدبیر کی۔

سب کچھ کافی آسان ثابت ہوا۔ میں نے انھیں سڑک پر جا لیا اور ایک کہانی بنا ڈالی۔ یہی کہا کہ مجھے پہاڑیوں میں ایک پرانا مدفن ملا ہے جو تلواروں، آئینوں اور دوسری اشیا سے بھرا ہوا ہے۔ میں نے دوسروں سے چھپانے کی خاطر پہاڑ کی دوسری جانب بانسوں کے جھنڈ میں یہ سب کچھ دبا دیا ہے اور مناسب خریدار ہی کو سستے داموں فروخت کروں گا۔ وہ بہت جلد میرے دام میں پھنس گیا اور دلچسپی ظاہر کرنے لگا۔ کتنی خوف ناک ہے یہ حقیقت کہ لالچ انسان کے ساتھ کیا کر سکتا ہے؟ میں ایک گھنٹے سے بھی کم وقت میں ان دونوں کو گھوڑے سمیت پہاڑی راستے پر لے جا رہا تھا۔

جھنڈ میں پہنچے تو میں نے انھیں بتایا کہ خزانہ یہیں دبا ہوا ہے اور وہ اندر آ کر میرے ساتھ اسے دیکھ

سکتے ہیں۔ مرد تو اس وقت تک لالچ کے ہاتھوں اتنا اندھا ہو چکا تھا کہ انکار نہ کر سکا لیکن عورت نے یہی کہا کہ وہ باہر گھوڑے کی پیٹھ پر انتظار کرے گی۔ میرا یہی خیال تھا؛ جنگل بہت گھنا تھا۔ وہ میرے دام میں پھنس چکے تھے۔ ہم عورت کو اکیلا چھوڑ کر جھنڈ میں داخل ہو گئے۔

شروع میں تو بانس ہی بانس تھے۔ کوئی پچاس گز اندر صنوبر کا ایک کھلا جھنڈ تھا؛ میری اسکیم کو عملی جامہ پہنانے کے لیے بالکل مناسب جگہ۔ میں یہ کہتے ہوئے جھنڈ کے اندر داخل ہوتا چلا گیا کہ خزانہ یہیں کسی درخت کے نیچے دفن ہے۔ یہ سنتے ہی مرد تیزی سے سامنے موجود کچھ سوکھے ہوئے صنوبروں کی طرف بڑھا۔ یہاں بانس تقریباً ختم ہو چکے تھے اور درختوں کی ایک قطار تھی۔ وہاں پہنچتے ہی میں نے اسے دبوچ کر نیچے گرا دیا۔ میں دیکھ سکتا تھا کہ وہ ایک مضبوط آدمی ہے اور تلوار تھامے ہے، لیکن وہ حیران پریشان رہ گیا اور کچھ نہ کر سکا۔ میں نے اسے فوراً ایک درخت کے تنے سے باندھ دیا۔ مجھے رسی کہاں سے ملی؟ بھئی آخر میں ایک چور ہوں! مجھے کسی وقت بھی کوئی دیوار عبور کرنے کی ضرورت پیش آ سکتی ہے — لہٰذا رسی کا ایک ٹکڑا ہمیشہ میرے کمر بند میں موجود ہوتا ہے۔ خاموش رکھنے کے لیے میں نے اس کا منہ بانس کے پتوں سے بھر دیا۔ بس اتنا سا کام تھا۔

مرد سے فارغ ہوتے ہی میں واپس عورت کے پاس پہنچا اور اسے بتایا کہ اس کا شوہر اچانک بیمار ہو گیا ہے اور اسے فوراً اس کے پاس پہنچنا چاہیے۔ ظاہر ہے کہ یہ ایک اور تیر بہدف تھا۔ اس نے اپنا ہیٹ اتارا اور میرا ہاتھ تھامے جھنڈ میں داخل ہونے لگی لیکن جیسے ہی اس نے مرد کو درخت سے بندھے دیکھا، اپنے سینے سے فوراً ایک خنجر نکال لیا۔ میں نے کسی عورت میں اتنی آگ بھری ہوئی نہیں دیکھی۔ اگر میں چوکنا نہ ہوتا تو چاقو میری آنتوں کے آر پار ہو چکا ہوتا۔ اور وہ جس طرح وار کر رہی تھی، میرے بچاؤ کے باوجود مجھے کوئی نہ کوئی زخم تو لگ ہی گیا ہوتا۔ لیکن میں بھی تاجو مارو ہوں۔ کسی نہ کسی طرح میں نے اپنی تلوار نکالے بغیر اس کے ہاتھ سے خنجر چھین لیا۔ کوئی عورت جتنی بھی لڑاکا کیوں نہ ہو، ہتھیار کے بغیر ناکارہ ہے۔ قصہ مختصر، میں اس کے بندے کی جان لیے بغیر عورت کو اپنا بنانے میں کامیاب ہو گیا۔

ہاں ہاں، میں یہی کہہ رہا ہوں جو تم نے سنا: اس کے شوہر کی جان لیے بغیر۔ اتنے سب کچھ کے بعد اب میرا اس کی جان بھی لے لینے کا کوئی منصوبہ نہیں تھا۔ عورت زمین پر پڑی آنسو بہا رہی تھی اور میں اسے وہیں چھوڑ کر جھنڈ سے نکل بھاگنے والا تھا کہ اچانک اس نے عالم دیوانگی میں میرا بازو کھینچ لیا۔ اب میں نے سنا کہ وہ سسکیوں کے بیچ میں چیخ چیخ کر کچھ کہہ رہی تھی۔ اس کی سانسیں اُکھڑی اُکھڑی تھیں؛ ''یا تو تم جان سے جاؤ گے یا میرا شوہر۔ تم میں سے ایک کا مرنا ضروری ہے۔ یہ موت سے بھی بدتر ہے کہ دو مرد مجھے بے حیا دیکھیں۔ تم ہو یا وہ، میں اسی کے ساتھ رہوں گی جو زندہ بچے۔'' یہ سنتے ہی میرے اندر اس کے شوہر کو قتل کرنے کی وحشت ناک خواہش انگڑائیاں لینے لگی۔ (پُر جوش کیفیت)۔

شاید تم سوچتے ہو گے کہ میں تم سے ظالم ہوں لیکن تم نے اس کے چہرے کے وہ تاثرات نہیں دیکھے، خاص طور پر جس طرح اس کی آنکھیں حدت اُگل رہی تھیں۔ اس کی نظروں کا مجھ سے ملنا تھا کہ میں اسے بیوی کے

طور پر اپنانے کا فیصلہ کر چکا تھا۔ چاہے آسمانی بجلی کا دیوتا میری جان ہی کیوں سلب نہ کرلے، میں اسے اپنی بیوی بنا کر رہوں گا، بس میرے ذہن میں یہی خیالات تھے اور صرف ہوس کے مارے نہیں۔ میں جانتا ہوں تم لوگ کیا سوچ رہے ہو۔ اگر صرف ہوس ہی ہوتی تو وہ تو میں پہلے ہی پوری کر چکا تھا۔ بس اسے ایک لات رسید کرتا اور اپنا رستہ ناپتا اور وہ بندھا ہوا آدمی بھلا کیوں اپنے خون سے میری تلوار داغ دار کرتا! لیکن وہاں اس اندھیرے جھنڈ میں اس لمحے جب میری نظریں اس کی نظروں سے ملیں، میں جانتا تھا کہ میں اس کے مرد کو قتل کیے بغیر یہاں سے نہ نکل سکوں گا۔

لیکن پھر بھی میں اس پر بزدلانہ وار نہ کرنا چاہتا تھا۔ میں نے اسے کھول دیا اور تلوار کے مقابلے کا چیلنج دیا۔ (وہ رسی کا ٹکڑا جو انھیں ملا میں نے اسی وقت وہاں پھینکا تھا۔) اپنی لمبی تلوار نکالتے وقت وہ بہت غصے میں تھا، اور کچھ کہے بغیر مجھ پر چڑھ دوڑا۔ مجھے تمھیں لڑائی کا انجام بتانے کی ضرورت نہیں۔ میری تلوار ۲۳ ویں وار پر اس کا سینہ چیرتی ہوئی نکل گئی۔ ۲۳ ویں سے پہلے نہیں، میں چاہتا ہوں تم یہ بات ذہن میں رکھو۔ میں اب بھی اس کا معترف ہوں۔ وہ واحد انسان ہے جو ۲۳ ویں وار تک مجھ سے لڑتا رہا۔ (ایک تفاخر آمیز مسکراہٹ۔)

اس کے گرتے ہی میں نے اپنی خون آلود تلوار نیچے کی اور عورت کی جانب مڑا۔ وہ غائب ہو چکی تھی! میں نے صنوبر کے درختوں کے درمیان اسے تلاش کیا لیکن زمین پر پڑے بانسوں کے پتوں سے یہی لگتا تھا کہ وہ کبھی یہاں نہیں آئی۔ اس کی آواز سننے کے لیے کان لگائے لیکن وہاں تو بس اس آدمی کی موت کی ہچکیاں ہی سنی جا سکتیں تھیں۔

شاید وہ تلواروں کی لڑائی شروع ہوتے ہی زیریں حصے کی جانب مدد کی خاطر بھاگی ہو۔ اس خیال نے میرے اندر خطرے کا احساس جگا دیا۔ میں نے اس آدمی کی تلوار اور تیر کمان اٹھائے اور سیدھا پہاڑی راستے کا قصد کیا۔ عورت کا گھوڑا اب بھی وہیں کھڑا گھاس چر رہا تھا۔ اس کے بعد کے مزید واقعات بس وقت کا ضیاع ہی ہیں۔ خیر اتنا کہے دیتا ہوں کہ کیوٹو آنے سے پہلے میں اس کی تلوار سے جان چھڑا چکا تھا۔

تو یہ ہے میرا اعترافی بیان۔ میں ہمیشہ جانتا تھا کہ ایک دن میرا سر قید خانے کے باہر کسی درخت سے لٹا ہوگا تو بس میں اب اس حتمی سزا کا منتظر ہوں۔ (سرکشی کا مظاہرہ۔)

کیومیزو کے مندر میں عورت کا پشیمانہ اعتراف

جب نیلی عبا میں ملبوس آدمی میرے ساتھ اپنی ہوس پوری کر چکا، تو میرے شوہر کی طرف متوجہ ہوا اور اسے باندھ کر مذاق اڑانے لگا۔ میرے شوہر کی کتنی بے عزتی ہوئی ہوگی! وہ پیچ و تاب کھاتے ہوئے رسیوں میں کسمسا رہا تھا لیکن گرہیں اس کی کھال میں مزید دھنس رہی تھیں۔ میں لڑکھڑاتی ہوئی اس کی طرف بڑھی۔ نہیں، بلکہ میں نے اس کی جانب بڑھنے کی کوشش کی، لیکن اُس آدمی نے اچانک مجھے ایک لات رسید کی، اور اسی لمحے میں نے اپنے شوہر کی آنکھوں میں وہ ناقابل بیان چمک دیکھی۔ واقعی یہ ایک ناقابل بیان جذبہ تھا۔ اب بھی سوچ کر

رونگٹے کھڑے ہوجاتے ہیں۔ میرے شوہر کی زبان گنگ تھی، لیکن اس حالت میں بھی اس کی آنکھیں اس کے دل کا مدعا بیان کر رہی تھیں۔ میں نے جو چمک دیکھی، وہ نہ تو غصہ تھا اور نہ ہی غم۔ یہ تو ایک توہین آمیز سرد مہری تھی، میرے لیے حقارت کا احساس۔ مجھے یہ اس ڈاکو کی لات سے بھی زیادہ کرب انگیز لگی۔ بس ایک چیخ ماری اور وہیں گر گئی۔

ہوش آیا تو نیلے لباس والا جا چکا تھا۔ جھنڈ میں اب صرف میرا شوہر ہی تھا جو ابھی تک صنوبر کے درخت سے بندھا تھا۔ میں بمشکل بانس کے مردہ پتوں کے قالین سے اٹھ کر اپنے شوہر کی آنکھوں میں دیکھنے کے قابل ہوئی۔ اس کی نگاہیں بالکل ویسی ہی تھیں، وہی سرد مہری اور حقارت و نفرت کے جذبات۔ میں کیسے وہ جذبات بیان کروں جو اس وقت مجھے مغلوب کیے دے رہے تھے؟ شرم و حیا۔۔۔ غم۔۔۔ غصہ۔۔۔ بس میں ڈگمگاتے ہوئے اس کی جانب بڑھی۔

''اوہ، میرے سرتاج! اب جب کہ اتنا کچھ ہو چکا ہے، میں تمھارے ساتھ مزید نہیں رہ سکتی۔ میں ابھی اور اسی وقت مرنے کے لیے تیار ہوں۔ لیکن تم ہاں تمھیں بھی تو جان سے جانا ہوگا۔ تم نے میری بے حیائی کا مظاہرہ دیکھا۔ میں اب تمھیں اس منظر کی یادوں کے ساتھ اپنے پیچھے تو نہیں چھوڑ سکتی۔''

میں وہ سب کچھ کہنے کی کوشش کر رہی تھی جو میں کہنا چاہتی تھی، لیکن میرا شوہر بس مجھے اسی حقارت سے دیکھے چلا جا رہا تھا۔ یوں لگا جیسے کسی بھی لمحے میرا سینہ شق ہو جائے گا، لیکن اپنے جذبات پر قابو پاتے ہوئے میں نے بانسوں کی جھنڈ میں اس کی تلوار کی تلاش شروع کی۔ یقیناً ڈاکو اپنے ساتھ لے گیا تھا کیوں کہ اس کا نام و نشان نہ تھا، اور میرے شوہر کے تیر کمان بھی غائب تھے۔ لیکن پھر مجھے خوش قسمتی سے پیروں میں گرا خنجر مل گیا۔ میں نے وہ اپنے شوہر کی نگاہوں کے سامنے لہرایا اور ایک بار پھر اس سے گویا ہوئی۔

''یہ اب اختتام ہے۔ سوا تنے اخلاق کا مظاہرہ تو کرو کہ مجھے اپنی جان لینے دو۔ میں بس تمھارے پیچھے پیچھے پہنچ رہی ہوں۔''

یہ سنتے ہی آخر کار میرے شوہر کے ہونٹ ہلنے لگے۔ ظاہر ہے کہ اس کا منہ تو بانس کے پتوں سے بھرا ہوا تھا اور کوئی آواز نہ نکلتی تھی، لیکن میں فوراً سمجھ گئی کہ وہ کیا کہہ رہا ہے۔ اس نے ایک کامل حقارت سے بس اتنا ہی کہا کہ ''کر گزرو۔'' خواب اور حقیقت کی ملی جلی کیفیت میں میرا چاقو اس کی زردی مائل نیلی عبا سے ہوتا ہوا سینے کے آر پار تھا۔

پھر میں دوبارہ بے ہوش ہو گئی۔ آخر کار آنکھ کھلی تو میرا شوہر جو اب تک درخت سے بندھا تھا اپنی آخری سانسیں لے چکا تھا۔ بانس اور صنوبر سے چھن کر ایک روشنی کی شعاع اس کے خاکستری چہرے پر چمک رہی تھی۔ اپنے آنسو نگلتے ہوئے میں نے گرہیں کھولیں اور رسی کو ایک طرف پھینک دیا۔ اور پھر پھر اس کے بعد مجھے کیا ہوا؟ مجھے میں مزید سنانے کی طاقت نہیں۔ یہ تو ظاہر ہے کہ میں خودکشی میں ناکام ہو گئی۔ اپنے حلق پر وار کرنا چاہا۔ پہاڑ کے دامن میں موجود ایک تالاب میں ڈوبنے کی نیت سے چھلانگ لگائی۔ کہیں کامیابی نہ ہوئی۔ میں اب بھی یہیں ہوں، اور خودکشی کی نااہلیت پر مجھے کوئی فخر نہیں۔ (ایک اُداس مسکراہٹ۔) شاید ہمدردی کا بدھستوا کانزیون

بھی مجھے کمزور سمجھ کر نظریں پھیر چکا ہے۔ لیکن اب! اب جب کہ میں اپنے شوہر کا قتل کر چکی ہوں اور ایک ڈاکو کے ہاتھوں اپنی عزت لٹا بیٹھی ہوں، تو مجھے کیا کرنا چاہیے؟ مجھے بتاؤ میں کیا۔۔۔(اچانک شدید سسکیاں۔)

ایک مؤکل کے وسیلے سے مردہ آدمی کی روح کی گواہی

جب وہ ڈاکو میری بیوی سے اپنی ہوس کی آگ بجھا چکا تو وہیں زمین پر بیٹھ کر اسے تسلیاں دینے لگا۔ میں کیا کہہ سکتا تھا اور ظاہر ہے کہ صنوبر کے درخت سے بندھا ہوا تھا۔ لیکن آنکھوں ہی آنکھوں سے اپنی بیوی کو یہ بتانے کی کوشش کرتا رہا کہ ''اس کی کسی بات کا یقین نہ کرو۔ یہ کچھ بھی کہے جھوٹ ہی ہوگا۔'' میں نے اسے اپنی بات سمجھانے کی بہت کوشش کی لیکن وہ وہیں بانس کے پتوں میں سمٹی سکڑی اپنے گھٹنوں کو گھورے چلی جارہی تھی۔ اور سچ کہوں تو مجھے واضح طور پر محسوس ہو رہا تھا کہ وہ اس کی بات سن رہی ہے۔ میں رقابت کی آگ میں جل رہا تھا لیکن ڈاکو ایک کے بعد ایک جال بچھا رہا تھا۔ ''اب جب کے تم داغدار ہو چکی ہو، تم اور تمھارا شوہر پہلے کی طرح زندگی نہیں گزار سکیں گے۔ اس سے علیحدگی اختیار کر لو— آؤ اور میری بیوی بن جاؤ! میں تمہاری محبت کی وحشت میں اپنے ہوش کھو بیٹھا تھا۔'' ڈاکو کی جرأت دیکھیے کہ اس سے کس لہجے میں کیا بات کر رہا تھا!

جب میری بیوی نے اس کی جانب سر اٹھایا تو وہ مکمل طور پر سحر میں گرفتار محسوس ہوتی تھی۔ میں نے اسے اس لمحے سے زیادہ خوبصورت کبھی نہ دیکھا تھا۔ تمھارے خیال میں میری خوبصورت بیوی نے میری موجودگی میں ڈاکو کو کیا کہا ہوگا— اپنے اس شوہر کی موجودگی میں جس کے ہاتھ پیر بندھے ہوئے تھے؟ میری روح شاید اب ایک جہان سے دوسرے میں بھٹک رہی ہے، لیکن جب بھی مجھے اس کا جواب یاد آتا ہے تو میرے اندر ایک غیظ و غضب کی آگ بھڑکتی ہے۔ ''ٹھیک ہے،'' اس نے کہا، ''تم جہاں چاہتے ہو مجھے لے جاؤ۔'' (طویل خاموشی۔)

لیکن یہ اس کا واحد جرم نہیں جو اس نے میرے خلاف کیا۔ اگر بات یہیں تک رہتی تو میں اب تک ان اندھیروں میں نہ بھٹک رہا ہوتا۔ اس کا ہاتھ تھامے وہ جیسے کسی خواب میں بانسوں کے جھنڈ سے نکل رہی تھی، جب اچانک اس کے چہرے کا رنگ اُڑ گیا اور وہ میری طرف اشارہ کرکے چلّائی۔ ''اسے مار ڈالو! جب تک یہ زندہ ہے میں تمھاری نہیں ہو سکتی!'' وہ دیوانگی کے عالم میں چیخ چیخ کر بار بار ایک ہی بات کیے چلے جارہی تھی، ''اسے مار ڈالو!''

اب بھی اس کے الفاظ کسی طوفانی جھکڑ کی طرح مجھے اتھاہ گہرائیوں کی جانب دھکیل رہے ہیں۔ کیا کسی انسان کے منھ سے اس سے زیادہ نفرت آمیز الفاظ ادا ہوئے ہیں؟ کیا کسی انسان کے کانوں تک ایسے لعین الفاظ کی رسائی ہوئی ہے؟ کیا کبھی— (ایک دیوانہ وار طنزیہ قہقہہ۔) یہاں تک کہ ڈاکو کا چہرہ بھی یہ سن کر زرد پڑ گیا۔ وہ اس کے بازو سے چمٹے ہوئے ایک بار پھر چلّائی، ''اسے مار ڈالو!'' ڈاکو نے اس کی جانب گھور کر دیکھا، وہ نہ تو یہ کہہ رہا تھا کہ مجھے مار ڈالے گا اور نہ ہی انکار کر رہا تھا۔ اگلے ہی لمحے اس نے میری بیوی کو ایک لات رسید کی اور وہ اچھل کر بانس کے پتوں پر جا گری۔ (طنزیہ قہقہوں کی ایک اور بوچھاڑ) ڈاکو خاموشی سے میری طرف مڑا۔

''تم کیا چاہتے ہو کہ میں اس کے ساتھ کیا کروں؟'' اس نے پوچھا۔ ''اسے مار ڈالوں یا جانے دوں؟ صرف سر ہلا کر ہی جواب دے دو۔ مار دوں؟'' اگر اور کچھ نہ بھی ہو تو میں اس بات کے لیے ڈاکو کے گناہ معاف کرنے کے لیے تیار ہوں۔ (ایک اور طویل سکوت۔)

ابھی میں جواب دیتے ہوئے ہچکچا ہی رہا تھا کہ میری بیوی نے ایک چیخ ماری اور بانس کے گھنے جنگل میں گھس گئی۔ وہ سرعت سے اس کی جانب لپکا لیکن گمان یہی ہے کہ وہ اس کی آستین تک پر ہاتھ نہ ڈال سکا۔ یہ سب کچھ بس پلک جھپکنے میں ہی ہو گیا۔

میری بیوی کے فرار ہوتے ہی ڈاکو نے میری تلوار اور ترکش اٹھایا اور رسیوں کو ایک جگہ سے کاٹ دیا۔ ''اب بھاگنے کی باری میری ہے،'' میں نے اسے بڑبڑاتے سنا جب وہ جنگل میں غائب ہو رہا تھا۔ سارے میں ہُو کا عالم تھا۔ نہیں— شاید کسی کے رونے کی آواز آ رہی تھی۔ میں آواز پر کان لگائے خود کو کھولنے کی کوشش کر رہا تھا کہ مجھے پتہ چل گیا کہ وہ کون تھا— مجھے معلوم ہوا کہ وہ میری ہی آواز تھی۔ (ایک اور طویل سکوت۔)

آخر کار میں تھکا ہارا درخت کے نیچے سے اٹھ کھڑا ہوا۔ میرے سامنے وہ خنجر گرا پڑا تھا جو میری بیوی نے پھینکا تھا۔ میں نے وہ اٹھایا اور اپنے سینے میں گھونپ لیا۔ خون کا ایک فوارہ اُبل کر میرے منہ پر آن پڑا، لیکن رتی برابر درد محسوس نہ ہوا۔ سینہ سرد پڑتا گیا اور ہر طرف سکوت چھا گیا۔ کیا کامل سکوت تھا! پہاڑ کے نادیدہ کنارے سے ایک پرندہ بھی نہیں اُبھرا جو جھنڈ کے اوپر موجود آسمان پر گیت بکھیرتا۔ سورج کی تنہا چمک صنوبر اور بانس کی بلند شاخوں میں لڑکھڑاتی پھر رہی تھی لیکن بتدریج سورج کی چمک دھندلانے لگی اور ساتھ ہی صنوبر اور بانس بھی منظر سے غائب ہونے لگے۔ میں گہرے سکوت میں لپٹا وہاں پڑا تھا۔

پھر قدموں کی مدھم آواز سنائی دینے لگی۔ میں نے دیکھنے کی کوشش کی لیکن چاروں طرف سے اندھیرا مجھے گھیرے میں لے رہا تھا۔ پھر کسی نادیدہ ہاتھ نے آہستگی سے خنجر میرے سینے سے باہر کھینچ لیا۔ ایک بار پھر میرا منہ خون سے بھر گیا لیکن پھر میں زندگیوں کے درمیان موجود اندھیروں میں ڈوبتا ہی چلا گیا۔

اور دیکھنا اس پیکر کمال کو، چیت کی ایک سہانی صبح

ہاروکی موراکامی (جاپان)

ترجمہ: حسنین جمال

ہاروکی موراکامی (Haruki Murakami) ۱۲ جنوری ۱۹۴۹ کو جاپان میں پیدا ہوئے۔ جاپانی ادیبوں میں شاید ہی کسی کے حصے میں وہ شہرت آئی جو ہاروکی موراکامی کو نصیب ہوئی جن کی کتاب شائع ہوتے ہی بیسٹ سیلرز میں شامل ہو جاتی ہے۔ ان کی کہانیوں کے تراجم دنیا کی پچاس زبانوں میں ہو چکے ہیں۔ زیرِ نظر کہانی 'On Seeing the 100% Perfect Girl One Beautiful April Morning' کا اردو ترجمہ پیشِ خدمت ہے۔

مترجم حسنین جمال بنیادی طور پر ایک کالم نگار ہیں لیکن نرے کالم نگار ہرگز نہیں ہیں۔ ان کی زبان، اسلوب اور موضوعات عام کالم نگاروں سے کافی مختلف ہوتے ہیں۔ ان کے کالموں کا ایک مختصر انتخاب ہم 'اثبات: ۱۷' میں شائع کر چکے ہیں۔

اپریل کی ایک خوب صورت صبح ٹوکیو کے سب سے فیشن ایبل علاقے ہاروجوکو سے گزرتے ہوئے میں نے وہ لڑکی دیکھی جو سو فی صد میرے خوابوں کے جیسی تھی۔

سچ کہوں تو وہ اتنی حسین دکھنے والی نہیں ہے۔ وہ کسی بھی طرح دوسروں سے الگ نہیں دِکھتی۔ اس کے کپڑے بھی کچھ ایسے خاص نہیں ہیں۔ سر کی پچھلی طرف اس کے بال ایسے مڑے ہوئے ہیں جیسے ابھی سو کر اٹھی ہو۔ وہ اتنی کم عمر بھی نہیں ہے۔ کم از کم تیس کے قریب ضرور ہوگی۔ تو کُل ملا کر کچھ ایسی خاص لڑکی بھی نہیں ہے۔ لیکن میں، پچاس گز دور سے دیکھ کر ہی یہ کہہ سکتا ہوں کہ یہ وہ لڑکی ہے جو سو فی صد میرے لیے ہی بنی ہے۔ جب میں نے اسے دیکھا تو میرے سینے سے ایک لمبی سانس نکلی اور میرا منہ خشک تھا۔

کسی لڑکی کی خوب صورتی کے لیے ہوسکتا ہے آپ کا معیار کچھ اور ہو۔ جیسے، اس کے پاؤں نازک ہونے چاہئیں، یا، کہہ لیجیے کہ اس کی آنکھیں بڑی ہوں، یا پتلی انگلیاں اور یا آپ بغیر کسی خاص وجہ کے، صرف ایسی لڑکیوں میں کشش محسوس کرتے ہوں جو ہر کھانے کے ساتھ مکمل انصاف کرتی ہیں۔ اچھا، اب ظاہر ہے میری کچھ اپنی ترجیحات ہیں۔ کبھی کبھی ایسا بھی ہوگا کہ میں صرف ایک خوب صورت ناک کے چکر میں سالم لڑکی کو گھورتا ہوا پایا جاؤں گا۔

لیکن اب یہ کون کہہ سکتا ہے کہ کسی شخص کے معیار کے سوفی صد مطابق پائی جانے والی لڑکی اس سے بالکل ویسے ہی بات چیت کرے جیسے وہ پہلے سے طے کیے بیٹھا ہے۔ کیوں کہ عموماً میری توجہ ہر طرح کی ناک کی بناوٹ پر ہی ہوتی ہے اس لیے میں صحیح طور سے جسمانی نشیب وفراز پر کچھ روشنی نہیں ڈال سکتا۔ اس کا جسم تھا بھی یا نہیں۔ ہاں، جہاں تک یاد پڑتا ہے وہ کچھ خاص خوب صورت نہیں تھی۔

''کل سرراہ میں نے ایک ایسی لڑکی دیکھی جو سوفی صد میرے خوابوں کے جیسی تھی۔'' میں نے کسی سے کہا۔

''ہیں،'' وہ بولا، ''کیا وہ خوب صورت تھی؟''

''نہیں، اب ایسا بھی نہیں۔''

''تو پھر تمھاری کچھ خاص پسند کا معاملہ تھا؟''

''میں کچھ کہہ نہیں سکتا، بس یوں لگتا ہے جیسے مجھے اس کے بارے میں کچھ بھی یاد نہ ہو۔ جیسے اس کی آنکھیں کیسی تھیں، یا اس کے حسین جسمانی اُبھار کیا تھے۔''

''حد ہے!''

''ہاں، ہے تو عجیب ہی۔''

اب وہ بوریت سے کہنے لگا، ''چلو پھر بھی، تم نے کیا کیا؟ بات کی؟ اس کے پیچھے گئے؟''

''نہیں، بس گلی میں یوں ہی اس کے پاس سے گزرا تھا۔''

وہ مغرب کی سمت جا رہی ہے اور میں اس سمت سے آ رہا ہوں۔ اپریل کی یہ صبح واقعی حسین ہے۔

کاش میں اس سے بات کر سکتا۔ آدھ گھنٹہ ہی کافی ہوتا۔ کرنا ہی کیا تھا، کچھ اس کے بارے میں پوچھتا، کچھ اپنا بتاتا۔ بہت کہہ پاتا تو اسے یہ بتاتا کہ قسمت کی ستم ظریفی کیسے اپریل ۱۹۸۱ء کی ایک خوب صورت صبح ہارا جوکو میں ہمیں سرراہ ایسے پاس سے گزار دیتی ہے۔ اس معاملے میں یقیناً کئی راز چھپے تھے۔ عین وہی سکون اس واقعے سے پہلے تھا جیسا دنیا میں گھڑی کی ایجاد سے پہلے ہوتا ہوگا۔ یوں ہی سا معاملہ تھا یہ سب۔

بات کرنے کے بعد ہم کہیں کھانا کھا لیتے یا وڈی ایلن کی دل چسپ سی کوئی فلم دیکھ لیتے۔ یا راستے میں کسی ہوٹل کے بار سے کچھ پینے رک جاتے۔ اور پھر کیوپڈ کا ایسا مہربان تیر چلتا کہ یہ ملاقات بستر تک جا کر ختم ہوتی۔

یہ سب کچھ حقیقت میں بدلنے کا خیال میرے دل میں دھڑکنے لگا۔

اب ہمارے بیچ پندرہ گز کا فاصلہ رہ گیا تھا۔

میں اس کے پاس جاؤں، کہوں کیا؟

''صبح بخیر، کیا ایک مختصر سی بات چیت کے لیے آپ صرف آدھا گھنٹہ مجھے دے سکیں گی؟''

تف ہے، میں بالکل ایسا لگوں گا جیسے کوئی بیمہ پالیسی بیچنے والا ہو۔

''معاف کیجیے گا، یہاں آس پاس کوئی ایسی لانڈری ہے جو راتوں رات کپڑے دھو کر تیار کر دے؟''

نہیں بھئی، یہ بھی ویسا ہی احمقانہ خیال ہے، اور میرے پاس تو کوئی میلے کپڑے بھی نہیں۔ ویسے بھی کسی ملاقات میں پہلی بات ہی اس طرح کی، کون کرنا چاہے گا۔

شاید سیدھے سبھاؤ بات کرنا بہتر رہے گا۔ ''صبح بخیر، آپ سوفی صد میرے خوابوں میں پائی جانے والی لڑکی ہیں۔''

نہیں، وہ اس پر یقین ہی نہیں کرے گی۔ اور اگر کر بھی لیا تو بھی شاید وہ مجھ سے بات ہی نہ کرنا چاہے۔ وہ یہ بھی کہہ سکتی ہے کہ ٹھیک ہے، میں ہوں گی سوفی صد آئیڈیل لڑکی آپ کے لیے، مگر بصد معذرت، میرے آپ کے بارے میں ایسے کوئی خیالات نہیں ہیں۔

ایسا ہو بھی سکتا ہے۔

اور اگر ایسا ہو گیا تو میں وہیں بکھر کر رہ جاؤں گا۔ میں اس صدمے سے شاید کبھی باہر نہ آسکوں۔ اب میں بتیس برس کا ہو چلا ہوں، اور بس یہی سارا معاملہ ہے۔

ہم ایک پھولوں کی دکان کے سامنے سے گزرتے ہیں۔ تازہ ہوا کا ایک لطیف سا جھونکا مجھے محسوس ہوتا ہے۔ راستے کی گھٹن اچانک تازہ گلاب کی خوشبو آنے سے کچھ اور کم ہو جاتی ہے۔ میں اپنے آپ کو اس سے بات کرنے پر آمادہ نہیں کر پاتا۔ اس نے ایک سفید سوئیٹر پہن رکھا ہے اور اس کے داہنے ہاتھ میں ایک سفید براق خط کا لفافہ ہے، اس پر صرف ٹکٹ نہیں لگا ہوا ہے۔ تو گویا اس نے کسی کو خط لکھا ہے۔ اور ویسے اس کی آنکھوں کے خمار سے بھی یہی لگتا ہے جیسے ساری رات شاید یہی لکھنے میں بتا دی۔ اس لفافے میں شاید وہ تمام راز ہوں جو ابھی تک ان کہے ہیں۔

بے چینی سے میں وہیں منڈلاتا رہا اور ایک بار جو مڑا تو وہ ہجوم میں غائب ہو چکی تھی۔

اب ظاہر ہے مجھ پر بالکل واضح ہو گیا کہ دراصل میں اس سے کیا بات کرتا۔ وہ، ایک لمبی تقریر ہوتی۔ جی ہاں، وہ اتنی لمبی ہوتی کہ میں اسے ٹھیک سے ادا ہی نہ کر پاتا۔ اُف! مجھے جو بھی خیالات آتے ہیں وہ زیادہ قابل عمل نہیں ہوتے۔

اوہ، یاد آیا، ''ایک دفعہ کا ذکر ہے]] بات اس جملے سے شروع ہوتی اور ''کیا یہ واقعی ایک اداس کہانی نہیں؟'' اس پر ختم ہو جاتی۔

ایک دفعہ کا ذکر ہے، ایک لڑکا اور ایک لڑکی ہوتے تھے۔لڑکا اٹھارہ سال کا تھا اور لڑکی سولہویں سال میں تھی۔لڑکا بہت زیادہ خوب رو نہیں تھا، وہ لڑکی بھی اتنی دلکش نہیں تھی۔ وہ دونوں بالکل عام سے ایک لڑکا لڑکی تھے۔ جیسے کوئی بھی دوسرا ہو سکتا ہے۔مگر انھیں پورا یقین تھا کہ اس دنیا میں کہیں نہ کہیں ان کا ایک چاہنے والا موجود ہے جو سوفی صد ان کے خوابوں جیسا ہے۔ جی ہاں انھیں معجزوں پر یقین تھا۔اور وہ معجزہ واقعی میں ہو گیا۔

ایک دن وہ دونوں ایک گلی کے موڑ پر آمنے سامنے آ گئے۔

لڑکا بولا،"یہ بہت حیران کن بات ہے، میں تمام عمر تمھیں تلاش کرتا رہا ہوں، تم شاید اس بات پر یقین نہ کرو، مگر تم سوفی صد وہی لڑکی ہو جیسی میرے خوابوں میں موجود تھی۔"

"اور تم،" لڑکی اس سے کہنے لگی،"تم سوفی صد میرے خوابوں کے شہزادے ہو۔عین ویسے ہی، جیسے میں نے کبھی سوچا تھا۔ یہ سب کہیں خواب تو نہیں؟"

وہ دونوں قریب ہی موجود باغ میں ایک بینچ پر ایک دوسرے کا ہاتھ تھامے بیٹھ جاتے ہیں اور کئی گھنٹے ایک دوسرے کو اپنی کہانیاں سناتے رہتے ہیں۔ وہ اب اکیلے نہیں تھے۔انھیں اپنا خواب، اپنا سوفیصد مثالی ساتھی مل گیا تھا۔ یہ کیا ہی خوب صورت بات ہے کہ آپ کو اپنا سوفی صد آئیڈیل مل بھی جائے اور آپ بھی اس کے آئیڈیل ہوں۔ یہ تو بھئی معجزہ ہوا۔ کائنات کا ایک حیران کن معجزہ!

اب وہ بیٹھے رہے اور بات کرتے رہے۔لیکن ایک معمولی سی، بالکل باریک سی شک کی ایک دراڑ ان کے ذہنوں میں موجود تھی۔ کیا ایسا ممکن ہے کہ کسی کے خواب اتنی آسانی سے حقیقت میں بدل جائیں؟

اور تب، جب ان کی باتوں میں دم لینے کو ایک وقفہ آیا تو لڑکے نے لڑکی سے کہا۔"ہمیں صرف ایک بار اس بات کا جائزہ لینا چاہیے کہ کیا واقعی ہم سوفی صدی ایک دوسرے کے لیے بنے ہیں؟ اگر واقعی ایسا ہے، تو ہم کہیں نہ کہیں، کبھی نہ کبھی ملیں گے ضرور۔اور جب ایسا ہو گا اور ہم جانتے ہوں گے کہ ہم سوفی صد ایک دوسرے کے لیے بنے ہیں تو ہم وہیں کے وہیں شادی کر لیں گے۔ کیا خیال ہے؟"

"ہاں،" لڑکی نے کہا "ہمیں واقعی یہی کرنا چاہیے۔"

اور پھر وہ جدا ہو گئے۔لڑکی مشرق کو اور لڑکا مغرب کی سمت چلا گیا۔

ویسے یہ آزمائش جس کے بارے میں وہ دونوں متفق تھے، قطعی غیر ضروری تھی۔ انھیں یہ بات کبھی نہیں ماننا چاہیے تھی کیوں کہ دراصل وہ دونوں واقعی میں سوفی صد ایک دوسرے کے لیے ہی بنے تھے۔اور یہ ایک معجزہ تھا کہ وہ ایسے مل لیے تھے۔ مگر اس کم عمری میں ان کے لیے یہ جاننا ممکن نہیں تھا۔قسمت کے سمندر کی سرد اور بے نیاز لہروں نے انھیں بے رحمی سے اُچھال دیا تھا۔

ایک دفعہ سردیوں میں لڑکے اور لڑکی، دونوں کو بہت شدید موسمی زکام نے آ لیا۔ کئی ہفتے وہ دونوں زندگی اور موت کی بے کراں سرحدوں پر بھٹکتے رہے۔ یہاں تک کہ انھیں گذشتہ زندگی کے تمام واقعات بھول گئے۔ جب وہ صحت یاب ہوئے تو ان کے دماغ بالکل ایک کوری تختی کے مانند تھے۔ اتنے خالی کہ جیسے کبھی بچپن میں بے

چارے ڈی۔ایچ۔لارنس کی گلک ہوتی ہوگی۔

وہ دونوں پُرعزم اور ذہین تھے، اور اس کے ساتھ ساتھ اپنی ان تھک کوششوں کی وجہ سے دوبارہ اس قابل ہوگئے تھے کہ وہ تمام علم اور حسیات دوبارہ سیکھ جائیں کہ جن کی مدد سے وہ معاشرے میں کارآمد ہو سکتے تھے۔

خدا نے اپنا فضل کیا۔ وہ دونوں واقعی معاشرے کے معزز شہری بن گئے۔ وہ یہ جانتے تھے کہ ایک سب وے لائن سے دوسری پر کس طرح جانا ہے۔ وہ یہ جانتے تھے کہ ڈاک سے رجسٹری کس طرح بھیجی جاتی ہے۔ یہاں تک کہ انھیں دوبارہ مبتلائے محبت ہونے کا بھی اتفاق ہوا جو ۷۵ فیصد اور کبھی ۸۵ فیصد تک بھی ہو جاتا تھا۔ وقت ناقابل یقین تیزی سے گزرا، جلد ہی لڑکا بتیس سال کا اور لڑکی تیس سال کی ہوگئی۔

اپریل کی ایک خوشگوار صبح تھی۔ دن کا آغاز گرما گرم کافی کے ایک کپ سے کرنے کے خیال میں گم لڑکا مغرب سے مشرق کی طرف جا رہا تھا، جب کہ لڑکی مشرق سے مغرب کو اس خیال میں رواں تھی کہ ایک خط رجسٹرڈ ڈاک سے بھجوایا جا سکے۔ مگر ٹوکیو کے نواح میں واقع ہاروجوکو کی اسی تنگ سی گلی سے گزرتے ہوئے عین گلی کے درمیان وہ ایک دوسرے کے قریب سے گزرے۔ ان کے دلوں میں گمشدہ یادوں کی ہلکی سی ایک کرن صرف ایک لمحے کو نمودار ہوئی۔ دونوں نے اپنے سینوں میں ایک سرد سی آہ محسوس کی۔ اور وہ جانتے تھے۔

وہ لڑکی سو فیصد میرے خوابوں کی شہزادی ہے۔

وہ لڑکا سو فیصد میرے خوابوں کا شہزادہ ہے۔

مگر ان یادوں کی چمک بہت کم تھی۔ اور چودہ سال گزرنے کی وجہ سے وہ سب یادیں پہلے سی واضح نہیں تھیں۔

ایک لفظ کہے بغیر وہ ایک دوسرے کے پاس سے گزرے اور ہمیشہ کے لیے ہجوم میں کھو گئے۔

ڈوبتے سورج کی تصویر

وان۔سوہ پارک (کوریا)

ترجمہ: مسعود اشعر

وان۔سوہ پارک ۱۹۳۱ء میں صوبہ کیونگی دو کے گاؤں گائیونگ کن میں پیدا ہوئیں۔کوریا کی جنگ تک وہ سیول نیشنل یونیورسٹی میں پڑھتی رہیں۔انھوں نے متعدد ناول، افسانے، مضامین اور بچوں کی کہانیاں لکھی ہیں۔ ۱۹۸۰ء میں ان کے ناول 'خزاں کے تین دن' پر کوریا کا اعلیٰ پایہ کا ادبی انعام ملا۔کوریا کی حکومت کی طرف سے انھوں نے تمام یورپی ملکوں کے علاوہ امریکہ اور ہندوستان کا دورہ بھی کیا۔

اس افسانے کے مترجم مسعود اشعر کو بھلا کون نہیں جانتا۔ بقول شمیم حنفی ، موصوف مذہب، سیاست، ادب، آرٹ، علوم، ہم جیسے انسانوں کی زندگی ہر زاویے کو وہ ایک سی ہمدردی، سچائی اور دلچسپی سے دیکھتے ہیں۔صحافت کی دنیا کے طویل تجربے اور اپنی فطرت کے تقاضوں سے مربوط یہی انداز واوصاف مسعود اشعر کے افسانوں اور ان کی نثر میں بھی نظر آتے ہیں، حتیٰ کہ ان کے ترجموں میں بھی یہ رکھ رکھاؤ نظر آتا ہے۔

مسٹر چو اور ان کی بیوی گرین بیلٹ میں رہتے تھے۔سیول کے گردوغبار اور دھویں سے دور۔ چونکہ اس علاقے میں نئی عمارت بنانے یا کسی عمارت میں توسیع کرنے کے لیے مشکل سے ہی اجازت ملتی تھی اور پھر وہاں ٹرانسپورٹ کی سہولت بھی نہیں تھی، اس لیے گرین بیلٹ میں مکانوں کی قیمتیں کم تھیں۔

ہوا صاف ستھری اور تازہ تھی۔کسی بھی ایسے جوڑے کے لیے یہ نہایت ہی موزوں جگہ تھی جس کا شوہر ریٹائرڈ ہو گیا ہو، اسے وقت پر دفتر جانے اور وقت پر ہی واپس آنے کی اب ضرورت نہ ہو اور بوڑھی بیوی باغبانی کا شوق پورا کرتی ہو۔کبھی کبھی ہی مسٹر چو یا ان کی بیوی کسی کام سے گھر سے نکلتے تھے اور تھکے ہارے واپس آجاتے

تھے۔ بازار جاتے ہوئے انھیں کئی بسیں بدلنا پڑتی تھیں مگر وہ اپنی تھکن کا الزام سیول کی گندی ہوا کو ہی دیتے تھے۔ ان کے گھر سے جو پہاڑی نظر آتی تھی، اس کی طرف منھ کر کے وہ گہری گہری سانسیں لیتے تھے، اپنے گھر کے اندر صرف ایک دن میں ہی انھیں صحت مند کر دیتا تھا۔ انھیں لگتا تھا جیسے ان کے پھیپھڑوں سے سیول کا سارا گرد وغبار صاف ہو گیا ہے۔

مسٹر چو اگلے سال اپنی ساٹھویں سالگرہ منانے والے تھے۔ ان کی بیوی اٹھاون برس کی ہونے والی تھیں۔ اگرچہ وہ اپنی عمر کے اس حصے میں پہنچ گئے تھے، جہاں بڑھاپے کی بیماریاں پریشان کرنے لگتی ہیں لیکن وہ دونوں خوب صحت مند تھے۔ ان کے کالے بال گھنے بھی تھے اور چمک دار بھی۔ کبھی کبھی دونوں میں سے کسی کے سر میں اِکا دُکا سفید بال نظر آتے تو اسے رنگنے کے بجائے نکال دیتے تھے۔ میاں بیوی کے بال نکالتا اور بیوی میاں کے۔ اِرد گرد کے لوگ ان پر رشک کرتے تھے۔ یہ لوگ یا تو کسان تھے جو دن رات اپنی زمینوں پر محنت کرتے تھے یا غریب مزدور تھے۔ گاؤں کے وہ باشندے جو وقت سے پہلے ہی بوڑھے ہو گئے تھے، ان میاں بیوی کی اصل عمر سنتے تو حیران رہ جاتے۔ وہ ان کی صحت دیکھ کر ان سے جلتے بھی تھے لیکن تمام میاں بیوی ان کے بارے میں ایسے جذبات نہیں رکھتے تھے۔ ان کا خیال تھا کہ دیہات میں آنے کی وجہ سے وہ دوبارہ جوان ہو گئے ہیں۔

انھیں مالی پریشانی بھی نہیں تھی۔ مسٹر چو سرکاری دفتر میں کئی عشرے کام کرنے کے بعد ریٹائر ہوئے تھے۔ انھیں پنشن ملتی تھی۔ ان کے مرنے کے بعد ان کی بیوی اس پنشن کی حقدار تھی۔ کفایت شعاری کے ساتھ زندگی گزارنے والے جوڑے کے لیے یہ پنشن کافی تھی بلکہ اس سے ان کے اندر بڑھاپے میں تحفظ کا احساس رہتا تھا۔ ان کے چار بچے تھے؛ دو لڑکے دو لڑکیاں۔ یہ بچے ان کے لیے فخر اور خوشی کا باعث تھے۔

انھیں اپنی زندگی میں اتنا سکون اور اطمینان پہلے کبھی نہیں ملا تھا۔ ریٹائرمنٹ سے پہلے مسٹر چو چھوٹے سے سرکاری افسر تھے۔ اس ملازمت میں انھیں کئی بار بڑے افسروں سے زیادہ مشکلات کا سامنا کرنا پڑا۔ انھیں ملازمت برقرار رکھنے کے لیے بے عزتی بھی برداشت کرنا پڑی اور یہ مدت کافی طویل ہوتی تھی۔ زیادہ افسوس کی بات یہ تھی کہ اسی زمانے میں انھیں بچوں کی پڑھائی پر بھی رقم خرچ کرنا ہوتی تھی، ان کے دو بچے کالج میں پڑھ رہے تھے۔ ایسے ہی وقت کسی بچے کی شادی ہوتی تو کسی بچے کو کالج میں داخل کرانا ہوتا۔ دو سال کے اندر اندر انھیں اپنا گھر فروخت کرنا پڑ گیا تھا اور وہ ایک چھوٹے سے گھر میں چلے گئے تھے۔ آخر انھیں بچوں کی ضرورتیں بھی تو پورا کرنا تھیں۔ اور پھر جب سب سے چھوٹی بیٹی کی شادی ہوئی تو انھیں اپنا چھوٹا مکان فروخت کر کے سیول سے باہر آنا پڑ گیا۔ یہاں آنے کے بعد انھیں سکون میسر آیا۔ اب وہ بچوں کی مالی مدد بھی نہیں کرتے تھے۔ جب یہ مکان خریدا تو مسٹر چو کی ریٹائرمنٹ قریب تھی، اس لیے انھیں ایک جگہ سے دوسری جگہ جانے میں کوئی دشواری نہیں ہوئی بلکہ وہ خوش ہوئے کہ دفتر کی جھک جھک سے انھیں نجات ملنے میں چند دن ہی رہ گئے ہیں۔ وہ گھر ان دونوں کے لیے واقعی ایک نعمت تھا۔ ریٹائرمنٹ کے بعد مسٹر چو کو خالی وقت مل گیا تھا۔ اب انھیں کوئی پریشانی نہیں تھی۔

مکان بہت پرانا تھا اور خاصے تکلیف دہ انداز میں تعمیر کیا گیا تھا۔ ریٹائرمنٹ کے بعد انھوں نے اپنا

کافی وقت اس کی مرمت میں صرف کیا۔ شروع میں تو مسٹر چو نے جب اس طرف توجہ کی تو انھیں بجلی کا فیوز لگانا بھی نہیں آتا تھا لیکن وقت گزارنے کے ساتھ وہ ہر کام کے ماہر ہو گئے تھے۔

مسز چو ہر کام خوشی خوشی کرتے تھے، ان کی بیوی بھی ہشاش بشاش رہتی تھی۔ انھوں نے مجبوری سمجھ کر گھر کی مرمت کا کام شروع کیا تھا۔ ان کا خیال تھا کہ اندر اور باہر سے گھر کو خوبصورت بنا دیا جائے گا۔ چھت ٹپکتی تھی، انھوں نے اسے ٹھیک کیا۔ اونڈول (کوریا کا روایتی فرش) کے پائپ نکال کر گرم پانی کے پائپ لگائے اور ہر دیوار کو سردی سے بچانے کا انتظام کیا۔ اس کام کے لیے پیشہ ور کاریگر کی ضرورت تھی مگر انھوں نے خود ہی کام بھی کر لیا۔ ان کے لیے سب سے بڑا چیلنج کوریا کے روایتی گھر کا ڈھانچہ تبدیل کرنا تھا۔ شروع میں تو ان کا خیال تھا کہ وہ یہ کام نہیں کر سکیں گے لیکن جب انھیں اندازہ ہوا کہ وہ تو بڑھئی اور مستری کا کام بھی کر سکتے ہیں تو وہ اپنا کام بڑھاتے گئے۔ وہ جانتے تھے کہ ایک عورت کے لیے کوریا کے روایتی گھر میں رہنا کتنا تکلیف دہ ہوتا ہے۔ یہ بات انھیں اس وقت معلوم ہوئی تھی جب وہ کوریا کے روایتی گھر سے شہر کے ایک جدید گھر میں منتقل ہوئے تھے اور ان کی بیوی نے اس پر انتہائی خوشی کا اظہار کیا تھا۔ انھیں یاد تھا کہ ان کی بیوی خوشی سے پاگل ہو گئی تھی۔ کوریا کے روایتی گھروں کا حال یہ ہے کہ وہ چاہے خوش حال علاقوں میں ہوں یا غریب محلوں میں، سب ایک ہی انداز میں بنائے جاتے ہیں، نسل در نسل ایسے ہی مکان بنتے چلے آ رہے ہیں۔ انھوں نے اپنے نئے مکان کی مرمت کر لی تو انھیں احساس ہوا کہ کوریا کے روایتی گھر نہایت چالاکی کے ساتھ عورتوں کو سزا دینے کے لیے بنائے جاتے ہیں۔ مسٹر چو اپنی بیوی سے محبت کا اظہار زبان سے نہیں کرتے تھے۔ گھر کی مرمت اور اس میں تبدیلیاں کرتے ہوئے وہ یہ سوچتے تھے کہ اگر میری جگہ یہاں میری بیوی ہوتی تو وہ کیسا محسوس کرتی؟ گھر کی مرمت اور اس کی آرائش کرتے ہوئے وہ اس میں اتنا کھو گئے تھے کہ آخر میں یہ اندازہ کرنا مشکل ہو گیا تھا کہ وہ اپنی بیوی سے زیادہ محبت کرتے ہیں یا اس گھر سے؟ وہ جانتے تھے کہ اگر انھوں نے اپنی بیوی کو بستر مرگ پر دیکھا تو وہ بھی خوشی خوشی موت کو گلے لگا لیں گے۔ اسی طرح جب وہ یہ سوچتے تھے کہ ان کی زندگی کا یہ آخری مکان ہے تو وہ انتہائی سکون محسوس کرتے۔

مسٹر چو کو مذہب کے ساتھ کوئی خاص لگاؤ تو نہیں تھا، لیکن وہ سوچتے تھے کہ اگر مرنے کے بعد واقعی روح بھٹکتی پھرتی ہے تو وہ چاہیں گے کہ ان کی روح اعراف میں چلی جائے۔ انھیں یقین نہیں تھا کہ وہ جنت میں جائیں گے۔ انھیں جہنم سے ڈر لگتا تھا اور سوچتے تھے کہ وہاں انھیں خطرناک سزائیں دی جائیں گی۔ اپنی ملازمت کے دوران انھوں نے کئی ایسے آدمی دیکھے تھے جو ان سے زیادہ دوسروں کا خیال رکھتے تھے۔ ان کا تعلق ایسے لوگوں سے بھی رہا تھا جو دوسروں کو نقصان پہنچاتے تھے۔ وہ چونکہ ان دونوں طبقوں کے بیچ میں تھے، اس لیے وہ اپنے آپ کو اعراف کا مستحق سمجھتے تھے۔

مسز چو کیتھولک عیسائی تھیں۔ مسٹر چو نے انھیں عالم برزخ اور اعراف کی دعائیں پڑھتے سنا تھا۔ اس لیے ان کی اپنی خواہش بھی وہیں جانے کی تھی۔ وہ چاہتے تھے کہ مرنے کے بعد وہ اپنی بیوی کی توجہ اور محبت کا

مرکز ہی رہیں۔ وہ چاہتے تھے کہ اپنی بیوی کی دعاؤں کی اور عبادتوں کی وجہ سے انھیں بھی جنت مل جائے۔ جس طرح وہ اپنی روح کے لیے بیچ کا راستہ چاہتے، اسی طرح وہ سمجھتے تھے کہ وہ ان کا گھر نہ تو ان کی مالی استطاعت سے اوپر ہے اور نہ نیچے۔ وہ مکان باہر سے تو بدلا ہوا نہیں لگتا تھا لیکن اندر سے وہ جتنا آرام دہ ہو گیا تھا، اس سے اس کے مالک کی مہارت اور اس کے لگاؤ کا اظہار ہوتا تھا۔

اس مکان کی مرمت میں مسٹر چو کا کافی وقت لگا تھا لیکن وہ اس کام سے اکتائے نہیں تھے اور نہ ان کی زندگی بے معنی ہوئی تھی۔ ہر صبح وہ پہاڑی چشمے پر جاتے اور وہاں سے پینے کا پانی لاتے تھے۔ پہاڑی پر چڑھنا ان کے لیے ایک قسم کی ورزش بن گیا تھا۔ آچا گاؤں پہاڑی کی ترائی میں تھا۔ وہ دوبونگ پہاڑی، کوانک پہاڑی یا پھر کھان پہاڑی کی طرح مشہور تو نہیں تھی مگر آچا پہاڑی پر بھی بہت سے پرانے آثار تھے۔ قریب ترین چوٹی تک لے جانے والا راستہ بہت ہی خوبصورت تھا اور چوٹی پر سیاحوں کے لیے سہولتیں موجود تھیں۔ وہ چوٹی سب سے اونچی نہیں تھی اور گاؤں سے ایک کلومیٹر سے بھی کم فاصلے پر تھی۔ مسٹر چو سے بڑی عمر کے لوگ بھی وہاں جا سکتے تھے۔ چھٹی کے دنوں میں سیول سے بھی وہاں لوگ آتے تھے۔ پورے پورے خاندان وہاں آجاتے تھے اور بہار اور جاڑوں کے دنوں میں جب مطلع صاف ہوتا تو وہاں پکنک مناتے تھے۔ ان موقعوں پر ساری وادی بھنے ہوئے گوشت کی خوشبو اور گانے بجانے کی آوازوں سے بھر جاتی تھی۔

تفریح کرنے والے لوگ وہاں سے چلے جاتے تو مسٹر چو ہاتھ میں پلاسٹک کی ٹوکری اور لوہے کی سلاخ لے کر وہاں پہنچ جاتے تھے، اور وہ چیزیں اٹھاتے پھرتے جو وہ لوگ وہاں پھینک جاتے تھے۔ وہ یہ کام بلاناغہ کرتے تھے۔ جب سیاحت کا موسم اپنی بہار پر ہوتا تو مسٹر چو کو دن میں کئی بار صفائی کے لیے پہاڑی پر جانا پڑتا تھا لیکن وہ کبھی جلدی میں نہیں ہوتے تھے۔ وہ اطمینان کے ساتھ اپنا کام کرتے تھے۔ کبھی کبھی ایسا بھی ہوتا کہ گاؤں کے دوسرے بزرگ بھی ان کا ہاتھ بٹانے وہاں پہنچ جاتے، حالاں کہ مسٹر چو ان سے کبھی مدد نہیں مانگتے تھے۔

مسٹر چو تو چاہتے تھے کہ یہ کام وہ اکیلے ہی کریں۔ اس کی وجہ یہ نہیں تھی کہ اس کام پر وہ اپنی اجارہ داری چاہتے تھے بلکہ اس کا مقصد کچھ اور تھا۔ وہ اپنی مرضی سے اور اپنی رفتار سے یہ کام کرنا چاہتے تھے۔ دوسروں کے ساتھ کام کرنا انھیں اچھا نہیں لگتا تھا، کیوں کہ اس وقت انھیں ان لوگوں کے مزاج کا بھی خیال رکھنا پڑتا تھا۔ اس کے علاوہ وہ لوگ بولتے بھی بہت تھے۔ جب بھی وہ زیادہ گندگی دیکھتے تو الٹی سیدھی باتیں شروع کر دیتے۔ وہ سیاحوں کو برا بھلا کہتے۔ کسی کو حرام زادہ، کسی کو کتے کا بچہ اور کسی کو ٹھگ اور ڈاکو کہتے۔ وہ کہتے ان لوگوں نے تو پہاڑی کو کوڑا گھر بنا دیا ہے۔ کیا وہ سمجھتے ہیں کہ یہ ان کا کوڑا گھر ہے۔ وہ کام کرتے جاتے اور بولتے جاتے۔

ان لوگوں کے ساتھ مل کر کام کرنا مسٹر چو کے لیے بہت مشکل تھا۔ ان کی بات سن کر وہ کہہ دیتے، ''میں سمجھ رہا ہوں آپ کیا کہہ رہے ہیں۔'' یا پھر ''ہاں ہاں، میں نے سن لیا۔'' اپنی ملازمت کے دوران بھی انھوں نے یہی سیکھا تھا۔ دوسروں کو خوش کرنے کا یہی طریقہ تھا لیکن اب وہ ایسا نہیں کرنا چاہتے تھے، اس لیے وہ دوسروں کا

ساتھ بھی پسند نہیں کرتے تھے۔

ریٹائرمنٹ کے بعد صرف اپنی بیوی کے ساتھ ہی وہ مطمئن تھے۔ وہ کسی اور کا ساتھ نہیں چاہتے تھے۔ ان کی بیوی اتفاق سے ہی کبھی ان کا سکون برباد کرتی تھی۔ وہ باورچی خانے میں اپنی بیوی کی مدد کرتے تھے۔ انھیں رکابیاں دھونے میں بھی مزہ آتا تھا۔ سب سے زیادہ انھیں اپنی بیوی کو پھولوں کی کیاریوں میں کام کرتے دیکھ کر خوشی ہوتی تھی۔ اپنے مطالعے کے کمرے میں بیٹھے وہ گھنٹوں چھوٹی سی کھڑکی سے اپنی بیوی کو کام کرتے دیکھتے رہتے تھے۔

جس طرح انھوں نے خود ہی اپنے ذمہ پہاڑی صاف کرنے کی ڈیوٹی لگائی تھی، اس طرح ان کی بیوی پھولوں کی کیاریوں کی دیکھ بھال کرنا اپنا فرض سمجھتی تھی۔ وہ ایک دوسرے کے کام میں دخل نہیں دیتے تھے بلکہ وہ تعریف کرتے تھے ایک دوسرے کے کام کی۔

مکان بریکٹ کی شکل میں بنا ہوا تھا۔ سامنے کے صحن میں جہاں دھوپ آتی تھی، وہاں انھوں نے ایک فرش بنایا تھا جہاں سویابین کے مرتبان رکھے ہوئے تھے۔ باقی مکان سائے میں تھا۔ شہر کے مکان کے مقابلے میں اس مکان میں بیرونی دروازے کے لیے زیادہ کھلی جگہ تھی۔ مکان کی رجسٹری کے مطابق اس کا رقبہ ۷۸ پیونگ (اندازاً ۳۱۲ مربع گز) تھا۔ مکان تعمیر شدہ رقبے اور سامنے کے صحن کو چھوڑ کر باقی زمین، پیچھے سبزیوں کی کیاریاں وغیرہ ۴۰ پیونگ (اندازاً ۱۶۰ مربع گز) سے بھی کم تھی۔ مکان چونکہ گاؤں کے سرے پر تھا، اس لیے اس کے سامنے اور کوئی مکان نہیں تھا۔ اس لیے ان کا مکان اصل رقبے سے بھی زیادہ بڑا لگتا تھا۔

مسٹر چو نے لکڑی کے منڈوے پر گلاب کی بیلیں چڑھائی تھیں جو مکان کے ہر طرف پھیلتی چلی گئی تھیں۔ باہر جو جافری لگی تھی، اس کے ساتھ ہی پہاڑی کی چڑھائی شروع ہو جاتی تھی۔ اس سے آگے چوٹی نظر آتی تھی۔ ایک طرف میدان تھا۔ اس سے آگے درختوں کے جھنڈ تھے۔ وہ جب گھر کے باہر کھڑے ہوتے، جہاں کا رخ جنوب کی سمت تھا تو دور تک جھاڑ جھنکاڑ سے بھرا میدان اور پھر ہرے بھرے درختوں کے جھنڈ نظر آتے۔ ایسا لگتا جیسے وہ سب بھی ان کے صحن کا ہی حصہ ہے۔

موسموں کے ساتھ میدان اور جنگل میں نہایت خوشگوار تبدیلیاں آتی رہتی تھیں۔ یہی خوش نما مناظر دیکھ کر مسٹر چو اور ان کی بیوی نے منھ مانگی قیمت پر یہ مکان خرید لیا تھا۔ حالاں کہ لوگوں نے کہا تھا کہ جگہ کے اعتبار سے اور پھر مکان کی اپنی حالت کے حساب سے یہ قیمت بہت زیادہ ہے۔ لیکن ان کا خیال تھا کہ اس علاقے کی خوبصورتی کے لحاظ سے انھیں یہ بہت اچھا مکان مل گیا ہے۔ وہ اپنے آپ کو اس میدان اور جنگل کا مالک بھی سمجھتے تھے، جہاں وہ اپنی مرضی سے خوب گھومتے پھرتے تھے۔ اس لیے قیمت وغیرہ سب بے معنی بات تھی۔

ان کے ہاں مہمان آتے تو وہ گھر کے اندر لے جانے سے پہلے انھیں یہ خوبصورت منظر دکھاتے۔ گھنا جنگل پہاڑی کے چاروں طرف پھیلا ہوا تھا، جیسے کسی نے ہری بھری باڑھ لگا دی ہو۔ پہاڑی کے کنارے پر تیکھی ڈھلان تھی لیکن وہ تنگ گھاٹی مسٹر چو کے مکان سے دور تھی۔ وہ چوٹی جس کے قریب بیٹھے پانی کا چشمہ تھا، مسٹر چو

کے مکان سے دور تھی۔ وہ چوٹی جس کے قریب میٹھے پانی کا چشمہ تھا، مسٹر چو کے مکان کے مغرب کی طرف تھی۔ اس وجہ سے ان کے لیے سورج جلدی ڈوب جاتا تھا۔ بس یہی ایک خرابی تھی۔ اس کے باوجود مکان کی اہمیت اپنی جگہ تھی۔

بہار میں پہاڑی پر بے شمار جڑی بوٹیاں نکل آتی تھیں جنھیں مقامی لوگ سبزی ترکاری کے طور پر استعمال کرتے تھے۔ ان جڑی بوٹیوں کے بارے میں مسٹر چو اور ان کی بیوی اتنا نہیں جانتے تھے جتنا مقامی باشندے جانتے تھے۔ مسٹر چو اور ان کی بیوی نے بھی ان لوگوں سے سیکھ کر یہ جڑی بوٹیاں نکالیں اور انھیں پکایا۔ لیکن وہاں کے خوشبودار پھولوں کے بارے میں صرف مسٹر چو ہی جانتے تھے۔ بہار کے موسم میں ان پھولوں سے ساری وادی مہک اٹھتی تھی۔

ان خوبصورت پھولوں کا تختہ وہ وادی ہی تھی۔ وہ پھول پتوں کے اندر چھپے ہوئے تھے۔ ان چھوٹے چھوٹے سفید پھولوں کے سر نیچے کی طرف جھکے ہوئے تھے، پھر بھی ان کی مہک دور دور تک جاتی تھی۔ پہلی بار جب وہ وادی میں گئے تھے تو اس خوشبو نے انھیں اتنا مسحور کر دیا تھا کہ انھیں ڈر لگتا تھا کہ کہیں وہ وہیں نہ رہ جائیں۔

مسٹر چو جانتے تھے کہ گاؤں کے لوگوں سے ان پھولوں کے بارے میں کچھ پوچھنا بیکار ہے بلکہ ان کا خیال تھا کہ ان لوگوں کو تو علم ہی نہیں ہوگا کہ وہاں وہ پھول بھی ہیں اور اگر انھیں علم بھی ہوا تو وہ ان سے کیا خوش ہوں گے۔ یہ تو مسٹر چو ہی تھے جو ان پر فریفتہ ہو گئے تھے۔ گاؤں والوں کے لیے تو جب تک کوئی پھول دوائی کے طور پر استعمال نہیں کیا جا سکتا، اس وقت تک وہ بیکار ہے۔ مسٹر چو نے فیلڈ گائیڈ سے اس پھول کا نام معلوم کیا، پھر انھیں پتہ چلا کہ گھنٹی نما اس پھول کا کیا نام ہے۔

بہار کے آتے ہی سارا جنگل ہرا بھرا ہو جاتا۔ درختوں کے پتے دھوپ میں چمکنے لگتے تھے۔ اس ہرے بھرے جنگل میں جب جھینگر بولتے تو مسٹر چو کو خالی پن کا احساس اور بھی بڑھ جاتا۔ پھر زندگی کی قدر و قیمت اور چیزوں کے معانی تلاش کرنے کا احساس جیسے رخصت ہو جاتا۔ حالاں کہ ساری عمر وہ انھیں معانی پر اعتماد کرتے چلے آئے تھے۔ انھیں لگتا جیسے کوئی ان کا مذاق اڑا رہا ہے، جیسے کوئی قہقہے لگا رہا ہے۔

بڑے بڑے پتوں پر بارش کی بوندوں کے ساتھ جاڑوں کا موسم آ جاتا اور اس کے ساتھ اداسی کا احساس بھی۔ اب ہر روز پتوں کا رنگ بدلنا شروع ہو جاتا، جیسے وہ اپنے مرجھانے کا عمل روکنے کی کوشش کر رہے ہوں۔ اس وقت جنگل اپنی دم بخود کر دینے والی خوبصورتی کی معراج پر ہوتا۔ اس موسم میں پیڑ پوری طرح تبدیل نہیں ہوتے تھے۔

آدھی رات کو ہلکی سے ہوا بھی یہ پتے شاخ سے جدا کر دیتی۔ پتے گرنے کی آواز سے ایسا لگتا جیسے جنگل بین کر رہا ہو۔ یہ آواز سن کر مسٹر چو بستر پر کروٹیں بدلنے لگتے۔ سوتے میں پیشاب کر دینے والے بچے کی طرح ان کے اندر بھی اپنی تنہائی اور ننگا ہونے کا احساس بڑھ جاتا۔ اس وقت وہ اپنی بیوی کے کمرے میں چلے جاتے اور اس کے مرجھائے ہوئے سینے پر سر رکھ کر لیٹ جاتے۔ کافی دیر اسی طرح پڑے رہتے اور اس کے گرم

گرم جسم سے گرمی حاصل کرتے رہتے۔

اب جاڑے آنے والے تھے۔ ایک برف باری جلدی میں ہوچکی تھی۔ اس نے شاخوں سے پتے گرنے کا عمل تیز کردیا تھا۔ اس کی پُرشور سانس نے کھڑکیوں کے پٹ ہلا دیے تھے اور لوگوں کو خبردار کردیا تھا کہ آنے والے جاڑوں کے لیے تیاری کرلیں۔ اس سانس کے جاتے ہی پہلی برف باری ہوگئی تھی۔ ہر ننگی شاخ کی اپنی ہی شکل تھی؛ ڈھیلی ڈھالی سخت، آسمان کی طرف اٹھی ہوئی یا زمین کی طرف جھکی ہوئی۔ بہت بڑے جال کی طرح ننگی شاخوں نے میدان، جنگل اور گھاٹی کو بھی عریاں کردیا تھا۔

شاندار خزاں کی تمکنت سے پتوں کو رنگ کتھئی ہوگیا تھا اور وہ خاموشی کے ساتھ زمین پر گرنے لگے تھے۔ حیرت ہوتی تھی کہ کس طرح اس عظیم الشان طریقے سے تمام پیڑ عریاں ہوجاتے ہیں۔ جاڑوں کے ان پیڑوں سے مسٹر چو بھی بہت متاثر ہوئے تھے۔ انھوں نے دیکھا کہ ننھے منے پھولوں کے پودے پیڑوں سے گرنے والے پتوں کے ڈھیر تلے دب گئے ہیں۔ ان کے پاس وقت ہی وقت تھا۔ وہ اپنے کمرے میں لیٹے لیٹے یا بیٹھ کر پڑھتے رہتے تھے۔ معلوم نہیں یہ ان کے فالتو وقت کی وجہ سے تھا یا ان کے مزاج کی وجہ سے انھیں جاڑوں کے موسم کے پیڑوں سے خاص لگاؤ پیدا ہوگیا۔ وہ خالی وقت میں وہ پیڑ دیکھتے رہتے بلکہ سچی بات تو یہ ہے کہ ہر موسم میں ان کے پاس وقت ہی وقت تھا۔

اچانک پہاڑی نے وادی پر حملہ کردیا۔ اس کے سائے نے جنگل اور دریا کے اس کنارے کو گھیر لیا، جدھر دھوپ پڑتی تھی۔ ان کی بیوی شادی پر جانے سے پہلے ہدایت کرگئی تھیں کہ ٹیلی فون کی گھنٹی کا خیال رکھنا۔ اس کے بعد سے وہ ہر آواز پر چونک جاتے تھے۔ ایک لمحہ پہلے گھنٹے نے صرف تین بجائے تھے، پھر بھی سورج ڈوبنے لگا تھا۔ اگر یہ موسم نہ ہوتا تو ابھی سورج سر پر ہی ہوتا۔

پہاڑی کا سایہ کسی منحوس گھڑی کی طرح تیزی سے پھیلتا گیا تھا۔ مسٹر چو نے چار بجنے کی آواز نہیں سنی تھی۔ اس لیے وہ ڈرائنگ روم میں گئے اور چار بجنے کی آواز کا انتظار کرنے لگے۔ انھوں نے اپنے مطالعہ کے کمرے کو دنیاوی آلائشوں سے پاک رکھا تھا۔ وہاں ٹیلی فون، ریڈیو یا گھڑی تک نہیں تھی۔ اب اگر وہ اپنی بیوی کو بتاتے کہ دن بھر کوئی ٹیلی فون نہیں آیا تو وہ بالکل اعتبار نہ کرتی۔ پھر بھی وہ بے چین تھے۔ شاید وہ گھنٹے کی آواز نہیں سن سکے تھے۔ ہوسکتا ہے انھوں نے ٹیلی فون کی گھنٹی بھی نہ سنی ہو۔ جیسے کوئی بچہ ہوم ورک نہ کرنے کے بہانے ڈھونڈتا ہے اور ایسی دلیلیں دیتا ہے جن پر اس کے سوا اور کوئی اعتبار نہیں کرسکتا، ویسے ہی مسٹر چو بھی بیوی کی غیر موجودگی میں اپنے آپ کو سمجھتے رہے کہ ان کے کان تو اسی طرف لگے تھے، کسی کا ٹیلی فون ہی نہیں آیا۔ اگر گھنٹی بجتی تو وہ ضرور سنتے۔

اچانک چڑیوں کا ایک جھنڈ درختوں سے اُڑا اور آسمان کی طرف اُڑتا چلا گیا۔ کیا یہ گوریاں تھیں؟ ان کا رنگ سوکھے پتوں کا سا تھا؟ کیا اس خالی، ٹھنڈی اور پتلی شفاف برف کے اندر کشش ثقل نے اپنے آپ کو چھپا کر رکھا ہے؟ ان کے خیال میں چڑیاں اپنے پر پھڑپھڑائے بغیر ایسے اڑتی چلی گئی تھیں جیسے گھڑیال کا پنڈولم چلتے چلتے

اپنی جگہ سے اکھڑ کر اڑ گیا ہو۔ پھر خلا میں بے قابو رفتار کے ساتھ ایسے غائب ہو گئیں جیسے ہوا کے اَن دیکھے قالین پر بیٹھی ہوں۔

مسٹر چو جنگل اور پیڑوں کے بارے میں تو بہت کچھ جان گئے تھے مگر انھوں نے کسی پیڑ پر گھونسلا نہیں دیکھا تھا بلکہ انھوں نے کوئی چڑیا بھی نہیں دیکھی تھی۔ شاید یہ چڑیا دانے دنکے کی تلاش میں کہیں اور سے یہاں آ گئی ہوں گی، انھوں نے سوچا۔ پھر یہ موسم کے ساتھ اپنے رنگ بدلتی رہتی ہیں؟ بہار میں ہرا، خزاں میں سوکھے پتوں کی طرح اور جاڑوں میں برف جیسا سفید تاکہ وہ آسانی سے پیڑوں کے پتوں میں چھپ سکیں۔ اب وہ کہاں چلی گئیں؟ کھلے آسمان میں ان کا نشان تک نظر نہیں آ رہا ہے۔

چڑیوں کے جھنڈ کو اُڑتا دیکھ کر مسٹر چو کے دل پر خوف سا چھا گیا جو کافی دیر تک برقرار رہا۔ سکون اور اطمینان کے اس عرصے میں بھی مسٹر چو کو بدشگونی کے آثار نظر آ رہے تھے، جیسے چڑیوں کا اچانک اس طرح اُڑنا۔ یہ کیا ہو رہا ہے؟ ایسا بھی ہو سکتا ہے کہ یہی چڑیاں اچانک زمین کے اندر سے نکلیں اور ان کی طرف اُڑتی ہوئی آ جائیں۔ بے بس ہو کر وہ اپنے خیالوں میں کھو گئے۔

مسٹر چو کو ڈرائنگ روم سے گھنٹہ بجنے کی آواز آئی۔ یہ چار تھے، یہ وقت ان کی بیوی کے واپس آنے کا۔ وہ شادی میں گئی تھی جو بارہ بجے ہونے والی تھی۔

''شادی کے بعد میں بازار جاؤں گی۔ واپسی پر کھانا پکانے کے لیے کافی وقت ہوگا۔ اس لیے مہربانی کر کے خود نہ پکانے لگنا۔ اگر لوگوں نے تمھیں باورچی خانے میں دیکھ لیا تو باتیں بنائیں گے۔'' ان کی بیوی نے جانے سے پہلے ان سے کہا تھا۔

''تم کن لوگوں کی بات کر رہی ہو؟'' انھوں نے سوال کیا۔

ان کی بیوی اس بات سے خوش ہوتی تھی کہ مسٹر چو ان کے ساتھ مل کر کام کریں، لیکن وہ انھیں اکیلا باورچی خانے میں کام کرتے نہیں دیکھنا چاہتی تھی۔ بیوی کا خیال تھا کہ اس طرح وہ اجنبی لوگوں کی نظر میں قابل رحم معلوم ہوں گے۔ مگر مسٹر چو کی سمجھ میں نہیں آتا تھا کہ اس گھر میں انھیں کون دیکھ سکتا ہے جہاں صرف وہ دونوں ہی رہتے ہیں۔ کن لوگوں کی بات کر رہی ہو؟ لیکن کبھی کبھی انھیں یہ بھی خیال آتا کہ شاید لوگ انھیں دیکھ لیں اور ان کے بارے میں باتیں کریں۔

ان کی بیوی واپس آئی تو انھوں نے آرام کرنے کے بجائے فوراً ہی کھانا پکایا اور اپنے شوہر کو کھلایا۔ انھوں نے یہ طے کر رکھا تھا کہ برتن اور باورچی خانہ صاف کرنا شوہر کی ذمہ داری ہے۔ اس دوران بیوی اپنے کمرے میں بیٹھی اخبار پڑھتی رہتی، وہیں سے وہ آواز لگاتی، ''پلیز، میرے لیے کافی کا ایک کپ بھی بنا دیجیے۔''

مسٹر چو سہ پہر کو کافی نہیں پیتے تھے۔ البتہ رات کے کھانے کے بعد وہ دونوں مل کر کافی پیتے تھے۔ اگر وہ برتن بھی دھوتے ہوتے تو بیوی کی آواز پر سب کچھ چھوڑ دیتے۔ کبھی کبھی وہ طعنہ بھی دیتے کہ وہ بیوی کے لیے خاص کافی بنا کر لائے ہیں۔ وہ مذاق کرتے کہ اگر لوگ دیکھ لیں تو سمجھیں گے کہ تم کمائی کر کے لاتی ہو۔ اس پر وہ

سوال کرتی، ''کن لوگوں کی بات کرتے ہو؟''

گھنٹے نے چار بجائے تو مسٹر چو گھبرا گئے کہ بیوی واپس آتی ہوگی۔ اس عمر میں بھی ان کی بیوی اونچی ایڑی کے پمپ پہنتی تھی۔ وہ چلتی تو ان کے جوتوں سے ایسی آواز آتی جیسے نوجوان لڑکی چل رہی ہو۔ مسٹر چو کا کمرہ بیرونی لان کے رُخ پر تھا۔ لان کو دو حصوں میں تقسیم کیا گیا تھا۔ ایک حصے میں پھول لگے تھے اور دوسرے حصے میں ترکاریاں۔ وہ کچھ بھی نہیں بچا تھا۔ صرف گل داؤدی کے پودے رہ گئے تھے جو شروع کی برف باری میں بھی زندہ رہتے تھے۔

پورا لان خالی تھا، صرف وہ پتھر نظر آتے تھے جو راستہ چلنے کے لیے لگائے گئے تھے۔ یہ پتھر پھولوں اور ترکاریوں کے درمیان لگے تھے۔ مسٹر چو نے جب بوائلر سسٹم لگایا تھا تو پرانا سسٹم بیکار ہو گیا تھا۔ اس لیے انھوں نے وہ پتھر یہاں لگا لیے تھے۔ یہ پتھر صرف آنکھوں کو ہی اچھے نہیں لگتے تھے بلکہ ان پر چلنے کی آواز کانوں کو بھی بھلی لگتی تھی۔

جب ان کی بیوی ان پر چلتی تو ان کی چاپ بہت اچھی لگتی تھی۔ ان کی چال ابھی تک ویسی ہی تھی جیسی بیس سال کی عمر میں تھی۔ اپنے ہنی مون کے دوران بھی وہ ایلیمنٹری اسکول میں پڑھاتی رہی تھی۔

وہ تھی تو نئے زمانے کی، مگر جب وہ ساتھ ساتھ کہیں جاتے تو وہ پرانے زمانے کی عورتوں کی طرح ان سے چند قدم پیچھے چلتی تھی۔ پیچھے چلنے والی بیوی کے قدم 'فخریہ' آزادانہ اور مضبوط ہوتے تھے۔ وہ فرمانبردار بیوی کے قدم نہیں ہوتے تھے۔

اب بھی ان کی بیوی کے قدموں کی چاپ بڑی پُراعتماد ہوتی تھی۔ یہ چاپ انھیں بہت پسند تھی۔ پرانے زمانے کے اسکالر کی طرح جو اپنے گھر کے سامنے پولیونا پیڑ لگاتے تھے تاکہ وہ اس کے پتوں پر پڑنے والی بوندوں کی رِم جھم سن سکیں۔

اگر وہ مسٹر چو کے اس شوق کو سنتے تو وہ ان کا مذاق اڑاتے کہ انھوں نے اپنے لان میں پتھر اس لیے لگائے ہیں کہ اپنی بیوی کی اونچی ایڑی کی چاپ سن سکیں۔ ان کی بیوی باہر سے واپس آتی تو مسٹر چو اس کے جوتوں کی آواز سن کر خوش ہو جاتے۔ وہ کھڑکی کے سلائیڈنگ پٹ کھولتے اور اپنی بیوی کے جسم کا اوپری حصہ دیکھتے۔

مسز چو فخر کے ساتھ سر اونچا کیے ہوئے چلتیں جیسے اَن دیکھی ڈور پیچھے سے ان کے کان کھینچ رہی ہے۔ وہ فطری طور پر سر اونچا کر کے ایسے چلتی تھیں جیسے پُراعتماد ماڈل۔ مسٹر چو کے لیے یہ نہایت فخر کی بات تھی کہ ان کی بیوی لباس کی پرواہ کیے بغیر ہی ایسی بااعتماد نظر آتی تھی کہ اسے دیکھ کر خوشی ہوتی تھی۔

اپنی بیوی کے قدموں کی چاپ سن کر مسٹر چو کا سر بھی فخر سے اونچا ہو جاتا اور وہ سوچتے کہ انھوں نے انھیں اتنا آرام اور ایسی آسائشیں مہیا نہیں کیں جس کی وہ حقدار تھی۔ ان کی بیوی نے بھی کبھی ان سے زیادہ فرمائش نہیں کی۔ ابھی پچھلے دنوں ہی انھیں احساس ہوا تھا کہ وہ اپنی بیوی کو خوش رکھنے کے لیے تمام سہولتیں مہیا نہیں کر سکے۔ ان کے لیے یہ خیال سوہانِ روح بن گیا تھا کہ ان کی بیوی کی زندگی میں کچھ ایسی چیزیں بھی ہیں جن کے ذمہ

دار وہ نہیں ہیں۔

چڑیاں ابھی واپس نہیں آئی تھیں۔ کیا وہ اپنی مرضی سے اُڑتی ہیں؟ ہوسکتا ہے کوئی خطرناک جانور انھیں ڈراتا ہو اور وہ اس کے ڈر سے اُڑ جاتی ہوں مگر پھر یہ خیال انھوں نے جھٹک دیا۔ وہ جنگل اور اس کے پیڑوں کو خوب جانتے تھے۔ انھیں معلوم تھا کہ بھیڑیا تو دور کی بات ہے، وہاں تو انھوں نے کبھی خرگوش تک نہیں دیکھا۔ اگر وہ یہ نہیں بتا سکتے کہ اگلے لمحے ان کے ساتھ کیا ہونے والا ہے تو وہ چڑیوں کی زندگی میں کیسے کہہ سکتے ہیں۔

مسٹر چو کے گھر میں کئی بیڈروم تھے بلکہ اصل میں تو تین ہی تھے۔ ماسٹر بیڈروم، دوسرا بیڈروم اور فالتو بیڈروم۔ مسٹر چو نے اندر کی دیوار گرادی تھی جس سے ایک بڑا کمرہ بن گیا تھا جسے انھوں نے اپنے مطالعے کا کمرہ بنا لیا تھا۔ اس تبدیلی سے ان کی بیوی کو غصہ آ گیا تھا۔ وہ بھی ایک الگ کمرہ چاہتی تھی۔

اگر مطالعے کا کمرہ شوہر کا کمرہ ہے تو اصل بیڈروم بیوی کا کمرہ ہے۔ مسٹر چو نے یہ دلیل پیش کی، لیکن مسز چو کا کچھ اور ہی خیال تھا۔ ان کا کہنا تھا کہ اصل بیڈروم پورے خاندان کے لیے ہوتا ہے۔ یہ بات مسٹر چو کی سمجھ میں آ گئی۔ مسٹر چو نے اپنے گھر کے سب سے گرم حصے میں وہ دیوان رکھا تھا جو انھیں ان کی بیٹی نے تحفے میں دیا تھا۔ یہ دیوان انھیں بہت پسند تھا۔ وہ دن کا بیشتر حصہ اس پر ہی گزارتے تھے۔ اپنے کمرے میں وہ اتفاق سے ہی سوتے تھے۔ اصل کمرے میں سونے ان کی طبیعت بحال ہو جاتی تھی اور وہ صبح کو خوش خوش اٹھتے تھے۔ وہ اپنے کپڑے بھی بڑے کمرے میں ہی بدلتے تھے۔ جب انھوں نے اپنا باورچی خانہ بنایا تھا تو وہاں ناشتے کی میز بھی لگادی تھی، لیکن انھیں اور ان کی بیوی کو اونچے اسٹول پر بیٹھ کر کھانے کی عادت نہیں تھی۔ وہ چھوٹی تپائی بڑے کمرے میں لے آئے، جہاں وہ دونوں آمنے سامنے بیٹھ کر کھانا کھاتے تھے۔

کوئی بہت ہی ضروری کام ہوتا تو مسز چو اپنے شوہر کے کمرے میں جاتی تھیں۔ اگر وہ ان کے لیے جاپانی پھل یا جن سینگ بھی لے کر جاتیں تو پہلے سلائیڈنگ دروازے کے پاس کھڑے ہوکر اپنے آنے کی اطلاع دیتیں۔ لیکن مسٹر چو کی مرضی تھی، وہ جب بھی چاہتے اور جہاں بھی چاہتے، آزادی کے ساتھ آتے جاتے تھے۔ وہ بڑے کمرے کو صرف اپنی بیوی کے لیے مخصوص نہیں سمجھتے تھے۔ کوئی ان کا خیال تبدیل بھی نہیں کرسکتا تھا۔ اس لیے ان کی بیوی نے فیصلہ کیا کہ انھیں بس اپنے لیے ایک کمرہ مخصوص کرنا چاہیے، خواہ وہ کتنا ہی چھوٹا سا کمرہ ہو، اس کمرے میں ان کے شوہر کو بھی داخل ہونے کی اجازت نہیں ہوگی۔

دوسرا کمرہ کسی کا نہیں تھا۔ وہ دراصل مہمانوں کا کمرہ تھا مگر ان کے ہاں اتفاق سے ہی کوئی مہمان آتا تھا۔ ان کے بچے اپنے گھر رہتے تھے لیکن وہ کمرہ ہر وقت تیار رہتا تھا کہ شاید ان میں سے کوئی آ جائے۔ اب ان کے بچے ان کے معزز مہمان بن گئے تھے۔

مسز چو مہمانوں کا کمرہ ہر وقت صاف ستھرا رکھتیں۔ وہ اپنے بچوں کے لیے کلوزٹ میں ساٹن کی چادریں رکھتیں۔ شادی سے پہلے ان کے بچوں کو جو بھی چیزیں پسند تھیں، جیسے ان کی کتابیں اور کھیلوں کی چیزیں، وہ سب حفاظت کے ساتھ رکھی گئی تھیں۔ حتیٰ کہ بچوں نے جو چیزیں پھینک دی تھی، وہ بھی سنبھال کر رکھ لی گئی تھیں۔

ہر چیز اپنی اپنی جگہ سنبھال کر رکھی گئی تھی۔ بچوں سے ان کی محبت کا ثبوت یہ تھا کہ وہ کمرہ اور اس کی تمام چیزیں ہر روز صاف کی جاتی تھیں۔

اپنی بیوی کو خوش کرنے کے لیے مسٹر چو کو ایک اور کمرہ بنانا پڑا تھا۔ وہ صرف بیوی کے لیے تھا۔ خوش قسمتی سے باورچی خانہ ان کی ضرورت سے بھی بڑا تھا۔ یہ مکان اس وقت بنایا گیا تھا جب لوگ قریب کی پہاڑی سے ایندھن کے لیے لکڑیاں اکٹھی کرتے تھے۔ اس لیے باورچی خانے کا ایک حصہ لکڑیاں رکھنے کے لیے تھا۔ مسٹر چو نے اس جگہ کو بھی چھوٹے سے کمرے میں تبدیل کر دیا تھا۔ بیوی کے کہنے پر انھوں نے وہاں دروازہ بھی لگا دیا تھا کہ اندر آنے سے پہلے دستک دی جائے۔ اندھیرا دور کرنے کے لیے اس کمرے میں ایک کھڑکی بھی لگا دی گئی تھی جو پچھلے صحن کی طرف کھلتی تھی، یہ کمرہ واقعی بہت چھوٹا تھا۔

جب سے انھوں نے بیوی کے لیے یہ کمرہ بنایا تھا، انھیں اس کا دروازہ کھٹکھٹانے کی ضرورت ہی پیش نہیں آئی تھی۔ انھیں بیوی سے کوئی کام ہوتا تو وہ اپنے کمرے میں ہی نہیں ہوتی تھی۔ مسٹر چو کو شبہ تھا کہ ان کی بیوی نے اپنے کمرے کے لیے اس لیے ضد کی تھی کہ مسٹر چو نے اپنے لیے الگ کمرہ بنایا تھا۔ انھوں نے سوچا کہ بیوی کو اس کمرے کی ضرورت ہی نہیں تھی۔ ایک دن بیوی گھر سے باہر تھی تو مسٹر چو نے ان کے کمرے کا دروازہ سرکایا۔ ان کا خیال اندر جھانکنے کا نہیں تھا، وہ تو یہ دیکھ رہے تھے کہ دروازے پر تالا پڑا ہوا ہے یا نہیں۔ ان کی بیوی نے جب اپنے کمرے کا دروازہ لگانے کی فرمائش کی تھی تو انھوں نے دروازے پر ایسا قفل لگا دیا تھا، جسے اندر اور باہر سے کھولا اور بند کیا جا سکے۔

دروازہ آرام سے کھل گیا۔ کمرہ بہت ہی سادہ اور اُجڑا اُجڑا سا تھا۔ دروازے کے ساتھ والی کھڑکی کا پردہ بھی نہیں تھا۔ کھڑکی سے ان کا پچھلا صحن اور ہمسائے کے گھر کی دیوار کا درمیانی حصہ اندھیرے میں گھرا ہوا نظر آ رہا تھا۔

کمرے میں فرنیچر کے نام پر صرف کپڑوں کی ایک بدشکل چھوٹی سی الماری تھی۔ الماری کے ساتھ دیوار پر صلیب لٹکی ہوئی تھی اور الماری کے اوپر بائبل اور حضرت مریم کا چھوٹا سا مجسمہ رکھا ہوا تھا، ان کی بیوی کچھ زیادہ مذہبی نہیں تھی۔ کئی سال پہلے اس کے ایک دوست نے اسے بپتسمہ دلایا تھا مگر وہ کبھی کبھی ہی چرچ جاتی تھی۔ مسٹر چو کو ان باتوں کا کوئی شوق نہیں تھا، وہ اپنی بیوی کا مذاق اڑاتے کہ اگر چرچ نہیں جانا تھا تو بپتسمہ ہی کیوں لیا۔

مسز چو کے بپتسمہ لینے پر ان کی گاڈمدر نے تحفے میں حضرت مریم کا مجسمہ دیا تھا جو کمرے میں رکھ دیا گیا تھا۔ مسٹر چو نے اپنی بیوی کو ان کی عبادت کرتے کبھی نہیں دیکھا۔ انھوں نے سوچا کہ ان کی بیوی کو آرائش کے لیے کچھ چیزیں چاہیے تھیں اور انھوں نے یہ یہاں رکھ لیں۔ یہ سوچ کر انھیں اپنی بیوی پر ترس آیا۔ ان کا ارادہ کمرے میں جانے کا نہیں تھا لیکن ابھی وہ دروازہ بند ہی کر رہے تھے کہ ان کی نظر ایک عجیب سی چیز پر پڑی اور وہ چونک گئے۔ صندوق پر دو موم بتیاں رکھی تھیں اور وہ ہولڈر پر نہیں تھیں۔

یہ موم بتیاں اس سال ایسٹر پر لگائی گئی تھیں۔ طویل عرصے بعد ان کی بیوی چرچ گئی تھی، وہ وہاں سے

لاتی تھی اوراپنے ہینڈ بیگ سے عبادت کی شال نکالی تھی۔ وہ سمجھے ان کی بیوی کھانے کی کوئی چیز لائی ہے، اسی لیے انھوں نے وہ بنڈل کھول کر دیکھا تھا، مگراس میں سے دواتنی موٹی موٹی موم بتیاں نکلی تھیں جیسے کسی بچے کا بازو۔

''انھوں نے تمھیں موم بتیوں کی جگہ کھانے کی کوئی چیز کیوں نہیں دی؟'' انھوں نے کہا تھا۔

''کیا مطلب ہے تمھارا، یہ میں نے خریدی ہیں۔ تمھارے کھانے کے لیے یہ رہے۔'' ان کی بیوی نے کہا تھا۔

ان کی بیوی نے چاندی کی پنی میں لپٹا ہوا ایک پیکٹ نکالا۔ اس میں انڈے تھے۔

''تم نے موم بتیاں کیوں خریدیں؟ اب تو پہلے کی طرح بجلی بھی نہیں جاتی۔ کتنا خرچ کر دیا ان پر؟''

''ایک موم بتی کے ایک ہزار وان'' ان کی بیوی نے کہا۔

''بہت مہنگی ہیں۔''

''چرچ فروخت کر رہا تھا۔ مجھے یقین ہے، اس سے جو منافع ہوگا، وہ نیک کام پر ہی صرف ہوگا۔''

''یہ انڈے بھی تم نے ہی خریدے ہوں گے؟''

''ہاں میں نے ہی خریدے ہیں۔ پاگل ہو گئے ہو۔ آج کل مفت کیا ملتا ہے؟'' ان کی بیوی نے آہستہ آہستہ موم بتیاں نکالتے ہوئے کہا تھا۔

صندوق پر رکھی ہوئی موم بتیوں کی یہ تاریخ تھی۔

بیوی نے تو نہیں بتایا تھا لیکن مسٹر چو جانتے تھے کہ یہ موم بتیاں متبرک ہیں۔ اس لیے انھیں یہ دیکھ کر حیرت نہیں ہوئی کہ وہ صلیب کے نیچے حضرت مریم کے مجسمے کے سامنے رکھی ہوئی تھیں۔ انھیں علم نہیں تھا کہ وہ موم بتیاں کب جلائی گئیں، لیکن وہ انگوٹھے برابر رہ گئی تھیں۔ وہ انھیں دیکھ کر گھبرا گئے جیسے وہ اپنی بیوی کی نجی زندگی میں مخل ہو رہے ہوں۔ شرم سے ان کا دل زور زور سے دھڑکنے لگا لیکن وہ معلوم کرنے کو بے چین تھے کہ ان کی بیوی بند کمرے میں ان موم بتیوں کے ساتھ کیا کرتی ہے۔

اس کے بعد مسٹر چو اپنی بیوی کی ایک ایک حرکت کی نگرانی کرنے لگے۔ ایک رات انھوں نے پچھلے صحن سے بیوی کے کمرے میں جھانک کر دیکھا تو ان کی بیوی فرش پر جھکی بیٹھی تھی اور خشوع وخضوع کے ساتھ دعائیں مانگ رہی تھی۔ دونوں موم بتیاں جل رہی تھیں۔ باہر اندھیرا تھا، اس لیے انھیں چھپنے کی ضرورت نہیں تھی۔ انھیں اس لڑکی کی تصویر یاد آ گئی جو انھوں نے شہر میں چلنے والی بسوں پر دیکھی تھی اور جس پر لکھا ہوتا تھا: ''سب کی حفاظت۔'' وہ لڑکی بھی عبادت کر رہی ہوتی تھی۔ انھوں نے مختلف زاویوں سے اپنی بیوی کو دیکھا اور سوچا کہ خواہ کسی انداز سے کوئی انسان عبادت کر رہا ہو، وہ خوبصورت لگتا ہے۔

ان کی بیوی نہ تو مسکرا رہی تھی اور نہ رو رہی تھی۔ وہ بہت ہی اذیت میں نظر آتی تھی۔ وہ نہایت بے رحمی کے ساتھ پھاڑی ہوئی تصویر کا حصہ معلوم ہو رہی تھی۔ وہ اس وقت حلم وانکسار کا مکمل نمونہ بنی ہوئی تھی۔

آخر اس سے ایسا کون سا گناہ سرزد ہوا ہے جو وہ اتنی عقیدت کے ساتھ عبادت میں کھوئی ہوئی ہے؟

انھیں مریم کا مجسمہ یا صلیب تو نظر نہیں آ رہی تھیں مگر انھیں یقین تھا کہ ان کی بیوی کا یہ انہماک دیکھ کر خدا نے بھی اپنی نظریں چرالی ہوں گی۔

بیوی کا غم زدہ چہرہ دیکھ کر انھیں خیال آیا کہ شاید وہ مالی پریشانیوں کی وجہ سے ایسا ہو گیا ہو یا پھر یہ بھی ہوسکتا ہے کہ وہ کسی نوجوان کے ساتھ پھنس گئی ہو اور اب وہ انھیں بلیک میل کر رہا ہو۔

اس رات مسٹر چو ایک منٹ کے لیے نہیں سوئے۔ صبح کو بھی ان کے دماغ پر اپنی بیوی کا غمزدہ چہرہ ہی چھایا رہا اور وہ پریشان رہے۔ انھیں یہ بھی عجیب سا لگا کہ صبح کو ان کی بیوی کا چہرہ اپنی اصلی حالت میں آ گیا تھا۔

مسٹر چو اپنی بیوی کی یہ دوہری شخصیت برداشت نہیں کر سکتے تھے۔ آخر موقع پا کر انھوں نے یہ بات اپنی بیوی سے بھی کی۔ پہلے انھوں نے بیوی کے ساتھ ناشتے کے برتن صاف کیے، اس کے بعد انھوں نے سگریٹ سلگایا۔ ان کی بیوی ان کی سگریٹ نوشی بالکل پسند نہیں کرتی تھی، پہلے وہ ایک دن میں پورا پیکٹ پی جاتے تھے۔ اب بیوی کے اصرار پر انھوں نے دن میں صرف پانچ سگریٹ پینی شروع کر دیے تھے۔ وہ ڈرتے تھے کہ وہ ان کا سگریٹ بالکل ہی چھڑا دے گی۔ جب وہ بھی سگریٹ پیتے، ان کی بیوی کھانسنا کھنکارنا شروع کر دیتی۔

''تم اپنے الگ کمرے کے لیے ضد کرتی تھی۔ اب دیکھو وہ کمرہ تو استعمال ہی نہیں کرتی۔ میں اگر اسے اپنے سگریٹ پینے کے لیے استعمال کرلوں تو تمھارا کیا خیال ہے؟'' مسٹر چو نے اپنے کمرے کا دروازہ کھولتے ہوئے شرارتاً کہا۔

''خبردار، میرا کمرہ سگریٹ پینے کے لیے استعمال نہ کرنا اور تم نے یہ کیسے سوچا کہ میں وہ کمرہ استعمال نہیں کرتی۔ وہ میرا عبادت کا کمرہ ہے۔'' بیوی نے کہا۔

''عبادت کا کمرہ؟ یعنی تم عبادت کرتی ہو؟ تم، جو مہینے میں ایک بار ہی چرچ جاتی ہو؟''

''تمھیں حیرت کیوں ہوئی میری عبادت پر؟''

مسٹر چو کو خیال نہیں تھا کہ ان کی بیوی اپنی عبادت چھپانے کے بجائے اس طرح کھلم کھلا اس کا اعلان کر رہی ہے۔ بہرحال مسٹر چو جو چاہتے تھے کہ اپنی بیوی کی عبادت کے بارے میں اور بھی معلومات حاصل کریں۔ انھوں نے پہلے سے سوچ رکھا تھا کہ وہ ان موم بتیوں کا راز معلوم کریں گے جو اب انگوٹھے برابر رہ گئی تھیں۔

''وہ تم نے ایسٹر پر خریدی تھیں نا؟ اس کا مطلب ہے کہ تم انھیں جلاتی رہی ہو جس سے وہ اتنی سی رہ گئی ہیں۔''

''ہاں ایسا ہی ہے۔''

مسٹر چو کو کچھ پریشانی سی ہوئی۔ بیوی کے چہرے پر کوئی پریشانی نہیں تھی۔ ''تم کاہے کے لیے دعائیں مانگتی ہو؟ تمھیں تکلیف کیا ہے؟ کیا تم مجھے نہیں بتاؤ گی؟ میں تمھارا شوہر ہوں۔''

''موت اور زندگی انسان کے ہاتھ میں نہیں ہے۔'' بیوی نے کہا۔

''کیا عجیب بات کی ہے۔تم یہ کہنا چاہتی ہو کہ ہم میں سے کسی کو نا قابل علاج بیماری ہے؟ تم کیا کہہ رہی ہو؟''

''نہیں، میرا یہ مطلب نہیں ہے۔ میری دعائیں صرف میری ایک خواہش کے لیے ہوتی ہیں۔ میں دعا کرتی ہوں کہ میرے خاندان کے لوگ اپنی عمر کے حساب سے مریں۔''

''عمر کے حساب سے؟'' مسٹر چو بولے۔

''ہاں، میں دعا کرتی ہوں اپنے بچوں کے لیے اور ان کے بچوں کے لیے کہ انھیں اپنی عمر کے حساب سے موت آئے۔ تم اندازہ نہیں کرسکتے کہ میں کتنا گڑگڑا کر دعائیں مانگتی ہوں۔ میں نے اور کچھ کبھی نہیں مانگا۔ میں یہ ظاہر نہیں کرنا چاہتی کہ میں بہت لالچی ہوں۔ میں دعا مانگتی ہوں۔ خدا کی خوشامد کرتی ہوں۔ اسے راضی کرنے کی کوشش کرتی ہوں۔''

اس کا مطلب ہے کہ مسٹر چو نے بیوی کے کمرے میں جو دیکھا، وہ کوئی خفیہ چیز نہیں تھی۔ وہ ان سے کچھ بھی چھپانا نہیں چاہتی تھی۔ بیوی کی زندگی میں کوئی ایسی بات نہیں تھی جو چھپی ہوئی ہو۔ البتہ مسٹر چو جو آرام دہ زندگی گزار رہے تھے، اس کی وجہ سے ان کی نظر ادھر نہیں گئی تھی۔ وہ اس عبادت کا مقصد نہیں سمجھتے تھے۔

جب ان کی شادی ہوئی تو ان کی بیوی کے خاندانوں میں سب بوڑھے بوڑھے ہی تھے۔ ان کے جوان بیٹے اور بیٹیاں مر چکی تھیں، اس لیے جوان بہوئیں گھر بیٹھی تھیں۔ انھیں بتایا گیا تھا کہ ان کے سسر کا انتقام جاپانی قبضے کے آخری دنوں میں ہوا تھا، جب ان کے گاؤں پر بمباری ہوئی تھی۔ ان کا سالا جو فوج میں تھا، کوریا کی جنگ میں مر گیا تھا۔ جو بوڑھے لوگ بچے تھے، ان میں ان کی بیوی کے دادا، دادی تھے۔ انھوں نے اپنے بیٹوں اور پوتوں کو باہر بھیج دیا تھا۔ ان کی ساس اور سالے کی بیوی دونوں بیوہ تھے۔ سالے کی بیوی اپنی شادی کی پہلی سالگرہ منانے سے پہلے ہی بیوہ ہوگئی تھی۔ وہ مسٹر چو کی بیوی کی ہی عمر کی تھی۔ شوہر کی موت کے بعد اس کے بیٹا پیدا ہوا تھا۔ مسٹر چو کی بیوی جب بھی اپنی بھابھی کی جوانی دیکھتی تو انھیں بہت صدمہ ہوتا۔ جنگ کے دوران اکثر بوڑھے لوگ اپنے بیٹوں اور پوتوں سے محروم ہوگئے تھے۔ یہ اچانک ہوا تھا اور اس صورت حال کو سب نے قبول کرلیا تھا۔

البتہ مسز چو پر اس کا بہت برا اثر ہوا تھا۔ جنگ ختم ہونے کے بعد بھی ان کے خاندان میں اچانک موتیں ہوتی رہیں۔ ان کی ساس کا اس وقت انتقال ہوا جب وہ ابھی پچاس سال کی بھی نہیں تھیں۔ دوسرے سال مسز چو کے دادا اپنی اسی سالگرہ پر انتقال کرگئے۔

مسز چو اپنی ماں کے اچانک انتقال پر ایسی خاموش اور پُرسکون تھیں کہ لوگ حیران رہ گئے تھے۔ ہاں، وہ اپنے نانا کے انتقال پر خوب روئی تھیں۔ وہ رو رہی تھیں اور کہہ رہی تھیں، ''نانا، اگر آپ ایک سال پہلے انتقال کرتے تو اچھا ہوتا۔ اب آپ ہمیں کیوں چھوڑ کر جا رہے ہیں؟''

یہ کیسا بیہودہ بین ہے؟ مسٹر چو واقعی پریشان ہوگئے تھے، اپنی بیوی کے اس طرح کے بین پر انھیں فکر

بھی ہوگئی تھی۔ خاص طور سے انھیں اس بات پر حیرت تھی کہ ان کی بیوی کی پریشانی یہ ہے کہ وہ اپنی بیٹی کے انتقال کے بعد ایک سال زندہ رہے۔ اس وقت تو مسٹر چو بہت حیران ہوئے تھے لیکن اب انھیں خیال آیا کہ دراصل ان کی بیوی کی پریشانی یہ تھی کہ ان کے خاندان کے لوگ اپنی عمر کے حساب سے نہیں مرے۔ اب انھیں اپنی بیوی سے ہمدردی ہوئی اور ان پر ترس آیا۔

اس کے بعد عمر کے حساب کے بغیر موت نے ان کی بیوی کے خاندان کے دروازے پر دستک نہیں دی۔ اس کا بھتیجا جو باپ کی موت کے بعد پیدا ہوا تھا، اب ایک بہت ہی کامیاب انسان تھا اور اس نے ہی سارے خاندان کو اکٹھا کر رکھا تھا۔ مسٹر چو کا خیال تھا کہ صرف ان کی بیوی ہی ہے جو ابھی تک ماضی کے صدموں سے چور ہے۔ کبھی کبھی وہ پرانا کپڑا یا بدھ کی وہ مورتی نکالتی جو اس نے اپنے اسکولوں کے زمانے میں بنائی تھی۔ جب بھی وہ اپنے بچپن کی چیزیں دیکھتی، افسردہ ہو جاتی اور پرانی یادوں میں کھو جاتی اور اپنے اردگرد سے بے نیاز ہو جاتی۔ اس وقت مسٹر چو اسے اکیلا چھوڑ دیتے۔ وہ سمجھتے تھے کہ وہ اپنی بیوی کی اس دلی تکلیف کے ذمہ دار نہیں ہیں اور نہ وہ اسے دور کر سکتے ہیں۔ وہ صرف ترس ہی کھا سکتے ہیں۔

وہ اپنے خیالوں سے باہر آئے، جب انھوں نے باہر پتھروں پر اپنی بیوی کے جوتوں کی کھٹ پٹ سنی۔ بچے کی طرح خوش ہو کر انھوں نے اپنا دروازہ کھولا۔ وہ صحت مند نظر آ رہی تھی، اگرچہ وہ ظاہر یہ کر رہی تھی کہ وہ بہت ہی تھکی ہوئی ہے۔ یہ اس کی عادت تھی کہ جب بھی بازار سے آتی تو تھکی تھکی دکھائی دیتی۔

''مجھے کیا دیکھ رہے ہو۔ یہاں آ کر تھیلا پکڑو۔'' اس نے کہا۔ مسٹر چو فوراً کھڑے ہو گئے اور صحن میں جا کر کپڑے کا تھیلا اٹھالیا۔

''اتنی بہت سی چیزیں خرید لائیں؟'' مسٹر چو نے کہا ''میری کچھ دوست مارکیٹ جا رہی تھیں، میں بھی ان کے ساتھ چلی گئی۔ میں نے کچھ پھل، مچھلی اور تازہ جین سن خریدا ہے۔ بازار بہت ہی بڑا ہے۔ میں وہاں بیس 'لی' تو پیدل چلی ہی ہوں گی۔''

''تم اتنی دور گئی کیوں تھیں۔ تمھیں خود ہی سوچنا چاہیے تھا۔ میں کب سے تمھارا انتظار کر رہا ہوں۔ مجھے تو فکر ہو گئی تھی۔'' مسٹر چو نے بیوی کے آگے آگے چلتے ہوئے کہا۔

''اتنی ذرا سی بات پر تم کیوں پریشان ہو گئے؟ تم دیر سے گھر آتے ہو تو کیا تمھیں کبھی میری فکر ہوتی ہے؟''

''یہ تو سوچنے کی بات ہے۔ ایک شخص کمائی کرنے جاتا ہے اور اسے دیر ہو جاتی ہے اور دوسرا بازار جاتا ہے اور پیسے خرچ کرتا ہے۔''

''پیسے خرچ کرنا پیسے کمانے سے زیادہ مشکل کام ہے۔ تم جانتے ہی نہیں کہ کیا کہہ رہے ہو۔''

''تم نے کبھی سوچا کہ تم وہ پیسہ خرچ کرتی ہو جو میں کماتا ہوں۔'' مسٹر چو نے کہا۔

''تم بھول گئے، کبھی میں بھی کام کرتی تھی۔ میں اپنے تجربے کی وجہ سے کہہ سکتی ہوں کہ پیسہ کمانے سے

زیادہ پیسے خرچ کرنا مشکل کام ہے۔''

''اچھا چلو چھوڑو۔'' مسٹر چو بولے۔

مسٹر چو کو اپنی بیوی سے بحث کرنے میں مزہ آتا تھا۔ وہ انھیں چھیڑتے رہتے تھے۔ انھوں نے تھیلا کھولا۔ ان کی بیوی کپڑے بدلنے اپنے کمرے میں چلی گئیں۔ وہ جلد ہی واپس آ گئیں۔ انھوں نے مچھلی اور ترکاری الگ الگ کی، انھیں دھویا اور جلدی سے نمک لگا کر رکھ دیا۔

''میں نے سنا ہے گرین بیلٹ کی زمین فروخت کی جا رہی ہے۔'' ان کی بیوی نے کہا۔

''کیا حماقت ہے یہ۔ اس سے وہ کتنی دولت کما لیں گے؟ گاؤں کے لوگ اس امید پر زندہ ہیں کہ ان کی زمین کی قیمتیں آسمان سے باتیں کرنے لگیں گی۔ وہ خواب دیکھ رہے ہیں۔ یہ ایسا ہی جیسے غریب مگر پُرامید اسکالر فوجی انقلاب کے خواب دیکھتا ہے۔'' مسٹر چو نے کہا۔

''یہ افواہ گاؤں کی طرف سے نہیں آئی ہے۔ یہ بات مجھے میری ایک دوست نے بتائی ہے۔ اس کا شوہر اس علاقے کا بااثر آدمی ہے۔''

''الیکشن کے زمانے میں ایسی بے بنیاد افواہیں پھیلتی ہی رہتی ہیں۔''

''خیر، وہ کہتی ہے کہ تم تو سونے کی کان پر بیٹھی ہو۔ اس نے تو تمھاری تعریف بھی ہے کہ بظاہر تو تم نے اپنی سادگی میں یہ مکان خریدا ہے لیکن تم جانتے تھے کہ یہاں قیمت بڑھے گی۔ وہ تو تم سے جلتی ہے۔''

''میں اب اور کہیں نہیں جانا چاہتا۔'' مسٹر چو بولے۔

''میں تو یہی سمجھتی ہوں۔ ایک بار گرین بیلٹ عام جگہ بن گئی تو لوگ یہاں آنا شروع ہو جائیں گے۔ میرا خیال ہے وہ ہم جیسے لوگوں کو یہاں سے نہیں نکالیں گے۔''

''تم سمجھتی ہو میں خاموش بیٹھا دیکھتا رہوں گا کہ بلڈوزر سے جنگل اجاڑے جا رہے ہیں اور ان کی جگہ مکان بنائے جا رہے ہیں؟ میں تو سوچ بھی نہیں سکتا کہ اپنے کمرے سے میں جنگل نہیں دیکھ سکوں گا۔''

''خیر، میں تو جب یہ سوچتی ہوں کہ ہمارے مکان کی قیمت بڑھ جائے گی تو مجھے بہت خوشی ہوتی ہے۔ ساری زندگی ہم اپنے بڑے گھر بیچتے رہے ہیں اور چھوٹے سے چھوٹے گھر میں منتقل ہوتے رہے ہیں۔ اب وقت آ گیا ہے کہ ہم اپنے حالات بہتر بنائیں۔''

''اچھا تو یہ بات ہے۔ اب تم اصل بات پر آتی ہو۔ تم چاہتی ہو ہم یہ مکان بیچ کر سیول کے کسی فلیٹ میں چلے جائیں۔ تم خواب دیکھتی رہو۔ یہاں قیمتیں نہیں بڑھیں گی اور اگر قیمتیں بڑھیں بھی تو میں یہاں سے کہیں نہیں جاؤں گا۔'' مسٹر چو غصے میں زور زور سے بولنے لگے۔

انھوں نے خیالوں ہی خیالوں میں درختوں سے پرندے اڑتے دیکھے جو آسمان میں غائب ہو رہے تھے۔ لوگ کہتے ہیں کہ جانوروں کو آنے والی آفات کا پہلے سے علم ہو جاتا ہے۔ انھوں نے سوچا کہ ان پرندوں نے آنے والے بلڈوزروں کی آواز سن لی ہے۔ وہ کسی خوفناک جانور سے نہیں ڈرے۔

وہ مکان بیچ کر اس سے منافع کمانے کا سوچ بھی نہیں سکتے تھے۔ انھیں لگا جیسے ان سے ان کی کوئی قیمتی چیز چھین لی جائے گی۔ ان کی بیوی انھیں نہایت میٹھی نظروں سے دیکھ رہی تھی۔

''میرا دماغ پڑھنے کی کوشش نہ کرو۔ کیا کبھی میں نے کہا ہے کہ مجھے فلیٹ اچھے لگتے ہیں؟ چلو، اب ہم یہاں سے بھی کسی اور تنہا سی جگہ پر چلتے ہیں۔ کہیں اور بھی ایسے درخت اور پہاڑ ملنا زیادہ مشکل نہیں ہوگا۔ کوئی گرین بیلٹ اور کوئی ایسا گاؤں جو ابھی آباد ہو رہا ہو، اسی طرح کے ماحول میں گھرا ہوا ہوگا۔ اس لیے گھبرانے کی ضرورت نہیں ہے۔'' مسز چو نے کہا۔

''کیا تم سچ کہہ رہی ہو؟'' مسٹر چو بولے۔

''تمھیں درخت، پہاڑ اور وادیاں اچھی لگتی ہیں، اس لیے تم نے یہ گھر خریدا۔ تم جانتے ہو مجھے یہاں کیا چیز اچھی لگتی ہے۔ مجھے یہ اچھا لگتا ہے کہ یہاں ٹرانسپورٹ کی سہولت کم ہے۔ میں تو درختوں اور پہاڑوں سے زیادہ اس بات سے خوش ہوں کہ یہاں گاڑیاں نہیں ہیں۔ مجھے یقین ہے کہ ہمیں ایسا کوئی اور گاؤں بھی مل جائے گا جو ہم دونوں کو پسند آئے گا۔''

''اچھا! مجھے حیرت ہے کہ تمھیں یہ جگہ اس لیے پسند ہے کہ یہاں زیادہ ٹریفک نہیں ہے۔ میرا خیال ہے تم طنز کر رہی ہو۔'' مسٹر چو نے کہا۔

''ہم وہاں خوش رہتے ہیں جہاں آنے جانے کی سہولت کم ہو۔ شہر سے دور۔ تم سمجھے میری بات؟ جو بچے ہم سے دور رہتے ہیں، ان کے ملنے کی امید کم ہی ہوتی ہے؛ ان بچوں کے مقابلے میں جو گھر کے ساتھ ہی رہتے ہوں۔ اب رہے ہمارے بچے۔ میرا خیال ہے، وہ ہم سے دور رہنا ہی پسند کرتے ہیں۔ ان کے پاس ہمیشہ کوئی نہ کوئی بہانہ ہوتا ہے ہمارے پاس نہ آنے کا۔ کیا یہ ہمارے لیے یہ بے عزتی کی بات نہ ہوگی کہ ہم ان بچوں کا انتظار کریں؟ مجھے تو اب زیادہ سکون ہے کہ ہم ان کے آنے کا انتظار نہیں کرتے۔''

مسز چو نے پیار سے اپنے شوہر کو دیکھا اور مسکرائیں۔ مسٹر چو نے نظریں چرائیں اور اس تھیلے سے باقی چیزیں بھی نکالیں جو ان کے بیوی بازار سے خرید کر لائی تھی۔ ان کے احساسات بھی وہی تھے جو ان کی بیوی کے تھے مگر وہ انھیں ظاہر کرنا نہیں چاہتے تھے۔ تھیلا کھولا تو ان کے ہاتھوں پر ترکاریوں کی مٹی لگ گئی۔ تھیلے میں کچھ لالی پاپ بھی تھے۔

''لالی پاپ وہیں رہنے دو۔ یہ پول دو کے لیے ہیں۔'' پول دو ان کے پڑوسی کے بچے کا نام تھا۔ اس پڑوسی نے برابر کے مکان میں ایک کمرہ کرایہ پر لیا ہوا تھا۔ وہ بچہ اتنا پیارا تھا کہ جب اس کی ماں مصروف ہوتی تو مسز چو اس بچے کو اپنی گود میں لیے بیٹھی رہتیں۔ بچے کا باپ ایک فرنیچر فیکٹری میں کام کرتا تھا اور اس کی ماں بہت ہی سگھڑ عورت تھی اور باہر کا کام بھی کرتی تھی۔ اسے باہر سے بھی کام ملتا رہتا تھا۔ ان کی خواہش یہ تھی کہ دونوں مل کر اتنا پیسہ کما لیں کہ شہر چلے جائیں اور وہاں مکان بنا لیں، چاہے وہ ایک کمرہ ہی کیوں نہ ہو۔ وہ عورت آج کل انگورا اُون کے سوئٹروں پر پھول پتے اور چڑیوں کے پر بنا رہی تھی۔

مسز چو اکثر اس نوجوان عورت کے پاس جاتی تھیں۔ ''ایک پھول بنانے کا تم کیا لیتی ہو؟'' اچھا؟ بس اتنا ہی؟ یہ پھول بنانے کے بعد تو سویٹر بہت ہی قیمتی ہو جاتا ہے۔ دُگنی سے زیادہ قیمت ہو جاتی ہے۔'' مسز چو بچے کے ساتھ کھیلتی جاتیں اور اس عورت سے باتیں کرتی جاتیں۔ وہ جب بھی کسی چیز پر گرد و غبار دیکھتیں تو بچے کو فوراً کمرے سے باہر لے جاتیں۔ وہ بچے کو اپنے ساتھ بھی لے جاتی تھیں مگر بچہ اجنبی لوگوں کو دیکھ کر ڈر جاتا تھا۔ اگر مسٹر چو بچے کو اپنی گود میں لیتے تو بچہ ایسے رونے لگتا جیسے کسی نے نوچ لیا ہو۔ وہ صرف اپنی بیوی کو ہی بچے کے ساتھ کھیلتے ہوئے دیکھتے رہتے تھے۔ ان کی بیوی ان کا مذاق اُڑاتیں۔

مسز چو بچے کو بسکٹ بھی دیتی تھیں۔ پھل دیتے وقت وہ اس کے چھوٹے چھوٹے ٹکڑے کرتیں یا پھر اسے کچل کر بچے کھلاتیں۔ ایک بار ایک دکان کے افتتاح پر انھیں مفت لالی پاپ ملے۔ بچہ ان سے بہت خوش ہوا۔ اس کے بعد وہ جب بھی بازار جاتیں، بچے کے لیے لالی پاپ ضرور لاتیں۔ پچھلی گرمیوں میں مسٹر چو نے بچے کے دو دانت دیکھے تو بولے کہ اس سے انھیں وہ چاول کے دانے یاد آتے ہیں جو اس کے مسوڑھے میں لگے ہوئے ہیں۔ ان کی بیوی نے ان کا مذاق اُڑایا اور کہا کہ یہ گلابی پہاڑی پر چلنے والے بھیڑ کے دو بچے ہیں۔ ''ان کا مشاہدہ زیادہ رومینٹک تھا۔''

''مجھے اس سے غرض نہیں ہے کہ یہ چاول کے دانے ہیں یا بھیڑ کے بچے۔ یہ بتاؤ، اگر تمھارے اس چہیتے بچے کے دانت خراب ہو گئے تو تم کیا کرو گی؟ تمھیں معلوم نہیں زیادہ میٹھا کھانے سے دانت خراب ہو جاتے ہیں؟'' یہ کہہ کر انھوں نے لالی پاپ میز کی دراز میں رکھ دیے۔

''یہ تو دودھ کے دانت ہیں۔''

''تم اس لیے تو غلط کام نہیں کر رہی ہو کہ یہ دوسروں کا بچہ ہے؟''

''میں اس بچے سے اس لیے پیار نہیں کرتی کہ کوئی مجھے اس کا صلہ دے گا۔ وہ پیارا ہی اتنا ہے کہ خود بخود اسے پیار کرنے کو جی چاہتا ہے۔ اس میں خرابی کیا ہے؟''

''میں مانتا ہوں کہ تمھیں بچے بہت اچھے لگتے ہیں مگر یہ بتاؤ، تم اپنے پوتوں پوتیوں سے اتنا پیار کیوں نہیں کرتیں؟ اپنے بچوں سے تو تم ہمیشہ دور دور رہیں۔ میں جانتا ہوں اگر ہمارے بچوں نے تمھیں اس بچے سے لاڈ پیار کرتے دیکھ لیا تو انھیں بہت صدمہ ہوگا۔''

''تم ایسی باتیں کیوں کر رہے ہو۔ میرے بچوں کا تو مقابلہ ہی نہیں کیا جا سکتا، مگر مجھے ان سے پیار کرتے ہوئے ہچکچاہٹ سی ہوتی ہے۔'' مسز چو نے کہا۔

''ہچکچاہٹ؟ حیرت کی بات ہے۔'' مسٹر چو نے کہا۔

''میں جانتی ہوں، تم بھی ایسا ہی محسوس کرتے ہو۔ اب بنومت، دیکھتے نہیں ہمارے پوتوں، نواسوں کے ماں باپ انھیں اپنے پروں میں چھپا کر رکھتے ہیں۔ اس لیے ان کی موجودگی میں ہمیں عجیب سا لگتا ہے۔ ہم چھوٹے ہو جاتے ہیں۔ میں جب ان بچوں کو گود میں لیتی ہوں تو پریشان ہو جاتی ہوں جیسے میں بچوں کو گود میں لینا

بھول گئی ہوں۔ تم نہیں سمجھتے کہ ہم ان کے لیے بیکار ہو گئے ہیں؟''

''تم مجھے اپنے ساتھ شامل نہ کرو۔ مگر مجھے تو اپنے پوتوں نواسوں کے ساتھ بھی عجیب سا ہی لگتا ہے لیکن اس بچے کے ساتھ تم ایسا نہیں کر سکتیں۔''

''اچھا، یہ بتاؤ آج کسی کا فون آیا تھا؟'' مسز چو نے ان کی بات نظر انداز کرتے ہوئے سوال کیا۔

''نہیں'' مسٹر چو نے کہا اور ٹیلی فون کی طرف دیکھا۔ وہاں ٹیلی فون کا ریسیور نیچے لٹک رہا تھا۔ یہ کام بچے کا تھا۔ صبح کے وقت ان کی بیوی بچے کو گھر لے آئی تھی اور شادی میں جانے تک اس کے ساتھ کھیلتی رہی تھی۔

مسز چو نے بھی ٹیلی فون دیکھا۔

''اگر دن بھر گھنٹی نہیں بجی تھی تو تمھیں ٹیلی فون دیکھنا چاہیے تھا۔ یہ تو چپک رہا ہے۔ پول دو نے پوری طرح اپنے نشان چھوڑے ہیں۔''

مسٹر چو نے ریسیور اٹھا کر اوپر رکھ دیا۔ صاف ظاہر تھا کہ بچہ لالی پاپ کھاتے ہوئے ٹیلی فون سے کھیلتا رہا ہوگا۔ مسز چو ٹیلی فون صاف کرتے ہوئے شرارت سے مسکرائیں۔ پولی دو نے کھیلتے ہوئے اپنے گندے ہاتھوں سے ریسیور اٹھایا ہوگا۔ پولی دو جب لالی پاپ کھاتا تھا اور اس کی انگلیاں چپکنے لگتی تھیں اور وہ اپنی دس کی دس انگلیاں مسز چو کی ناک کے پاس لے جاتا تھا، مسز چو اس کی ایک ایک انگلی چاٹ لیتی تھیں۔ وہ یہ کام ایسے کرتیں جیسے کوئی بھوکا جن مٹھائی کھا رہا ہو۔

مسٹر چو سمجھتے تھے کہ ان کی بیوی اور وہ بچہ دونوں اس حرکت سے خوش ہوتے ہیں۔ ایک بوڑھی عورت اور ایک بچے کو اس طرح خوش دیکھ کر مسٹر چو افسردہ ہو جاتے تھے۔ اس افسردگی کی وجہ ان کی سمجھ میں نہیں آتی تھی۔

انھوں نے جیسے ہی ریسیور اوپر رکھا تو گھنٹی بجی۔ وہ گھنٹی اتنی زور زور سے بج رہی تھی جیسے وہ تاخیر کی کسر نکال رہی ہو۔ ریسیور اٹھانے کے بجائے مسز چو گھبرا کے اپنی کرسی کی طرف لپکیں۔

''کیا ہوا تمھیں؟ ٹیلی فون کی گھنٹی پہلے کبھی نہیں سنی؟''

مسٹر چو نے کہا، لیکن انھوں نے ریسیور اٹھایا تو جانے کیوں ان کا دل بھی بیٹھ رہا تھا۔

''ہیلو!''

''یہ آپ بول رہے ہیں؟ اتنی دیر سے آپ لوگ کہاں تھے؟ بڑا حادثہ ہو گیا ہے۔ ہماری سمجھ میں نہیں آ رہا کہ ہم کیا کریں۔۔۔'' جملہ ختم ہونے سے پہلے ہی رونے کی آواز آنے لگی۔ مسز چو پیلی پڑ گئیں۔ مسٹر چو نے اپنے آپ کو سنبھالنے کی کوشش کی۔

''کون بول رہا ہے؟ تم کون ہو؟'' مسٹر چو نے پوچھا۔ مسٹر چو نے سوچا خدا کرے یہ رانگ نمبر ہو۔ رونے کی آواز اچانک بند ہو گئی۔

''میں بورم کی ماں ہوں۔ آپ اس کے دادا بول رہے ہیں ناں؟'' مسز چور نے اپنی تیز آواز میں کہا۔

بورم ان کا سب سے بڑا پوتا تھا۔

''آپ لوگ اتنے آرام سے کیسے بیٹھے ہیں؟ آپ کو معلوم نہیں بورم کے خاندان کو کیا ہوگیا؟ ان کی ٹرک کے ساتھ ٹکر ہوگئی۔ ہائے میری بیٹی، یہ کاریں تو ہماری دشمن ہیں۔''

''میرا خیال ہے، آپ نے غلط نمبر پر فون کرلیا ہے۔ ہمارے کسی بچے کے پاس کار نہیں ہے۔'' مسٹر چو ریسیور رکھنے لگے تھے۔

''دو ہفتے پہلے انھوں نے کار خریدی تھی۔''

مسٹر چو کے ہاتھ سے ریسیور گر گیا۔ انھوں نے اپنی بیوی کو اپنے ساتھ چمٹا لیا۔ وہ صدمے سے لرز رہی تھی۔ لٹکے ہوئے ریسیور سے اس آدمی کے رونے اور سسکیاں لینے کی آواز آرہی تھی۔ یہ آواز ایسی تھی جیسے کوئی لاؤڈ سپیکر سے آرہی ہو۔

وہ عورت ایسے رو رہی تھی کہ اس کی بات سمجھ میں نہیں آرہی تھی۔

''صرف کار چلانے والا مرا ہے، باقی شدید زخمی ہوئے ہیں۔ میرے شوہر فوراً اسپتال پہنچ گئے ہیں۔ ابھی تک میری ان سے بات نہیں ہوئی ہے۔ میری بیٹی بھی کار چلاتی ہے۔ اسے تمھارے بیٹے سے پہلے لائسنس مل گیا تھا۔ میں آپ کو فون کرنے کی کوشش کرتی رہی مگر آپ کا فون مستقل مصروف تھا۔ اب وہ اسپتال میں ہیں۔ آپ سن رہے ہیں؟''

مسٹر چو اور ان کی بیوی صدمے سے سفید ہوگئے تھے، جیسے ٹیلی فون سے ڈر گئے ہوں۔ وہ ڈر سے ٹیلی فون کو گھورتے رہے۔ کسی میں بھی اتنی ہمت نہیں تھی کہ اسے ہاتھ لگاتا یا ریسیور اٹھا کر اوپر رکھتا۔

نغمۂ شانز

سنگین اردین (منگولیا)

ترجمہ: سہراب اسلم

سنگین اردین، Sengiin Erden (۱۹۲۹ء-۲۰۰۰ء) ایک منگولین ناول نگار اور ادیب تھے۔ ایک پروفیشنل رائٹر ہونے سے قبل وہ سائیکاٹرسٹ کے فرائض انجام دیتے رہے۔ ان کے معروف ناولوں میں 'Amidralyn Toirog', 'Bayan Burd', 'Zanabazar' وغیرہ شامل ہیں۔ ان کی بیشتر تخلیقات جرمن زبان میں ترجمہ ہوئی ہیں۔

یہ گرمیوں کا ایک دن تھا۔ سفید رنگ کے گھروندوں کو بوگہ پہاڑ نے اپنی وادی کے بازوؤں میں لپیٹا ہوا تھا اور یہ سفید رنگ کے گھریوں لگ رہے تھے جیسے بہت سے راج ہنس جھیل کے چمک دار سطح پر اڑنے سے پہلے جمع ہو گئے ہوں۔

دوپہر کی نرم گرم دھوپ ہر ذی روح کے لیے آسودگی اور امن کا پیغام لے کر اتری اور اس پُر امن فضا میں ایسے ہی ایک گھر کے دروازے سے نغمۂ شانز کی مدھر آواز ابھرنے لگی۔ اس کومل آواز نے فضا میں ایک معطر خنکی کو بکھیر دیا۔ اس نغمگی سے متاثر ہو کر چلنے والے (جو کبھی کبھار اس گھر کے سامنے سے گزر رہے تھے) رک جاتے۔ ایک دو لمحہ کے لیے نغمگی کو اپنی روح میں بساتے اور پھر حیرانی کے عالم میں آگے بڑھ جاتے۔ اس لمحے اگر کوئی شخص ہمت کر کے اس گھر میں داخل ہو جاتا تا تو اسے نیلی سلک کا پردہ اٹھانے پر ایک خوش جمال دوشیزہ کے درشن ملتے جو کمرے کے اگلے حصے میں رنگا رنگ کپڑوں میں ملبوس شانز بجا رہی تھی۔

وقفے وقفے سے اس لڑکی کے چہرے سے ایک گلابی کرن نمودار ہوتی جو اس کے بے داغ سفید چہرے سے نکلتی، یہ کرن اور نمایاں ہو جاتی اگر اس لڑکی کا رنگ سانولا ہوتا۔

وہ آہستگی سے اپنے ہونٹوں کو جنبش دے رہی تھی۔ وہ ہونٹ جن پر سیبوں جیسی سرخی تھی، (اور ان ہونٹوں کی لرزش نغمے سے ہم آہنگ تھی)، اس کی براؤن رنگ کی بڑی بڑی آنکھیں تیزی سے پلک جھپکنے میں مصروف تھیں اور کبھی کبھار جذبات کا جوار بھاٹا اس تواتر کو منتشر کر رہا تھا اور اس کی بچوں جیسی نرم گوری گوری انگلیاں تتلی کی مانند ادھر سے اُدھر اڑ رہی تھیں۔ اس عالم میں جو کوئی بھی اسے دیکھتا، ضرور حیران ہوتا کہ قدرت نے کس طرح ایک فرد کو اپنے حسن بے پناہ سے نوازا ہے۔

اسی اچنا میں ایک قریبی گھر سے ایک بدشکل شخص نمودار ہوا اور پھر ساز بجانے والی کے گھر میں داخل ہوا۔ وہ کچھ جھکا اور پھر دہلیز پر ہی بیٹھ گیا۔ اس آدمی کا چھوٹا سا سر تھا جس پر بے ترتیب سے بال تھے جو ایک سخت قسم کے برش کی طرح اکڑے ہوئے تھے۔ اس کے بے ڈھب جبڑے اور سیدھے کان اس کی بدصورتی میں اضافہ کر رہے تھے۔ جو کوئی بھی اسے دیکھتا، یقیناً اس بات پر غور کرتا کہ قدرت نے کس طرح اس انسان کو اپنے حسن کے خزانے سے محروم رکھا ہے، تاہم وہ بدشکل آدمی نغمے کی دھن میں گم تھا۔ اس کی آنکھیں مندی ہوئی تھیں اور ہاتھوں کی انگلیاں اس کی ٹھوڑی پر عالم حیرت میں گڑی ہوئی تھیں۔

اس وقت مرغابیاں کیا کریں گی
جب جھیل کا پانی ہو جائے گا

لوک گیت کے یہ بول جو ساز بجانے والی اس وقت ادا کر رہی تھی، اس شخص کے دل میں احساس تنہائی پیدا کر رہے تھے۔

اسی لمحے نیلے رنگ کا ریشمی پردہ پھڑپھڑا رہا تھا اور ساز بجانے والی کی نرم و نازک انگلیاں اس شخص کو نظر آ رہی تھیں۔ یوں لگ رہا تھا جیسے قدرت، جس نے ایک طرف بے پناہ حسن برسایا تھا، اس کی بدصورتی کا مذاق اڑا رہی ہو۔ جب کہ اس خوش جمال کی نغمہ ریزی اس کے دل میں خواہشوں کا طوفان برپا کر رہی تھی۔ تب اس شخص کی آنکھوں سے ایک آنسو ڈھلکا اور اس کے گالوں کو گیلا کرتا ہوا رزق خاک ہوا۔

عین اسی لمحے موسیقی تھم گئی، جیسے کسی نے شانز نامی ساز کے تار توڑ ڈالے ہوں۔

اس سیریز کی دیگر کتابیں

جنوبی ایشیا سے کچھ افسانے

جنوب مشرقی ایشیا سے کچھ افسانے

مغربی ایشیا سے کچھ افسانے

مشرق وسطیٰ سے کچھ افسانے

مغربی یورپ سے کچھ افسانے

شمالی یورپ سے کچھ افسانے

جنوبی یورپ سے کچھ افسانے

کچھ امریکی افسانے

شمالی امریکہ سے کچھ افسانے

جنوبی امریکہ سے کچھ افسانے

کچھ افریقی افسانے

اشعر نجمی کی کچھ اور کتابیں

مزاحمتی نظمیں (انتخاب)

مزاحمتی فکشن (انتخاب)

فکری مزاحمت کے پہلو

ادبی مزاحمت کا نیا پیش لفظ

نسائی مزاحمت

صحافتی مزاحمت

ثقافتی مزاحمت اور معاشرہ

راشٹر واد کی آڑ میں

مصنوعی ذہانت اور ہم